振り返れば私が、そして父がいる

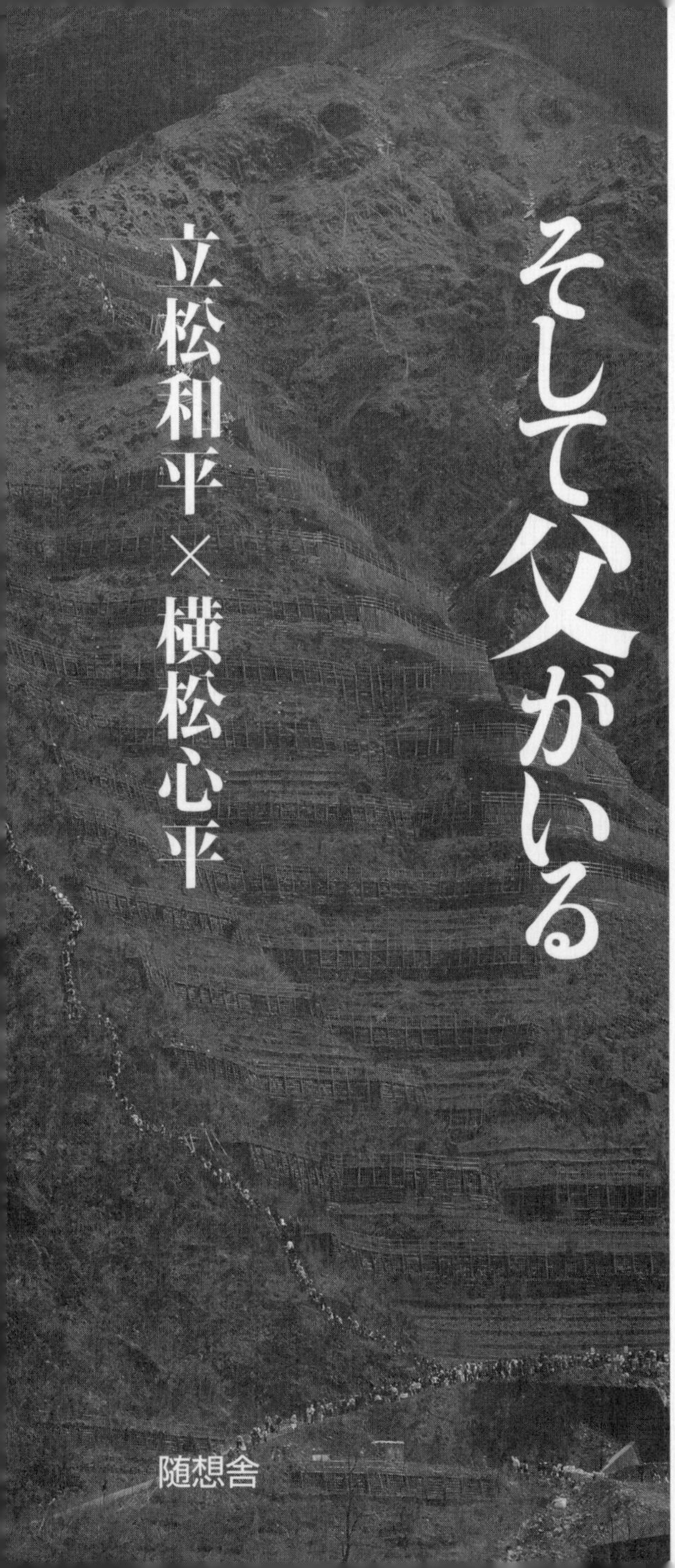

立松和平×横松心平

随想舎

振り返れば私が、そして父がいる

目次

第一部　振り返れば私がいる　立松和平

第二部　振り返れば父がいる　横松心平

振り返れば私が、そして父がいる

第一部　振り返れば私がいる

立松和平

ゆっくりした出発

今生きている時代の表現として文学に興味を持ち、生まれてはじめて小説らしきものを書いたのは、「つつしみ深く未来へ」に収録した『溜息まじりの死者』である。今読むとことに冒頭の部分はまことに晦渋な文章で、当時としては練りに練って何度も書き直し、一日に数行しか進まなかったと思われる。

当時河出書房「文藝」が学生小説コンクールを主催していて、私はこの作品を応募した。私としては処女作でありながら満を持した作品であった。なにしろこれ一作しか書いてなかったのだ。

編集部からは最終選考に残ったとのハガキをもらい、さらにその先へと期待して待っていた。だがその年河出書房が倒産してしまい、学生小説コンクールの選考は中止になった。作品のコピーなどとっていなかったから、私は御茶の水にあった河出書房に原稿を引き取りにいった。申し分けなさそうに現われた編集部員と、一言二言交わした。

「いい作品なんですが……」

その人がこういってくれたのが、私には救いであった。その人は金田太郎であったような気がするのだが、私は確かめてはいない。その後「文藝」の編集長になる金田太郎とは「遠雷」や「性的黙示録」など多くの仕事をさせてもらうことになる。それから十数年後のことである。

そのような経由があって、『溜息まじりの死者』は私の手元に残った。つまり発表の機会を失い、ずっと私のところにあった。「つつしみ深く未来へ」の初出一覧を見ると、同じ一九六八年の十月七日に『暗い森の奥・苦い目覚め』が脱稿している。どちらも死をテーマにした重く絶望的な作品で、若い私は未来に対する希望のない予感に震えるような気分でいたことがわかる。

日本史の年表を見ると、一九六七（昭和四十二）年十月八日に「佐藤栄作首相の東南アジア訪問に抗議する学生デモ羽田で警察隊と衝突し京大生一人死亡する」と書かれている。その現場に、私は学生デモ隊の一人として立っていた。そもそも埋め立て地の羽田空港は、運河で隔てられている。その運河には何本かの橋が架けられ、その橋の上で警察機動隊とデモ隊は衝突したのだ。

時代はベトナム戦争の真最中で、首相が東南アジアを歴訪することは、日本もベトナム戦争の中に引っぱり込まれるということであった。それまで武装した警察隊に素手でぶつかっていた学生デモ隊に、どこからかわからないながら角材が手渡しされてきた。学生がはじめてゲバ棒という武器を摑んだデモであったのだ。党派に属しているわけでもない私のところまでゲバ棒はまわってはこなかったが、石や催涙弾が飛び交い、市街戦の様相を呈していた。デモ隊の中にいると、警官隊の放水車から青い色の水を撒かれ、着ている服が青い色に染まる。青いシャツを着ているものはデモに参加した証拠で、デモの隊列から離れたとたんに逮捕されるという噂だった。

現行犯ではなく、証拠もないので、あくまで噂に過ぎなかった。その時の警官隊との衝突はそれまでの学生運動史にない激しさで、六十年安保闘争以来の死者がでるのではないかと案じられたことを思い出すのだが、その暗い予感通りになったのであった。

『溜息まじりの死者』のタイトルの次に、あの日に死んだ山崎博昭の日記が引用され、次の言葉がある。

「空港に行く道の橋の上で死んだあの男に、そして、僕自身のために……」

一九六六年に早稲田大学第一政治経済学部経済学科に入学した私は、デモ隊の一員として羽田空港に向かったのは二年生の時であった。十月八日に事件があり、翌年の二月二十八日に決して短くはない『溜息まじりの死者』を書き上げている。心の奥に強い衝撃を受け、何かを表現しなければならない切迫した思いに駆られたのであろう。そう思ったところで、もちろん方法論などあるわけではない。当時熟読していた大江健三郎の強い影響のもと、私はある決意を持ってはじめての小説に取り組んだのだ。

もし河出書房が倒産しなかったら、「文藝」の学生小説コンクールで『溜息まじりの死者』が当選したかどうかと仮に想像するなら、私はそうなったとはどうしても思えない。文体も、物語の運びも、構成も、あまりにも未熟だからだ。幸か不幸か私の手元に戻ってきた原稿は、その後ずっと生原稿のままで存在することになった。ゴミ捨て場から拾ってきたビニールのトランクにいれ、他にも原稿を書いたのでそれもいれて、引越しのたびに持って歩いた。いっそ捨ててしまえという気分もあったのだが、何もかも捨てるような気持ちで執筆に取り組んだ日々のことが思われ、引越しの荷物とともに押入れの中にいれておいた。舌切り雀の話で、欲張りなお婆さんが大きな葛籠を開くと、中から壊れた提灯や唐傘のお化けがぞろぞろと出てきたというかのように、私の作品は未熟で未完成で、作者としてこの世に生み出してやれなかったのだ。民俗学でいう付《つ》く喪神《もがみ》で、この世に正しく生まれることができなかったから、零落した妖怪にでもなるしかない。

そんな私の作品群を零落から救ってくれたのが、黒古一夫である。氏はかのビニールトランクを見せろと、当時私が住んでいた宇都宮まできてくれた。未発表の作品ばかりでなく、学生時代に所属した文章表現研究会の仲間と出した同人誌「むむむ」や、ぼちぼち短篇小説が発表できるようになった早稲田文学や三田文学掲載の作品を集め、初期作品集1・2として「つつしみ深く未来へ」と「人魚の骨」の二冊を上梓してくれたのだ。一九九〇（平成二）年のことである。暗いトランクの底に眠っていた『溜息まじりの死者』は実に二十二年ぶりに陽の目を見ることになったのである。出版を引き受けてくれたのは、六興出版であった。かつて冬樹社で「ブリキの北回帰線」を出版してくれた編集者伊藤秋夫が、冬樹社倒産の後六興出版に移っていたのである。その六興出版も、今は倒産してしまった。

初期作品集を出版するに当たり、問題はその作品が出版する価値があるかどうかということであった。生原稿で『溜息まじりの死者』を二十二年ぶりに読み、私はここに一人の作家が立っていると思った。彼は私自身には違いないのだが、当時の私とそれ以前の私とはずいぶん遠くに隔っている。ていねいにたどっていけば結びつかないことはないにせよ、私とは違う私である。

心の中に何か激しいものを持っているのだが、それを表現する方法が見つかっていない。だが心の中の力は強く、それなりに齢を重ね職業作家として生きている当時のまた現在の私には、いつの間にか失なってしまった行き場のなかった渦巻くような力だ。技巧などを一つ獲得すると、同じ分量の何か一つが失われる。形をうまくつくることのできない、荒荒しいものである。失われたものの大きさを、私は感じないわけにはいかなかった。

つまり、私はうまく生きることのできないでいる力がないわけではないその作家を、一方でうらやましく思いながらも、認めないわけにはいかない。一篇も発表することはできなかったが、彼は作品を確かに残しているではないか。

かくして小説を書くという上で最も若き私は、薄汚れた暗いトランクの中から甦ったのであった。

世間的に私の処女作は『途方にくれて』ということになっている。事実私もそのようなことを書いている。この作品は「早稲田文学」一九七〇年二月に発表された。少くともその半年前に執筆されたろうから、私は二十一歳であった。集英社の永田仁志によって短篇小説集「途方にくれて」が私のはじめての出版物として上梓されたのは、一九七八年五月十日である。執筆から本になるまで、あらまし九年の歳月がたっている。これこそ苦節十年ということであるのかもしれない。つづいて同年八月十五日に国文社の田村雅之によって短篇集「今も時だ」が出版され、矢継ぎ早の八月二十二日に中篇小説「ブリキの北回帰線」が冬樹社の伊藤秋夫の手によって上梓された。『ブリキの北回帰線』は、高井有一、後藤明生、古井由吉、坂上弘の内向の世代四氏によって編集され、平凡社より発行されていた季刊文芸誌「文体」に掲載された中篇小説である。

この三冊が発刊された時、私は宇都宮市役所の教育委員会総務課経理係に勤務していた。当時昼間は地方公務員をやり、夜になるとこつこつ書いていた。それらの作品に少しは陽が当たるようになり、それで子供二人と妻と家族四人が生活できるわけではなかったが、生活のためやむをえなくはじめた市役所勤めも気持ちの上で限界に達していた。私は五年九カ月勤めた市役所を退職することにしたのだ。

それが単行本が出た当時の私の事情であったが、それよりも『途方にくれて』執筆のあたりの時代に戻ろうと思う。出発したはじめの頃は、執筆と単行本発行と、かなり時期がずれている。単行本出版など夢のような話であったのだ。

一九七〇年代後半になると、学生運動は見かけの高揚はあったのだが、圧倒的な警察力の前で将来の展望は見えなくなっていた。力は外部に広がるのではなく、内側に籠っていき、内ゲバという学生同士の殲滅戦にはいっていったのだ。学生組織は内部で意見の違いから反発しあい、党派ばかりでなくサークルもクラスも友人関係も対立と離反が起こっていた。

だからというほど確固たるものではないのだが、私は旅ばかりくり返していた。もともと内に放浪癖を秘めていて、まだ見ていないものを見たかったし、はじめての大地に立ってみたいとの願望が強かった。

大学一年の夏、クラスの友三人と連れ立ち、四人で北海道一周の旅をした。国鉄は急行まで二十一日間乗り放題という均一周遊券を持ち、泊まるところはユースホステルだった。後年土地の人と親しく交わるようになった知床にはじめていったのは、その時である。今は観光ホテルが林立する宇登呂も、尾根に石をのせた粗末な漁師の家がならぶばかりの、貧しい漁村であった。しかし、海の美しさは鮮烈といってよかった。澄んだ水の中に昆布が揺らめき、その中を行ったり来たりする魚や北海シマエビもよく見えた。

その後は一人旅をするようになった。行き先も定めない、成り行きまかせのヒッチハイクの旅である。日の暮れたところがその日の宿という旅で、ステーションホテルやパークホテルやリバーサイドホテルやシーサイドホテルに泊まった。すべて野宿である。

そんな旅の流れで、沖縄にいくようになった。当時の沖縄は第二次世界大戦後日本国に属さず、アメリカ軍の統治下にあった。沖縄にいくと祖国復帰運動のデモがしょっ中あり、なんとなく知らん顔ができないような気がして、私は隊列の中にはいったりした。東京でのデモは警察機動隊に手も足も出ないほどに弾圧されたが、沖縄のデモは機動隊に両側から挟まれるサンドイッチにもされず、それほど激しくはなかった。警官隊もデモ隊も、占領軍アメリカに対する民族的な反感があったのだろう。私はゴムゾウリしか持っていず、それでもデモに参加することができたのだ。

それ以外の時間は自由気ままな旅を楽しんだ。私は少しずつ沖縄固有の文化に心魅かれていくのだが、アメリカ軍統治下の事情も東京にはない不思議な乱世の気分があった。流通している貨幣はドルで、国際通りと交差する市場通りの入口にアンマー（おばさん）が群れていて、円とドルとを闇で交換してくれた。相場が少しは高いかと期待して別のアンマーに交渉するのだが、話し合いで決まっているらしく、みんな同じであった。それでも銀行で両替するより少しは高く、現地のアンマーと交渉するのも楽しいコミュニケーションで、私は船で那覇港に着くと、まっ先に闇ドル交換所にいった。

闇ドル屋のアンマーが群れているあたりに、与那嶺万年筆店があった。そこでパーカー万年筆を買うのが私のささやかな夢で、そのための資金も用意してきたから、私はさっそく与那嶺万年筆店にいき、万年筆を選んだ。買ったばかりの万年筆を持って喫茶店にはいり、さっそく得意な気分で友や故郷の親に絵はがきを書いた。

沖縄の旅は見るもの聞くもの珍しく、何よりも暖かいので野宿も楽だった。ハブに気をつけてと驚かされたこともあるが、もちろんそんなことをいちいち気にしていたのでは、旅をすることもできない。一番の心地よさは、沖縄の人の心やさしさであった。

沖縄ほどヒッチハイクの簡単な場所は、世界の何処にもないのではないだろうか。もちろん外国のことなど知らないで私はいっている。今は国道五十五号線と呼ばれる一号線の端に立って手を上げると、車が二、三台止まってくれたりした。申し訳ないので、先頭に止まった車に乗ったりした。道路の端にいれば、通っていく車はこちらの様子を窺うようにしていく。ちょっとでも手を動かそうものなら、車を寄せて止まってくれるのであった。通り過ぎていった車に向かって手を上げると、バックミラーで見ていたのかバックで戻ってくれたりした。アメリカ軍のジープやトラックに乗せてもらったこともある。ベトナム戦下で沖縄は後方基地のうち最前線に位置していたのだが、ガムを噛みながら運転をするアメリカ兵たちは陽気だった。

沖縄で最大の米軍基地があるコザの入口でいつもの通りにヒッチハイクをすると、日本製の車にアメリカ人が一人で乗っていた。何処にいきたいのだと彼は聞くので、目的地が確固としてあるわけではない私は、向こうの方と、いいかげんなことをいった。

「キャンプ・ハンセンにはいってみるか」

突然その男はいった。米軍基地とは、私やほとんどの沖縄住民にとっては、延々とつづく金網のフェンスで、その向こうに空白の広々とした土地があるだけだ。

「はいっていいんですか」

私が応えると、男は横顔で笑った。当時北爆といって北ベトナムへの空爆の基地になり、沖縄では反戦運動が渦巻いている。コザのゲート通りは、両側にアメリカ兵相手のナイトクラブがひしめいている。その道路をまっすぐいくと基地のゲートがあり武装した衛兵が検問していた。衛兵は男の顔を見るなり通れと腕を振り、助手席にいる私もそのまま基地にはいったのだった。

男は退役軍人だった。沖縄が好きで、軍役を退いた後ここに残り、軍人の家族などを相手に車の販売をしていた。基地の中に用事があるわけでもなく、東京からきた大学生の私に基地の内部を見せたいというただそれだけのために、ここに連れてきてくれたのだ。かつては砂糖キビ畑だったに違いない土地は、ゆるやかな起伏の連続する一面緑の芝生で、ペンキ塗りの明るい住宅が点在していた。アメリカにいったこともないのに、カルフォルニアみたいだと私は思った。

不思議の国への旅

フライドチキンというものをはじめて食べたのは、嘉手納基地の中だった。ヒッチハイクで私を拾ってくれたアメリカの男が、軍人クラブに連れていってくれたのだ。鶏肉を油で揚げたものにすぎず、今ならありふれているのだが、その時はなんとうまいものだろうと思った。旅をしていると贅沢をするわけでもなく、いつも飢えていた。それに何より、奢ってもらえるのが嬉しかった。

「沖縄はパラダイスだ。世界中でこんなに暮らしやすいところはない」

退役軍人で自動車販売業をしているその男はいった。支配者としてこの土地にいるなら、それは居心地がよいだろう。アメリカ人と沖縄の人は、貧富の差も歴然としていた。だが私は反論できなかった。もごもごと口籠りはしたが、議論をするほど英語が達者ではなかったからだ。またこんな機会はないのだから、彼らのいい分を聞いておこうと思った。

男は本当に親切で、いろいろなところを見せてくれた。基地内は砂糖キビ畑であった昔の地形がそのまま残り、起伏に富んでいた。多くが芝生に包まれていて、その緑の中にアスファルトの白い道がのび、点々と散らばった建物を結んでいた。明るい色のペンキが塗られた住宅が身を寄せあい、日本の風景とは明らかに違った。

西のはずれのほうに高い土手が築いてあり、視界が届かないようになっていた。その向こうが嘉手納基地なのだ。飛行場にいってみたいと私は控え目にいったのだが、はっきりと拒否された。それだけは譲れないという雰囲気であった。

この飛行場から連日連夜北爆の爆撃機が飛び立っていた。北ベトナムのハノイを攻撃していたのだ。南ベトナム軍とともに戦っているアメリカ軍は、南に兵力や物資を送ってくるその元を断とうとしたのだ。しかし、その作戦は国際的な批難を浴び、沖縄でも日本でも反戦デモが渦巻いていた。北爆に向い、爆撃機B52がすさまじい爆音とともに次々と空の彼方に去っていく。B52は黒い機体で、夜の闇にまぎれ、いかにも精悍な姿をしている。当時は世界最強の爆撃機だった。離陸していく光景は圧倒的な暴力を感じさせた。このB52のジェット燃料が地中に染みてフェンスの外にある嘉手納村の民家の井戸に出て、騒音の害もひどく、社会問題になっていた。私は沖縄の風土の深みに魅せられはじめてもいたが、沖縄の現実にも目を開かされていった。

東京の晴海埠頭《ふとう》を出港する時、学生や労働組合のメンバーが岸壁や甲板に集まる。「沖縄を返せ」や「インターナショナル」を拳を振り上げて歌い、シュプレヒコールをくり返したりした。那覇港に着けば、同じ国なのに渡航の際身分証明書が必要なのは不当だとして、琉球大学の学生が船内で身分証明書を燃やしたりした。

身分証明書を燃やしただけで逮捕されるのはなお不当だとし、琉球大学で集会があり、デモを組んで街頭にくり出した。私はそのデモの中にまじった。ゴムゾウリしかなかったものだから足を踏まれ、爪が剝がれそうになって血が流れた。東京での激しいデモに参加していたので、それでも沖縄の街頭行動はまだ緩やかであった。

沖縄本土復帰を願ったのは、多くの人がそうであったのだろうが、正義感からであった。私は東京に帰るとアルバイトをして金を貯め、しばしば沖縄にいった。晴海から那覇にいくこともあったが、鹿児島新港まで汽車に乗り継いだりヒッチハイクをしたり途中旅を楽しみながらいって、そこから那覇行きの船に乗ることもあった。晴海からなら船中に二泊しなければならないが、鹿児島からは一泊ですむ。

帰りの船に乗った那覇港で、印象的な光景に出くわしたことがある。集団就職をする中学卒業生を東京に送り出すため、親や親戚や知人が岸壁に見送りにきていたのである。別れの情が切なくて早々と紙テープを投げてしまい、両端を持ちあっているのだが、なかなか船は出港しない。言葉もいい尽くしてしまったその時間は、間が持てないものである。紙テープも風に吹き千切られてしまう。あれほど流れた涙も無惨にも乾いてしまうのである。

ぼうっーと汽笛が鳴り、船が動き出すと、一斉に五色のテープが投げられてあたりは花が咲いたようになる。船上と岸壁とお互いに声が投げられ、涙が流れてくる。その別れの光景の中に身を置いた私も、泣き濡れてしまうのであった。

船の旅とは苦しいものである。二等船室はカーペットの敷いてある船倉の広間に毛布一枚をあてがわれてゴロ寝で、甲板に出ないかぎり一日中天井を見ていることになる。波の動きのとおりに船は揺れる。全体がせり上がっていくその先端には、私がいる。ぐっぐっと登っていき、登りつめた瞬間に放たれ、そのまま沈んでいくのだ。重量をなくして落ちていく瞬間、身体を支えていた床がなくなったようで心細い気持ちになる。それから何処まで沈んでいくのだろうと不安になる落下の感覚が、まことに気持ち悪い。吐いた時のための洗面器がそのへんに置いてあり、用心のため一つを近くに引き寄せておく。無理に我慢しているより、いっそ吐いてしまったほうが楽である。我慢に我慢を重ねていると、隣りの人が吐き、つられて吐いたりもする。

三食の食事が時間になると一皿に盛られて運ばれてくるが、食べられるのはたいてい二日目になってからだ。飛行機に乗るなど、もちろん経済的事情から考えられなかった。船が当たり前だった。海はまさに越えなければならない困難な境界だったのだ。

まわりの人が親切なので、沖縄の旅は楽しかった。沖縄、奄美、つまり琉球の旅ははじめは竜宮城にいるように楽しいという意味のことを、島尾敏雄さんは書いている。だが時間がたつにつれしだいに風土の深みにとらえられて苦しくなる。まさに私は竜宮城を旅しているのだった。ヒッチハイクのための車は目を見合わせただけで止まってくれたし、どこにでもある公民館にいくと、多少の逡巡の色は見せられたが、たいてい泊まらせてくれた。

金を使わない旅であるはずなのだったが、最初から持っている金が少ないので露銀が尽きた。身体が元気だったので、仕事を見つければいいのだと軽く考えていた。私は天地一枚の間にいるのだという自由な感覚である。

私は沖縄の北部にいた。ヒッチハイクで拾ってくれた人に、何処かで働きたいのだがと相談した。それなら砂糖キビ畑にいけば、いくらでも雇ってもらえるということだった。仕事がきついので、働こうという人が少なく、慢性的な人手不足である。やる気さえあればいくらでも紹介してやるといわれた。ちょうど砂糖キビ刈りのシーズンで、あっちの畑でもこっちの畑でも働いている人の姿が見られた。砂糖キビ刈りの仕事はつらそうだが、できないわけではないだろうと私は思う。

知り合いの農家があるから紹介してやると、ヒッチハイクで乗せてくれた人にいわれた。農家のほうでも人が欲しいので喜ばれるだろう。車に乗せてもらっていくと、砂糖キビ畑は平地にあるのではなく、起伏のついた山の地形のところにあるのだった。緑の濃い砂糖キビ畑の一画に人が集まり、ばさばさと音を立てて刈り倒し藁縄で結束している。その人は道端に車を止め、一人で畑にはいっていった。年配の男が鎌を持つ手を止め、男と話し合っていた。私は道端で待っていた。思いがけず時間がかかっていた。

やがて車に乗せてくれた男が一人戻ってきて、気の毒そうに私にいう。

「働き手はほしいんだけど、あんたのことがわからんさあ。東京の学生だといったんだけど、それでもわからんというのさあ」

それからも二つほど畑をまわったのだが、結果は同じだった。当時の沖縄の農民と東京の大学生と、会話をする回路が結べなかったのである。車を運転して大きな道路に戻りながら、その人はいった。

「人がしょっ中出入りする場所なら、相手が誰かなど考えんよ。那覇の波之上《ナンミン》にいくといいよ。

人の素性など調べないさあ」

その時私は、波之上がどんなところかまったく知らなかった。懐具合が窮していたので、一日でも早くとにかく働かねばならなかった。那覇に戻った私は、とにかく波之上というところに向かったのだった。目標は波之上神宮である。今は国道五十八号線となった当時の一号線から、波之上神宮に向かって歩いていくと、西武門《にしんじょう》公番がある。その辻一つ向こうから、派手なネオンサインが林立する波之上の歓楽街がはじまる。まるでラスベガスみたいだなと、いったこともないのにその時も思った。

ここから波之上という最初の角の地味な構えの店に、「ビアホール清水港」と看板が出ていた。ビアホールなら平穏無事すぎるかなと思いながら、ドアを押して中にはいった。

「すみませーん。働きたいんですが、使ってもらえないでしょうか」

私はだだっ広い闇に向かって叫んだ。おうと声がして、小太りの目のくりくりした男が出てきた。男はその目を素早く動かして私を一瞥した。

「よし、一日一ドル。今晩からだ。三食はあげるし、ここで寝られるからいいだろう」

男は問答無用という感じでいった。一ドルは当時三百六十円である。いくらなんでもそれは安いと思ったが、私は切羽詰まっていたのですぐに受け入れた。

「よろしくお願いします」

その晩から私は働くことになったのだ。店の客用のシートを四つならべれば、ダブルベッドの大きさになる。私は寝袋を持っているから、とりあえずそれで寝床は確保されたのだ。私を雇ってくれたのはマスターであった。床の奥に部屋が二つあり、大きいほうの部屋にはマスター夫婦が、小さいほうの部屋にはチーフと役目で呼ばれる若い夫婦が暮らしていた。ママとチーフ夫人が交代で食事をつくってくれるから、私もついでに食べればよいだろうということであった。

その晩のうちにわかったのだが、「ビアホール清水港」はアメリカ兵を相手にする無許可のナイトクラブであった。午後十一時頃になると、私はテーブルやシートをどかして床の掃き掃除をはじめる。ほとんど同時に、カウンターの内側の床に置いてある土壺の中のまったく同じウィスキーを、ジョニー・ウォーカー赤、黒、ホワイトホースなどの壜に詰めかえていく。その壜は奥の棚にならべる。

午前〇時が仕事のはじまりだ。アメリカ軍が許可をした店でなければ、アメリカ軍兵士ははいってはならないとされていた。許可を得た証拠として、入口に「A」と書いた看板を掲げておく。これをAサインバーという。しかし、Aサインバーは午前〇時になると営業をやめなければならない。ベトナムのジャングルで生死を懸けた戦闘をし、わずかな日数帰休した若い兵士が、穏やかな気持ちのうちに帰って眠れといわれても、兵舎に帰るだろうか。

行き場のない兵士たちを受け止めたのが、無許可のナイトクラブなのである。「ビアホール清水港」は正面入口の暗い色のドアに錠をほどこして閉まっていて、窓にはベニヤ板が張ってあり光も音も外に洩れないようになっている。

裏口のドアを、勤務をすませたAサインバーのホステスが客の兵士を連れ、こんこんとノックをする。ドアには小窓がついていて、内側の板を持ち上げると誰がきたのか確かめられるようになっている。客だとわかればドアの施錠を解き、店内にいれる。

店内は真暗であった。私は主にウェイターをやった。兵士たちが注文するのは、ビールかウィスキーコークかウィスキーセブンだ。ウィスキーをコカコーラかセブンアップで割ったもので、相当酔った上で店にくるから、ウィスキーの味などわからないというわけだった。時々沖縄の人がカウンターなどに坐り、ジョニ黒のストレートを注文したりする。ウェイターがこの注文を受けた時には、バーテンのところにいって小声で囁く。

「ほ、ん、も、の」

オリオンビールが一本一ドル、ウィスキーセブンとウィスキーコークが一杯五十セントだった。暗くて金を払ったのかどうかわからなくなるので、グラスを摑んだ客の手首を摑んで金を払ってくれるまでは放さないこともあった。

危険なことをするウェイター仲間もいた。銀盆の底を雑巾でびちょびちょに濡らしておき、飲み物を運んでいったついでに、その盆をテーブルの上に置く。アメリカ人の酒の飲み方の一つのタイプは、百ドル分を飲むと決めたら、百ドル札をテーブルの上に置いておき、ウェイターが注文した分の金額だけそこから持っていく。釣りはその上に重ねておくのだ。その札を狙い、上に濡れた盆を重ねて置き、貼りつけてひょいと持っていってしまう。

仕事はウェイターの他に、バーテンもあった。ソフトドリンクにウィスキーをいれるだけだから、誰にでもできる。その他に、外の見張り役もあった。店が最も恐ろしいのは琉球警察とミリタリーポリス（ＭＰ）で、たえず二人連れで巡回している。ＭＰの場合は、人種差別の問題があるので必ず白人と黒人とで組む。彼らの姿が見えると、植え込みの陰に隠してあるスイッチを切る。店内ではジュークボックスが消え、ウェイターが静かにするように小声でいってまわる。

私はごく一般的な大学生であったが、不思議の国《ワンダー・ランド》に迷い込んだようであった。アメリカ兵といっても私と同世代の青年で、本国に帰れば工員や農民や学生であったのだろう。一方の私は、戦争に狩り出されて苦しむこともなく、自由自在に楽しい旅をしている。何をやってもただひたすら自分自身のためだった。一見歓楽に興じているようだが、兵士たちが最も苦しんでいた。彼らを相手に商売をする沖縄の男や女たちは、なんとも頼もしい生き方をしている。

思いもかけずもう一つの世界を覗いて見たような楽しい旅であった。一カ月ほど働いて約束通りの賃金を私はもらい、ママからは銭別にジョニ黒一壜をもらった。軍の売店ＰＸで知人に買ってきてもらったもので、個人の消費に使うため安く販売するのであるから、買う時には必ず蓋を開けなければならない。中身は間違いなく本物であると、ママにはいわれていた。ジョニ黒はあまりに高級品で、自分で飲むものではなかった。だが売るにしても、蓋が開いていたのでは買い手は信用しないだろう。それが私の最大の問題であった。売ることができず、結局友人たちと飲んだ。あまりにうまくて、涙がでた。

東京の下宿に帰ると、この体験をどうにかして表現したいものだと思った。言葉こそこの身についたもので、肉体と同じだ。言葉を使った表現として、小説を書きたいと思った。それにはまず原稿用紙がなければならないと思い、近所の文房具屋で一番安いものを買ってきた。コクヨの緑色の表紙のB5版で、縦書きのものを横書きにして使った。集中して一気に百七十枚書き、「とほうにくれて」とタイトルを付けた。その後ある事情ができて新宿区四谷三丁目の「早稲田文学」編集室に持っていった。とても掲載になるとは思えず、深い井戸の中にほうり込んできたような感じであった。私は二十一歳であった。

結果としてこの作品は「早稲田文学」一九七〇年二月号に載った。私にとってははじめて活字になった作品で、原稿料一枚二百円も生まれてはじめてもらった。この原稿料は留年をするための学資になった。

書いてから九年後に出版された単行本では「途方にくれて」と改め、標題作とした。

早稲田大学に入学す

話は前後する。

早稲田大学にいこうと思った。深い理由はなかったが、バンカラな校風がなんとなく私にあっているると思えたからである。

宇都宮高校の同級生四人と上京した。上野の旅館の部屋に四人ではいった。東京が恐ろしい気がして、いつでも帰れるようにと半身になった気分で、東北本線の終着駅の上野に宿をとったのである。そのことだけでも、新しい世界に跳び出すことにどれだけ腰が引けていたかがわかる。

同級生たちはそれぞれ受験する大学が違い、朝になると別の方向に散っていき、夕方に宿に帰ってきた。幾分は修学旅行気分でいられたことも楽しかった。風呂にはいる時に「男入浴中」という札を入口に掛けるようになっていた。裏返しにして「女入浴中」の札を掛けてはいっていると、女中さんがはいってきて、いたく叱られた。

「女の客が今はいないので、おかしいおかしいと思っていたら、やっぱりあんたたちだったのねえ」

私たちが裸でいるところにはいってきて、大音声を発したのだ。女客がいないとわかっているなら、わざわざ中にはいってきて確かめることもないはずなのである。だがその女中さんとは親しくなり、受験が休みで昼間も宿にいる時など、掃除にやってきた女中さんとハタキでチャンバラをして遊んだ。

明日最初の受験だという夜、みんな早目に床についたのだが、私は頭が冴えてしまって眠れなくなった。旅館は「水月ホテル鷗外荘」といい、森鷗外の別荘が残っていた。不忍の池に面していて、上野動物園とも接していた。眠れない私の耳に、動物の吠える声が響いてきた。あれは虎が遠く離れてしまった故郷の森をしのんで檻の中で遠吠えをしているのだと空想した私は、想念が広大なジャングルに向かったかのように広がり、ますます眠りから遠ざかってしまった。壮大な森の木の下で身を潜めるように蒲団の中でじっとしているうち、眠りにとらえられたのではあったが……。

後年、上野動物園園長と対談したことがあり、夜騒然とした声で吠えるのは虎ではないですかと尋ねたことがあった。

「虎などの大型猛獣は、そんなに騒がしく吠えるということはありません。たまにウォーッと低い声で一声鳴くだけ。あなたが聞かれたのは、きっとホエザルかアシカでしょう。一晩中元気に鳴いていますよ」

狭い檻やプールをいったりきたりして吠えているホエザルやアシカではずいぶんイメージが違うのだが、遥かな故郷の森や海をしのんで鳴いているというイメージは変わらない。

私は私立大学三校を受けた。上智大文学部、慶応大文学部、早稲田大政治経済学部、法学部、商学部、文学部である。結局落ちたのは、最初に受験した上智大文学部と最後の早稲田大学文学部であった。地方の男子高からやってきた私は、上智大ではすぐ近くにきれいな女子がたくさんいて、いいにおいがする。試験問題にはとても集中できなかったのである。早大文学部は最後の受験で、それまで連日試験を受け、疲れ切り、嫌になってしまったのだ。

早稲田大学は第一次早大闘争の真最中で、校舎は学生に占拠され、受験ができるかどうか微妙な状勢であった。私は弱い立場の受験生であるから、受験ができるように祈っているしかない。直前に警察機動隊が導入され、学生たちは自主退去して、どうにか受験はできたのである。

大学のまわりはものものしい雰囲気であった。濃紺の戦闘服とヘルメットの機動隊員が周辺を少人数で隊列を組みパトロールし、大部隊が大学を取り囲んでいた。受験生は受験票を大学職員に提示し、ジュラルミンの銀色の楯を持った機動隊員がつくる人垣の間の細い通路を通って、試験会場の校舎にいく。警察機動隊をテレビでしか見たことのなかった私は、激動する社会というものにはじめて触れたような気分であった。

昭和四十一（一九六六）年四月、私は早稲田大学第一政治経済学部経済学科に入学した。早稲田大学で、できたら文学部にはいりたいと思っていたのだが、落ちてしまったのだ。どうして再度気力を振り絞り真剣に試験問題を解かなかったのだろうと悔やんでみても、もう遅い。結局親や高校の先生がはいるなら早稲田政経学部がいいとあまりにいうので、結局そのとおりにした。大学や学部選びで、どうも私はいいかげんであった。政経にはいったのだが、授業がはじまると、経済学はどうも私には向いていないと気づいた。

早稲田大学第一政治経済学部に入学をしたといっても、入学の手続きをしただけである。受験の合格者発表がすんで機動隊が去っていくや、帰ってきた学生が再び大学を占拠した。受験の時は一時休戦という形だったのだ。

私は一年生になることはなったのだが、しばらく自宅待機ということになり、宇都宮の生家で入学式の案内が届くのを、運転免許をとるため自動車教習所に通いながら、待ったのである。早稲田で何が起こっているのかは、しばしば新聞報道があるのでわかった。占拠学生に対する新聞の論調は厳しかった。田舎に住んで新聞の報道しか知らない私は、大学を不法占拠する学生に反感を持っていた。早稲田大出身の国会議員が超党派で調停をしたりして、はっきりした記憶はないのだが、ほぼ一カ月後に入学式が行われたと思う。

私が早稲田に受かったので、父は大変に喜んでくれ、入学式までついてきた。私は高校時代に着ていた学生服で、バッジを高校から早大のものに変えただけであった。入学式の当日、式がはじまる前に、父が穴八幡神社の向かいにある帽子屋で角帽を買ってくれた。その時そばにいた人にカメラを渡して父とならんで撮ってもらった記念写真が残っているのだが、父も角帽をかぶった私も嬉しそうである。入学式は文学部にある記念会堂で行われた。人があまりに多くて、壇上でのセレモニーも何をやっているのかよくわからなかった。

入学式会場前の広場には、サークルへの勧誘のブースがたくさんでていて、ちょっと歩いただけでザラ紙のビラが掌の上にたまっていった。もちろんその中にはスト参加を呼びかけるビラも、スト解除を主張するビラもあった。放送研究会や茶道研究会や仏教青年会や落語研究会や、まことに多種多様である。この世界でこれから生きていくのだと思うと、楽しい気分であった。

「おい、こいつ、いい身体をしているぞ。日本拳法部にはいらんか」

いきなり私は肩に手を掛けられた。その時私は肩幅が広く、がっちりとした体格をしていた。日本拳法は厳しそうで、私は入部する気はない。

入学式があっても、すぐにオリエンテーションがあって授業がはじまったわけではなかった。校舎という校舎は、まだ机や椅子のバリケードで封鎖されていたからだ。新入生としてこれからどうなっていくのか、見当もつかなかった。

私は本部前のキャンパスをぶらぶら歩いている時「早稲田キャンパス新聞会」に勧誘され、入会する署名をした。もともとジャーナリストになりたいという気持ちがあり、また大学内の騒動のこともよくわかっていないので、大学で何が起こっているかを理解したかった。大学にいると「革命」という言葉がしばしば響いてくるのだが、その意味も表面のことしかわからない自分が物足りなかった。そんなこともすべて勉強したいと私は思っていたのだ。

「早稲田キャンパス新聞会」の部室は、二十一号館裏にあった。大隈講堂から大隈重信侯銅像とを結ぶ大学構内の中心線ともいうべき一番奥にあるのが二十一号館で、その屋上をなお突っ切っていくと、何軒かの平屋木造のしもた屋がある。そこに演劇研究会や映画研究会や文章表現研究会の部室があり、「早稲田キャンパス新聞会」は最も入口に近い一軒家をそのまま使っていた。

新聞は一カ月に二度発刊され、学内の無人スタンドで販売された。売り上げ金はほとんど回収されなかったが、広告をとっているので、無料で配るというのが前提であったのだ。

私は高校時代に写真部だったので、新聞会ではカメラマンをやることになった。もちろん先輩のカメラマンがいて、取材にはもっぱらその人が出かけていたから、私は写真部員に予定されているというほどのものだった。もちろん一年生は準部員というところで、新聞づくりの第一線に立つのではない。卒業生の名簿を頼りに企業の先輩を訪ね、広告を出稿してくれるよう依頼にまわったりした。一年生の主な仕事は、広告取りであった。

カメラマンの道を歩きたいという気持ちがあって、私は写真部にもはいった。有名なカメラマンを輩出している早大写真部は、私にはもうひとつの憧れであった。宇都宮高校で私は写真部長を務め、卒業アルバムの制作にあたったりした。暗室作業も好きで、地方の芸術祭の写真部門で入賞を重ねた。そのため写真大学か日大芸術学部写真科に進みたいと思い、ある日同居している両親にカメラマンになりたいと手紙を書いて居間のテーブルに置いておいた。朝起きてみると、両親が悲しそうな顔をしている。私は両親が満州から引揚げ苦労に苦労を重ねて私を育ててくれたことを知っているから、両親を悲しませないため普通の大学にいくことにしたのだった。

早大写真部ならサークル活動なので仕事とは別である。早大写真部は部員が何百人もいて、全体がよくわからない。暗室もあるのかどうか知らされない。何人かの同期生と言葉を交わすようになったものの、特に親密というのでもなかった。デモがあるというと、報道写真を指向しているものはカメラを持って飛んでいった。撮られた写真は記録になる。後で裁判や公安の証拠になるのではないかと考えると、私にはどうも違和感があった。そのためいつか写真部からは足が遠のいていた。

「早稲田キャンパス新聞会」の活動は少しずつはじめていた。新聞会は翌年の受験生のために学内案内の本を毎年夏に発刊していて、私はその本の写真をすべてまかされたりした。また新聞には書評なども書きはじめていた。

学内では相変わらず集会があり、デモがあったりした。学部単位の学生大会が開かれ、決をとるとスト解除が大勢を占めるようになって、次々とバリケードが撤去されていった。スト派は学生大会を開きたくない。政治経済学部の学生大会は、学内では最後に開かれた。全学共闘会議議長は政経学部の大口昭彦で、第一次早大闘争の本部は政経学部自治会にあるようなものだった。

一年生はあくまでオブザーバーで投票権はなかったが、私は周辺の仲間とともに学生大会に臨んだ。一年生たちは最後部の二階席に集まり、時折声を合わせて叫んだ。

「共闘会議粉砕!」

壇上では各組織の代表が次々と立って演説をする。できるだけ長い時間を費やすようにすれば、時間切れで流会になる。それが狙いである。どんなに早くても大会終了までには夜が明けるはずであった。

学生大会はまことに退屈きわまりなかった。演説の内容は、演説者の所属する組織の名を聞いただけでわかった。大口昭彦全学共闘会議議長、彦由常宏副議長の姿を見たのも、この時がはじめてであった。ことに彦由常宏とは後年親交を結び、剣道の稽古をつけてもらうことになる。学生服を着た彦由副議長は、この時政治組織中核派に所属していて、後に除名された。連日連夜の闘争による過労のせいか、氏が壇上で血を吐いて倒れたのが印象的であった。

この学生大会には、スト解除を求める一般学生が多数参加していた。ストに関する議決の動議がたびたびスト解除派の学生から出されるが、スト派から否決される。そのくり返しであったが、とうとうスト続行か解除かの決議がなされることになり、会場は騒然となって暴力的な気分があふれた。

結局挙手による投票となり、ストは解除されたのである。スト派学生が前のほうに集まり、大口議長が悲痛な雰囲気で演説をする姿が私の脳裏に焼きついている。

外にでると夜が明けていた。百五十日間にわたる早稲田大学全学ストは終わったのだ。

早稲田キャンパス新聞は客観中立報道の立場をとる新聞であった。しかし、会の内部では、客観中立という立場などあるのかという議論があり、そのことで激しい対立が起こっていた。百五十日にわたる全学ストの後遺症というものであった。左翼的な影響を受けてストに参加したものは、早稲田キャンパス新聞は秩序的体制的だと思うようになり、客観中立の立場とはすなわち右翼的な大学当局の立場を代弁しているにすぎないとみなすようになった。私もそのように感じはじめていたが、私自身の思想はそれほど強固というものでもなかった。新聞会の執行部は客観中立派が占め、人的配置もそのようになされていたのである。まだどちらの派ともいえない多くの一年生は、両派から喫茶店で話そうと誘われたりした。

そんな時、新聞会恒例の夏の合宿が外房の海水浴場であった。夏休みの電車は満員で、車内で私は立っていった。部員も車内にばらばらに散っていたのだが、別のグループが乗りあわせた客に家庭教師のアルバイトを頼まれ、下宿が近いということで私にその役がまわってきた。合宿といっても、浜でサッカーをしたり、遊んでいるようなものだった。反体制派は一年生も含めて一人も参加しなかったのである。

九月になってからとうとう早稲田キャンパス新聞会の総会が開かれた。対立がはっきりしていたので、ミニ学部集会のようなもので、この時も一年生は議決権のないオブザーバーであった。論争は荒れたのだが、執行部の予定のとおり最後に投票ということになり、反体制派は破れてキャンパス新聞会を去ることになった。さてお前はどうするのかと、私は問われることになった。客観中立報道など体制を守るための幻想に過ぎないと思いはじめていた私は、「早稲田キャンパス新聞会」を去ることにした。残った執行部のメンバーの顔ぶれから、どんな新聞が発刊されるか想像がついた。先頃の全学ストを後に第一次早大闘争と呼ぶようになるのだが、闘争終了と同時にあっこっちでサークル組織の分裂が起こっていた。

去っていったメンバーは、後に「早稲田新聞」を発刊する。主観に満ちた文学的な新聞であった。昔からある「早稲田大学新聞」とはまったく別物である。

私は誘われたが、早稲田新聞には参加しなかった。どんな組織にも所属せず、文学的な方向へと一人で歩むつもりであった。

自己を武器化せよ

記憶は朦朧としているのだが、はじめてデモに参加したのは砂川闘争であった。米軍立川基地の飛行場拡張に対し、地元北多摩郡砂川町の住民は反対同盟を結成して抵抗していた。反対同盟を支援するため、私は仲間たちと誘い合って早稲田から駆けつけた。

警官隊と作物の植えられていない休止中の畑で全面衝突した。転ぶと泥んこになり、結局ズボンもシャツも泥だらけになり、頭には放水車から水をかけられ、ひどい有様で電車に乗り下宿に帰ってきたのであった。デモ一つとっても、遠くから見て批判するのと、その中に我が身を投じるのとでは大きな違いがある。

私の大学生活は、大学が封鎖されていたので、変則的にはじまった。何もかもがゆっくりと現実の中にはいっていった感じである。地方出身者は、東京での暮らしをするにあたってまず住む場所を決めなければならない。郷土出身者がはいる「栃木県寮」というものもあったのだが、束縛はできるだけ少ないほうがよく、可能なかぎり自由な暮らしをしたいというのが私の望みであった。

普通なら入学試験合格から入学までそれほど時間の余裕はないものだが、なにしろ入学式がいつなのかわからない状態であったから、そんなにあわてる必要はない。しかし、あまりのんびりしていても、有利な下宿はなくなってしまうかもしれない。

母が近所の人に話しておいたため、その情報網にさっそくある知らせが引っかかった。

「うちの息子が、お宅の息子さんといっしょに暮らしてもいいといっていますよ」

母の食料品店に買いにくる近所の奥さんが、こういってくれたのだった。

「部屋代も半分になるし、どうせ寝に帰るだけでしょうから」

今は筑波大学となり、当時は東京教育大学といっていた大学の数学科に通っていた高畑弘は、小学校、中学校、高校も私とすべて同じで、一年先輩であった。身体の大きな男で、彼と同居することになる部屋は四畳半であった。私もそれほど小柄というわけではないが、彼の身体はずっと大きい。大の男が二人身を寄せ合って暮らすのが四畳半というところは東京らしいと、私は根拠もなく思った。

たいした努力もせず、これで東京で住む場所が決まった。

蒲団屋の叔父さんが寄付してくれた蒲団を、チッキで送った。チッキとは、国鉄の切符を持っていると、その行き先まで荷物が安く送れるという制度である。

十八年間住み慣れた両親のもとをこうして離れることは、昔から決められていたようにも思うのだ。自分の足で動き出すこの時を、私は待っていたのだった。

列車に乗って東北本線を揺られていた時、私はなんとなく考えていたことがあった。

宇都宮は関東平野を切り裂くように東北本線が南北に走るところである。宇都宮は雪がほとんど降らないかわりに、空っ風と呼ばれる乾いた風が吹く。その乾燥した埃っぽい野に、北のほうから列車が黒煙を噴き上げて走ってきた。東北地方の大地からやってきた列車は、真白い雪を屋根にのせていたのだ。純白のキラキラと輝く雪は、まわりの埃っぽい風景とはまったくあわなかった。つまり、この土地のものではないのである。

線路がカーブしているところがあった。そこにくると列車の屋根の上にあった雪が落ち、土埃を浴びて黒くなりながら、そのまま春まで溶けずに残った。まるで石炭のような黒い物体も、靴先で蹴ると、中は白いのであった。

あの線路の先には、この土地とは違う別の世界がある。私は線路の遥か先の北方に、憧れのような気持ちを抱き、自分はいつかそこにいくだろうと思った。

もちろん後年になって北方にはくり返しくり返しいったのだが、その時の私は南の東京のほうにいくことになったのである。私はチッキの蒲団袋一つを持っていた。下着などの細々とした荷物は、蒲団の間に挟んでおき、配送費を節約して十五分ほどの道のりを私は蒲団袋を背中に担いでいったのである。

板橋にある下宿の正式名称は、「電波学園寮東山荘」というのだった。蒲田にある専門学校の寮で、安いという理由で他の学校の学生もサラリーマンも住んでいた。すべて四畳半の部屋が十幾つあり、オーナーの六十歳代の母親と、三十歳ぐらいの娘が食事をつくってくれるのだ。

四畳半の部屋に二人で住むとは、一人当たり二・二五畳ということである。私はまだ机を持っていなかったが、二台机を置き、蒲団を二組敷くと、部屋の中はもういっぱいである。コタツを使っていたとしたら、押入れにいれるか廊下に出しておかなければしようがない。

高畑弘は昔から人がよくて、そして大変な読書家であった。壁の棚にはドストエフスキーやトルストイなどのロシア文学全集がならんでいて、分厚い本も静かに読んでいることが多かった。テレビもラジオもなかったから、同居していてもたいした会話もなく、たいてい無言で本に向きあっていた。

「君は食糧を買え。俺は本を買う。俺の買ってきた本は自由に読んでいいから」

もちろん悪い気持ちからではなかったのだが、ある時高畑弘はこんなふうにいったことがあった。お前は本を買うといっても、何を買ってよいかわからないだろう。自分が良書を買ってくるから、自分が読んだ後は自由に読め。そのかわり、酒とか菓子とか食べるものは、お前が買え。そのような提案であったが、彼といつまでも一緒に暮らしているかわからないのだし、私は自分の読みたい本を買ってきたいわけだから、その提案は断った。

東山荘の食事は、支払っている食事代が安いのだから仕方ないのだが、相当にまずかった。玄関先には麻の米袋が積まれ、その一枚一枚の袋に英文でアーカンサスと書かれている。当時としてはまだ珍しいアメリカ産米であったのだ。もちろんそのことはどうでもよかった。

サラリーマンは朝が決まって早い。私などはあまりに自由なものだから、遅く起きていく。すると味噌汁の具はとっくになくなっていて、水を足しただけで量を増やしていくから、かろうじて色のついた湯のような有様である。箸でかきまぜると、ワカメの切れ端が引っかかり、なんだか得をしたような気分にすらなった。今日はシジミ汁だなと喜び、箸で摘もうとしても摘めない。よくよく見ると自分の目玉が写っていたというのは落語の話だが、ほとんどそんな具合であった。

飯は丼一杯の盛り切りで、お代りはきかない。おかずは小皿にはいったおしんこに、朝は海苔が手札型に五枚ほど切ってある。それが朝食で、夕食は海苔のかわりに、アジの開き、サンマ焼き、冷奴、餃子などの安い惣菜がついているのである。

夜は腹が減って困った。田舎から出てきて、それまでは米ぐらいは腹一杯食べていたのである。部屋が食堂の隣だったので、母娘が自室に消えたのを見はからっては、盗みにはいった。盛り切り一杯の飯を、盗みにはいったもの同士で分け合ったこともあった。

これまで何度か書いたことなのだが、この流れの中で書くのが一番ふさわしいと思うので書いておく。

東山荘の食事は、貧しくはあったが、命綱であることに間違いない。その食事が、日曜日は母娘の休日で出ないのだった。それはつまり、近くの食堂にでもいかなければならないことを意味している。

日曜日の朝は、早く起きても腹が減るばかりだから、できるだけ寝坊をする。昼近くに起きた私は、一人で駅のほうに向かっていき、一番近くの食堂にはいった。私が一人ではいった生まれてはじめての食堂だった。

店内は学生や若いサラリーマンでいっぱいである。カレンダーの裏側にマジックインキで書いたメニューが、壁には貼ってあった。私は当分親からの仕送りだけで暮らしていくつもりだったので、一カ月のことを考えれば生活費のことも切り詰めねばならなかった。

壁のメニューをまさに穴のあくほどに見詰めた。視線をあっちこっちに移動させるのだが、どう見ても高い。これでは東京生活の先行きも思いやられるのである。

そうこうしているうち、たった一つ安いものを見つけた。「オニオンスライス」とあった。私はこれを、「オニオンス・ライス」と勝手に読んだ。つまり、玉ねぎ御飯である。

「オニオンス・ライスください」

私は食堂のおねえさんにいった。

それからはじっと待ちでである。だが私が頼んだものはなかなか出てこず、別の人が後から注文したコロッケライス、餃子ライス、鯖味噌煮ライスなどが先に出てしまう。

やっと私の前に皿が置かれた。玉ネギが薄く切ってあり、上に花カツオがたっぷりとかけてあった。その花カツオが人を小馬鹿にしたように一斉に踊る。だがまだライスがでてこない。私はずっとライスを待っていたのだった。

「ライスはまだですか」

食堂のおねえさんに、柔らかくこれだけを尋ねればよいのである。しかし、私にはできなかった。栃木弁で言葉が訛っていることに東京に出てきてから気付き、それがコンプレックスになって話そうとする喉のあたりに固まっていたからである。

花カツオは玉ネギに湿り付いてもう踊ってくれなくなっていたが、私は静かにオニオンスライスを食べてきた。これをおかずに御飯を食べるのも変わっているが、御飯もでないのなら、東京は腹が減ってなんともつらいところだなと思ったりした。

オニオンスライスは栃木にはなくて、私にとって自分の金を使い東京ではじめて食べた料理であった。

時代はかなり飛ぶのだが、「今も時だ」のことを書こう。ほんの数日前の二〇〇九（平成二十一）年七月十九日（日）、東京の日比谷野外音楽堂で山下洋輔と彼をめぐるこれまでのトリオに参加したすべてのメンバーのセッションが行われた。今日までに亡くなったのは、ドラマーが一人だけである。広い会場は満員で、山下洋輔やミュージシャンたちもほとんど還暦を過ぎているのだが相変わらずパワフルな演奏をくりひろげ、私は聴衆とともに大いに楽しんできた。最後に登場したのが、最初から最後までいる山下洋輔と、四十年前にトリオを結成したサックスの中村誠一と、ドラムスの森山威男であった。この三人が「今も時だ」の主人公である。

全共闘運動とは文化運動であった。文化的実験が大いになされたのである。誰が本当の仕掛人だったのかは今となってみればよくわからない。時代というものが本当の仕掛人だったのだろう。

当時田原総一朗は東京十二チャンネル（現テレビ東京）のディレクターで、「ドキュメンタリー青春」という時代の先端を追った刺激的な番組をつくっていた。テレビカメラがはいり、早稲田でのそのシーンはテレビ番組として放送になった。当然音楽の録音もされていたわけで、その音源をもとに私たちは後年マイナーレーベルのＬＰレコードを出版した。「ダンシング古事記」というそのレコードは、山下洋輔トリオの最も古い録音であり、ＣＤとしても復刻されているから、入手することも可能であると思う。

そして、私はこの破天荒なコンサートをもとにして、小説「今も時だ」を書いた。「新潮」新人賞候補作品で、私にすれば最初に商業文芸誌に掲載された作品であって、なにがしかの原稿料ももらった。結局新人賞はとれなかったが、批評はおおむね好意的で、史上初の全共闘小説といわれたことも記憶している。この作品を「新潮」誌上に掲載してくれたのは宮辺尚で、その後数多くの仕事をともに重ね、単行本も幾冊も編集してもらっている。宮辺尚は私がはじめて知った職業編集者であった。そして、この作品を単行本にしてくれたのは国文社の田村雅之で、私にとっては二冊目の単行本である。

あれをコンサートといってよいのかどうかわからないが、アジビラに書かれていたのはこのような文言であった。

「ＪＡＺＺによる問いかけ、自己を武器化せよ！　自己の感性の無限の解放！」

学内の校舎は、たいていどこかの党派に占拠され、危険でうかつには歩けないような状態の時代であった。そんな時、反戦連合という無党派組織があり、膠着しきった学内に石でもほうり込むようにしてジャズコンサートを開くことにしたのだ。会場といっても特にないから、敵の党派の占拠する校舎に突っ込み、無理矢理つくった空間でコンサートをする。もちろん演奏者も楽器もいっしょに突っ込む。企画したのは彦由常宏で、実行したのは反戦連合の高橋公たちである。

その戦闘的ジャズメンに指名されたのが山下洋輔トリオであった。山下は長いこと結核の療養をし、その間「ブルーノートの研究」などをし、新しくトリオを結成して活動をはじめたばかりであった。つまり、ジャズメンとして知る人ぞ知るという程度であったが、彼等の演奏に触れた人の多くは熱烈なファンになった。

あんな危険な企てに何故乗ったのかと、後年私は山下に尋ねたことがある。正確な言葉は忘れたものの、こんな意味の言葉が返ってきた。

「仕事がなかったから、何処にでもいくさ。ここだといわれた場所でピアノを叩いてくればいいと思ってた」

反戦連合の面々は白昼ヘルメットを目深くかぶり、タオルで覆面をする。それから大挙して大隈講堂にいき、秘蔵されていた古典的名ピアノのスタンウェイを持ち出す。まるで御輿《みこし》のようにキャンパスを押していき、角材を突き立ててめざす校舎に突入し、ピアノとドラムスの台を装置してコンサート会場を設定する。トリオは学生たちの後をゆっくりついていき、それぞれの楽器の前にくると、いつものようにいきなり演奏をはじめる。

当然敵からは反撃があるはずであった。石が投げられ、火焔壜が炸裂し、ゲバ棒がうなって、阿鼻叫喚《あびきょうかん》の巷《ちまた》が出現するはずだった。スタンウェイは炎上するだろう。多くの人がそのことを期待したのだが、そうはならなかった。演奏ばかりが過激なジャズ演奏会が、ただただ平穏に成立したのである。敵も壁の向こうでトリオの演奏にじっと聞き入り、中にはヘルメットを脱いでこちら側にやってくるものもいた。

もちろん小説は、あるべきであった現実を書いた。

はじめての異国の景色

全共闘運動は文化運動というものであった。バリケード封鎖された学内が、一瞬輝きを放ったのであった。

今でも鮮烈に覚えているのは、校舎の屋上に簡単なペントハウスが建てられ、そこで連日ジャズの演奏がくりひろげられたのだ。要するに手製のジャズクラブである。山下洋輔トリオなどのプロの演奏者も出演していたと思う。酒もソフトドリンクも出なかったが、演奏者によってはそれなりの入場料をとられた。

学内は政治的な党派《セクト》による支配ではなく、全共闘と呼ばれる一般の学生が管理をしていた。そのため様々な感性を持った人が集まり、思う存分活動をしていた。文学活動も演劇の公演もさかんであった。

私は文章表現研究会に属していた。文学は個人的な行為だとはいっても、感性がのびやかに解放されていくような感覚があった。だからといって小説をたくさん書くほどの才能があったわけではなかったが、私の「今も時だ」はそんな時期の作品である。

文章表現研究会ではそれぞれの文章の合評会をし、デモがあれば出かけていった。私は少しずつ小説作品を書きはじめていた。文章表現研究会は全体では政治のほうに傾く傾向があり、もちろんそれはそれでかまわないのだが、基本である書くという行為がおろそかになっていると思われた。文章表現のための技術も学ぶべきなのである。私は文章表現研究会の主に後輩たちと語らい、同人誌をつくった。タイプ印刷で、百部ほど刷って三万円ほどかかったと記憶している。そこで私は「人魚の骨」「国境越え」『何?』『ジャズよ。ジャズが聞こえるわ』」などの短篇小説を書いた。この雑誌を「むむむ」という。「む」は「無」で、何もないところからの出発というような意味を込めた。この雑誌は定石どおり三号で潰れたというか、三号まで出たのである。

それから少したってからのことである。モダンジャズが時代のテーマミュージックのようになり、私はよく新宿などのジャズ喫茶にいった。すぐ目の前で、私とさほど年の違わないジャズマンが、汗だらけになって懸命にジャズの演奏をしていた。私はピアノ山下洋輔、サックス中村誠一、ドラムス森山威男の山下トリオが好きだった。アメリカの跳ねるようなスイングというより、田んぼの泥の中を駈けまわるような、日本独特のジャズである。テーマのフレーズは決まっているが、あとはまったく自由自在のフリー・インプロヴィゼーションだ。秩序はそれだけで、あとは楽器を使うというぐらいが決まりごとである。こんなにも自由というか、ほとんど出鱈目の世界もそんなにない。そんなフリー・ジャズが、熱狂的に支持を集めていたのである。

その頃、山谷によくいった。身体さえ運んでいけば、手っ取り早く金が稼げたからだ。国鉄南千住の駅からは、山谷は一本道であった。途中、小塚っ原刑場跡などがあった。山谷は寄せ場で、日雇い仕事などを求める労働者が集まってきた。そこにいけば名前なども必要なく、何処で生まれこれまで何をしてきたかなど誰にも問われなかった。重労働に耐える壮健な肉体がただあればよかったのである。

山谷はドヤと呼ぶ簡易宿泊所がならぶところである。蚕棚のベッドなら、一泊で百円ほどであった。三百円ぐらい払えば、三畳の部屋に泊まれた。眠れればよいので、私は百円の宿で充分であった。昨夜誰が寝たのかわからない汗臭い蒲団でも、別に気にならなかった。

私がはじめてドヤに泊まった昭和四十五（一九七〇）年十月二十二日夜、テレビ画面の中で大場政夫がタイからきたチャンピオンのベルクレック・チャルバンチャイに挑んでいた。チャンピオンは無名の若者に容赦なく襲いかかっていったが、足を使ったワンツー・ストレート主体のオーソドックスなボクシングをする若者は身体中に力をみなぎらせ、自由自在に動きまわる。九ラウンドでチャンピオンはダウン寸前に追い込まれた。チャンピオンは泣きながら闘っているようにも見えた。十三ラウンド、大場の右アッパーがチャンピオンをカンバスに倒した。チャンピオンはかろうじて立ったものの大場は右ストレートを打ち、チャンピオンをまた沈めたのだ。だが誇り高いチャンピオンは再度立ち上がり、左右フックの連打を浴び、十三ラウンド二分十六秒、すべては終わった。無名の若者だった大場政夫は世界フライ級チャンピオンになったのだ。

大場は「あしたのジョー」であった。矢吹丈はどこからきたのかわからないのだが、紙袋一つ持って突然山谷に現れるところから劇画ははじまる。当時少年漫画雑誌に連載された「あしたのジョー」を夢中になって読んだものだ。ジョーは宿命のライバル力石徹と最終戦をし、リングで真白に燃え尽きて死ぬ。私が山谷にいったのは、幾分は「あしたのジョー」の影響があったのかもしれない。まだ何をしたらよいかわからなかったにせよ、私も真白になるまで燃え尽きる「あしたのジョー」たらんとしていたのである。

山谷の朝は早い。仕度といっても何もないのだが、ドヤを出ると、食堂では店の前で盛大に炊き出しをやっている。炊きたての丼飯を凍ったタラコをおかずにかき込み、豆腐の味噌汁を丼で買う。腹がいっぱいになったら、泪《なみだ》橋交差点に向かう。労働者たちが大通りの方向を向いて歩道いっぱいにならんでいる。背後は銀行のシャッターである。やがてバスがやってきて、手配師が降りて労働者を選ぶ。

「よし、お前。お前。お前……」

手配師はこんな風にいいながら、その日雇う労働者の肩に手を掛けていくのだ。私は身体ががっちりしていて若いので、そんな時には真っ先に選ばれるのであった。選ばれると、傍らにとめてあるバスに乗る。それからその日の現場に運ばれる。

仕事は工事現場の後片付けなど、技術をともなわないものばかりだった。朝九時から五時まで働いて、四千円から四千五百円ほどであった。現場で賃金をもらうと、電車で山谷のドヤに戻った。山谷には同じような境遇の者同士の共同性というものがあった。いろんな事情で故郷に帰れなくなった者の疑似の故郷というものであった。

ある朝泪橋交差点にいくと、少し身なりのいい親方に声をかけられた。

「どうだ、俺の下についてみないか」

子分というか、配下になれというのだ。毎日現場が変わるのではなく継続した仕事場があれば楽なので、私は下につくことにした。親方は山谷のアパートの三畳間に住んでいた。まず部屋に連れていかれたのだが、そこにはテレビもあり、一日単位で借りるドヤとはまったく違う落着いた雰囲気があった。

「どうだ、俺の下に半年つくと、こんな暮らしができるぞ。よーく考えてみろ」

親方にいわれたのだが、私は半年間つくともつかないともいわなかった。どうせ私は去っていく人間なのである。

現場は狛江の住宅であった。電車で新宿にいき、私鉄に乗り換えた。建築会社の下請けのそのまた孫請けぐらいなのだろうが、土台を設計図どおりスコップで四角形に掘る仕事であった。柔らかな土ならよいのだが、相当に硬い。ていねいに一掘り一掘りつづけていくと、やがて土台は掘り上がる。昼食は近くの食堂にいき、餃子定食を食べたことを覚えている。その親方のところには一週間ほど通ったところで、仕事が切れてしまった。

山谷に戻ってドヤで風呂を浴びると、外に出る。夜の山谷で元気なのは立飲みの居酒屋である。

「俺は半年の出張から帰ってきたばかりだ。たんまりあるから、兄ちゃん一杯おごってやるぜ」

隣りに立って飲んでいただけの見ず知らずの男に、突然酒をふるまわれた。出張とは飯場にはいって働いていたということである。飯場にはいったのなら、金を使うところがないので手元に残ってしまうのだ。

「やっぱり山谷はいいな。ちょっと離れていると、戻りたくなってな」

男は機嫌よくこういう。この言葉をいいたくて男は私に酒を奢ってくれたのである。

別の男に、百円で酔う方法を教えてもらった。一本二十円の焼鳥を二本買い、三十円払えば一杯飲める自動販売機の焼酎を二杯買う。ガラスのコップにお湯割りの焼酎を受けると、傍らに置いてある一味唐辛子をたっぷり焼酎の中に振りかける。焼酎を指でかきまぜ、コップの中で渦を巻いている間に一気にあおるように飲む。飲んだらそのあたりを全力疾走する。百メートルも走ると深く酔っぱらう。ただし気持ちも悪くなる。


文章表現研究会のメンバーでアナーキストがいた。彼が仲間たちと山谷で騒乱事件を起こした。山谷の住人を扇動《せんどう》してマンモス交番を襲撃したというのである。

そのアナーキストの友人と韓国に旅行にいくことにした。私にとってははじめての外国旅行である。彼自身は起訴されたわけではなかったのだが、公判が迫っているとかで、夜行列車で出発しようとする東京駅のホームに弁護士が情報収集にきて彼を放さず、出発する列車にあやうく乗り過ごすところであった。

午後十一時近くに東京駅を出発し、朝大阪に着く各駅停車の便があった。四人掛けのボックスシートに坐り、うとうと眠りながら闇の中を走っていく。静岡、浜松、名古屋と駅のアナウンスを聞いたような気もするが、はっきりとはしない。大阪からまた各駅停車の便を探して乗りかえる。姫路城を見学した。ずいぶん遠くまできたなと嬉しかった。それからもすべて鈍行列車に乗り、夜は車内に泊まったのだ。

下関で大量の荷物を持ったアズマ（おばさん）の列とともに、関釜連絡船の船倉の部屋に下りる。電気釜や衣料やら大量の日本製品を買い出してきたアズマたちの怒鳴るような声を聞きながら、荷物の間に横になっている。船は第二次世界大戦の生き残りですと甲板の船員がいっていたとおり、相当古かった。朝鮮半島からの大量の日本人難民を運んだのだろう。

玄海灘を渡る時、船は相当に揺れた。ふわっと持ち上がっていき、限界までくると一瞬空中に放たれたようになり、それから下降していく。沈んでも沈んでも底に着かないような不安を覚える。底に着くとそこからまた上昇していき、それを際限もなくくり返すのである。船は横にも揺れるので、両手両足を突っ張っていなければごろんと転がった。そのへんに置いてある洗面器をとって吐く。沖縄にいく時と同様であったが、私はなかなか船に慣れなかった。

少し眠った。波は静かになり、錨をおろす鎖の音が聞こえた。釜山港に着いたのだ。甲板に出ると、船は沖合いに停泊していた。時間待ちをしていたのだろう。釜山の街を見て、私は驚いた。丘が幾重にもなって奥につづいている地形で、その丘の上に土と同じ色の赤い煉瓦の家がならんでいた。緑というものがまったくない。大陸の風景とはこのようなものなのだろうかと思った。緑がないことは、戦争の爪跡というものを考えないわけにはいかない。これが私が見たはじめての異国の風景であった。

パスポートを提示し、リュックを担いで上陸した。コンクリートの四角い建物がならんでいた。私たちは口をきくようになった船員が教えてくれた港のホテルにチェックインした。先の予定もなく、ガイドブックがないのでこの先何があるのかわからず、不安がいっぱいであった。

私たちの不安の様子を感じたからか、一人の男が近づいてきた。痩躯で髪が薄く、眼光が強い。いろんな人が寄ってきて金品を狙うから気をつけろといわれていたから、当然私たちは用心する。日韓条約が締結されて数年後で、その前は日本が植民地支配していたのだから、日本人に対して憎悪を向けてくる人もあるだろう。お互いにまだまだ探り合いのような時代だったのである。日本人というと、顔立ちはほとんど変わらないのに、懐かしがられたり珍らしがられたりもしたのである。旅全体に緊張を強いられていた。

食事をするにも困っていた私たちは、自分は画家だと流暢な日本語で自己紹介する男に話しかけられた。画家だといってもスケッチブックを持っているわけでもなく、本人が画家だというのだからそうに違いないと私たちは思った。正直のところその人の職業はなんでもよいのである。金完《キムウォン》と名のった。

六十年配の金完先生は、五十歳がらみの男の連れがいた。男は金完先生の理解者ということだ。金完先生にはこういわれた。

「自分はソウルからきている。そろそろソウルに帰ろうと思うが、旅先で旅人同士が知り合うのも何かの縁だから、しばらくいっしょに旅をしようじゃないか」

私たちには願ってもないことであった。言葉がしゃべれないので、私たちは自由にバスにも乗れなかった。濃い霧の中をいくような旅を強いられていたのだ。私たちは金完先生の申し出を受け入れ、釜山市内の景勝地の影島《ソンド》にいき、安い旅館を紹介されて四人で泊まった。ある時金完先生はいった。

「君たち日本青年の純情さには感銘を受けた。世間ではいろいろな事件も起きて物騒である。もし君たちの大切な大切な財布を盗られたら、たちまち難儀するではないか。国際問題にもなりかねん。第一自分が恥しい。最も安心な保管法があるが」

それまでも食事や旅館代や交通費はすべて金完先生が出してくれ、私たちは細かな出費をしていない。そのため安心して、私たちは金完先生に全財産を預けてしまった。本当はもっと細かなことを確認したかったのだが、私たちは金完先生を全面的に信用したのだ。確かに私たちは世間知らずの純情であった。何か尋ねたくても言葉の壁にはね返され、結局私たちは金完先生から離れることもできず、怒らせないようういうことをすべてきかなければならなくなった。

私たち独力ではとてもいけないところにいけるので、旅は楽しかった。まず金完先生さしまわしの車で慶州にいく。慶州が百済の都であることさえ、その時の私は知らなかった。慶州博物館にいくと、金完先生は真っ先に館長室に顔を出す。館長は金完先生の顔を見ると愛相よく振るまい、私たちにまで茶を出してくれる。金完先生はばらばらの状態で発掘された新羅時代の王の金冠を復元したということだ。金に宝玉が無数に散りばめられた複雑な金冠である。実際に展示されていて、私たちはその金冠をごく目近で見ることができた。

慶州は旅館に泊まった。夕食がすむと、金完先生は近くのキャンプ場にいくと大学生たちがテントを張っているから、交流をしにいこうといいだした。日本人が旅行にくること自体がまだ珍しかった時代なのである。山のキャンプ地にいくと、大学生たちに私たちは取り囲まれ、友好の雰囲気に包まれた。片言の英語で会話をしては、お互いの意思の微妙なところが通じずもどかしくなり、瓶にはいった濁酒マッカリを回し飲んだ。金完先生は時どき通訳をしてくれながら、若者たちに穏やかな笑顔を向けていた。

三角ズボンのこと

慶州にいる時、金完《キムウォン》先生はいきなりいった。

「私はこれから釜山に戻らなければならなくなった。君たちはせっかく韓国にきたのだから、このまま釜山に戻るというわけにもいかないだろう。特急列車の切符をとってあげるから、これからソウルにいきたまえ。ソウル駅には弟子が迎えにくる。君たちの世話はその弟子がする」

こうして私たちは慶州駅で金完先生と別れ、列車の人となる。韓半島を北上する特急セマウル号は快適であった。所持金をすべて金完先生に渡したままだったので、車内を売りにきた弁当を買うこともできなかった。ソウル駅で人込みの中を心細い思いで歩いていると、三十代前半と覚しき男に声をかけられた。誠実な男ではあったが、彼は韓国語しか話せなかった。韓国のある世代は、日本統治からの解放後、日本語はもちろん英語などの外国語を学ぶ機会がなかったのだ。微妙な意思は伝わらなかったが、彼の誠実さが感情の交換を可能にした。彼の案内でバスに乗り、金完先生のアトリエにいった。彼は一人そのアトリエに寝泊まりし、金完先生の作品「陵行道」の制作をしていたのである。王の墓参りの行列には、たくさんの人がはいっている。その一人一人を細密に描くのが彼の仕事だ。もちろん原画は金先生が描き、弟子たちはまったく同じものを再生産しているのである。金完先生は出来た絵をあっちこっちに売り歩いているのかもしれない。

弟子とは同じ屋根の下に寝た。食事はその弟子がつくってくれた。私たちが楽しむようにしてやりなさいと金完先生から命令がきていたのか、弟子は仕事をしながらもたえず私たちに気を遣い、洗濯がしたいといえば近所の川に連れていってくれた。多くの女たちが流れる水で洗濯をしていて、洗い上がった洗濯物を草の上に広げて乾かした。私たちも草の上に寝転がり、洗濯物が乾くのを待った。

慶州のキャンプ場で知り合ったソウル大の学生から金完先生のアトリエに連絡がはいり、私たちは彼らの家庭を訪問した。家の構えから、上流の暮らしをしている人に思えた。

彼らの一人が、日本に伯父さんがいて、いくら手紙を出しても返事がこないと嘆いていた。手紙が戻ってこないのは、伯父さんが受け取っている証拠である。日本に戻ったらその伯父さんの消息を知らせてもらえないだろうかと頼まれた。

後日私は頼まれた手紙を持ち、ずいぶんと難儀はしたのだが、東京の下町に伯父さんを探しあてて訪ねた。その人は商売をやっていたようだが、詳しいことはわからない。韓国の風景画や青磁の壜が飾ってある立派な応接間で、伯父さんという人は私にいった。

「私は鼻のあたりがちょっと赤い。だから手紙を出すと、ソウルのほうでは特別警察ににらまれるだろう。そっとしておいてくれたほうが、お互いのためなんだ。元気だとかなんだとか、君が適当に書いておいてくれないか。私は実際にこうして元気なんだから」

どうも複雑な事情があり、伯父さんという人は北朝鮮系に染まっているようなのだ。当時から現在も、韓国と北朝鮮とは戦争中であり、当時の韓国は反共産主義の砦なのであった。私が首を突っ込むことでもないので、かの学生には当たりさわりのない手紙を書いた。先方からも返事はなく、それっきりになった。

ソウルのどこを観光したのだったかは、ほとんど覚えていない。私も観光地にはさほど興味がなかったのだ。未知の土地にいき、人と触れ合うのが楽しいだけなのである。

いつまでも世話になって弟子の仕事の邪魔をしてもいけないので、私たちは釜山に戻り、日本に帰ることにした。弟子は金完先生と電話で連絡をとっていたようだ。特急セマウル号の切符をとってもらい、私たちは下りの列車に乗った。全財産を金完先生に預けたままになっていたので、相変わらず私たちは自分自身で行動するというわけにはいかなかった。

不安とともに釜山駅に着くと、金完先生の顔が見えたのでほっとした。ソウルでの様子を尋ねるわけでもなく、挨拶もそこそこに金完先生は私たちをタクシーに乗せ、自分は助手席に乗っていう。

「急がないと下関行きの船が出航してしまう。急ぐんだ。君たちの金はすべて使ってしまって残っていない。お土産もないから、二人にこれをあげよう」

こうして渡されたのが、かの「陵行道」であったのだ。大きな軸になっているとはいえ、二人で一枚の絵である。東京に帰ってから、ことに私などは生活費に困っていたので、相談して売ることにした。神田の湯島聖堂に預けると、販売を前提に何カ月か飾ってくれ、売れたら手間賃はとられるが金にかえてくれると聞いた。決められた期日に湯島聖堂にいったのだが結局売れず、絵はふたりの手元に戻ってきた。現在「陵行道」は友人の家にあり、家宝になっているということだ。

下関までの航海はまことに穏やかであった。生まれてはじめての海外旅行は、私にはよくわからない不思議な感触を残してひとまず終了した。私は最後の頼みとなるお守りとして、ジーパンの裏に十ドル紙幣一枚を縫いつけていた。友人も金をどこかに持っていたのかどうか、自分のことは自分でなんとかするという。そこで下関港で別れたのであった。

私たちの本来の旅行計画は、まず釜山にいって韓国を旅し、釜山で貨物船を探して、香港あたりにいき台湾に渡り、沖縄から日本に戻ってくるという漠然たるものであったのだ。ところが釜山で所持金をほとんど失くし、挫折して下関港に茫然と立っているのである。

私はとりあえず広島に向かうことにした。広島には広島のおばさんと呼んでいる永山登美がいた。母の父の妹で、若かりし時には美人の誉れが高かったという。その面影はもちろん残っていた。生まれは銅山のある栃木県の足尾である。足尾から渡良瀬川下流の桐生あたりで看護婦をしていて、京都からきた若き医師に見染められたという。結婚した相手の医師が広島で開業したので広島に住んでいるというわけだ。この話は広島のおばさん自身から聞いた。

最初広島のおばさんにとって、私は故郷からいきなり訪ねてきた遠い記憶をともなった青年だった。すでに放浪をはじめていた私が旅の途中に広島に寄ると、とても喜んで大歓待をしてくれたのだ。当時永山医院の院長は次女の永山多寿子医師で、今もそうである。旅で埃をかぶって薄汚れた私が顔を出すと、もちろん宿泊所や食事を提供してくれ、広島の街を案内するために若い看護婦さんを一日ぐらいつけてくれたのだ。その看護婦さんと二人で広島を歩くのが、特別な感情が芽生えたわけではなかったが、私には楽しみだったのである。

私はまだまだ先に旅をつづけるつもりであった。広島のおばさんなら、私を窮状から助けてくれるかもしれなかった。とにかく態勢を立て直すために、私は広島に向かった。だがポケットには十ドルしかなく、日本円に換金すると千数百円で、電車の切符も買えなかった。

私は国道にいき、大型トラックを狙ってヒッチハイクをはじめた。まだ高速道路がさほどなかった時代で、大型トラック便は国道に集中していた。旅をしているとどうしても全体に汚れ、おまけに相当傷んだリュックを背負っているので、用心されてしまう。何度も虚しく手を上げ、過ぎ去っていくトラックを見送った。我慢していると、いつか必ず救いの神は出現するものである。トラックが停まり、私は運転席側に走ってまわる。運転手が窓枠から片腕を出していう。

「何処にいきたいんかいのう」

「広島です」

私は心の底から乗せて欲しいのだが、追い詰められた心情をさとられないよう余裕をもったふりをしていう。運転手が親指を助手席のほうに倒し、乗れと合図をする。私は走って助手席の側に回るのだ。

三人は乗れる大型トラックの荷台は広い。奥に一人分の仮眠用ベッドがついている場合もある。問われるまま、私は飾りもせず卑下もせず、韓国での体験をそのまま語る。ひととおり聞いてから、運転手はいうのだ。

「兄ちゃん、それは騙されたよ。金をそっくり取られたんじゃろう」

「だって絵をもらってきましたよ」

大きな軸の「陵行道」はまっすぐ家に帰るという友人が持っていった。

「人にただでくれる絵なんてたいしたことないじゃろが」

「そうかなあ」

「決まってるじゃろ。騙されたのに騙されたこともわからないんじゃねえ。日本に送り返してもうなんの心配もなくなったけん、今頃ほくそ笑んでるよ」

自信を持っていいながら、運転手はドライブインのほうに車を回した。私とすれば、逆らって運転手の機嫌をそこねるわけにはいかなかったのだ。運転手は車から降りようとしたのだが、私は助手席にいた。

「どうしたんじゃろ、晩飯じゃ。降りてきんさい」

運転手がしきりに呼ぶのだが、私はそのままでいた。

「ここで待ってます。金がないんで」

「そうか。奢ってやるけん。これも何かの縁じゃけん」

こうしてまた私は人の情けにすがって一食にありついたのだった。

病院が開く前、広島に着いた。永山医院は原爆の爆心地から数キロ以内にある。電話をしてから訪ねると、広島のおばさんは喜んでくれた。確かに私は韓国にいってきたのに、土産はまったくなかった。

私は広島のおばさんの家に数日間滞在した。多寿子先生の夫も市内の開業医で、私は彼に連れられ早朝の原爆記念公園で掃除のボランティアをしたりした。故郷の親や叔父さんに連絡して、いくばくかカンパをしてもらった。広島のおばさんにももらった。台湾までいくといったら、多寿子先生にチャイナドレスをつくってくるよう頼まれて大枚を渡され、お釣りはカンパとされた。

こうしてまた私は鹿児島新港までヒッチハイクをした。今から思えば、気力体力があったものである。香港までは経済的にも無理だが、沖縄にはすでにルートがつくってあるし、那覇の泊港から飛龍という定期船に乗れば、台湾の基隆《キールン》に着く。台湾の査証《ビザ》は那覇で申請できるはずであった。

鹿児島新港のターミナルで野宿をして那覇行き定期船の出航を待ち、私は船の人となる。琉球海運の船はすみずみまでよく知っているというほどになっていた。

所持金は可能なかぎり減らさないようにし、できることなら増やす。那覇ではもちろんビアホール「清水港」にいき、すでに馴染みになった顔の中で働く。ビアホール「清水港」は警察にあげられたのだが、再度私がいった時にはなんの変化もなく営業をしていた。私の賃金の一日一ドルも変わらず、それでも働けば増えていくことに変わりはない。

そこで私は台湾から帰ってきた人から、女性用のナイロンのパンティを持っていったら高く売れると情報をもらった。外見もきれいな七色パンティなら、すぐ買い手がつくというのだ。

さっそく私は公設市場にいき、リュックにはいる分だけ大量のパンティを買い、着換えなどもともとの自分の荷物は捨てて、リュックにスペースをつくった。私はパンティをぎっしり詰めたリュックを背負い、基隆行きの飛龍に泊港から希望に燃えて乗ったのだった。

台湾は南国特有のおおらかさに満ちていた。韓国と同様にかつて日本の植民地だったのだが、旅人にその歴史が影として迫ってくることはほとんど感じられなかった。日本語を話す人も多く、道を歩いているだけできれいな標準語でよく話しかけられたりした。

「沖縄はアメリカとの話し合いでもうすぐ日本に戻ることになったようだね。次は台湾の番だが、いつになるのか聞いているか」

今日ではとても考えられないこんな質問を受け、びっくりしたこともあった。もちろん私には答えようもないことである。

その日の宿は、日本国内と違ってまさか野宿をするわけにもいかないのだったが、「旅社」の看板を掲げているところにはいればそれでよかった。外観で、高いか安いか大体の想像はついた。食堂も街の中にいくらでもあった。何を食べても安くてうまかった。今の私はどんな食物にも慣れているが、当時は韓国料理の辛さに困ったこともあったのだ。

一番助かったのは、漢字が読めることだ。バスは正面の窓を見れば行き先がわかる。市内バスも縦横に乗ることができるので、簡単に観光地をまわることもできた。

私は何処にいくのでもリュックを背負っていた。そのリュックの中にはほとんど女性用パンティしかはいっていないといってもよかった。那覇では売れると聞いてきたのだが、何処に持っていけば買ってくれるかわからない。旅社の主人に尋ねても、取りあってもらえなかった。私はパンティの束を担いで未知の土地をうろつきまわっていたのである。

やっと処分できたのは台中にいってからだった。旅社のおばさんにパンティを売りたいのだがと切り出すと、見せなさいといわれた。もう一人おばさんがやってきて、すでに潰れたボール紙の箱からパンティを出して一枚一枚点検をはじめたのである。

「いい三角ズボンだね」

おばさんは聞いたこともない三角ズボンという言葉をいった。パンティは確かに三角形をしている。おばさんは買ってもいいといい、値段をつけた。たぶん適当につけたと思うのだが、私が那覇の公設市場で支払った金額より安かった。税関検査で問われて思いつきの言い訳をいい、恥ずかしい思いをして担いできた品物である。少しは利益もほしかった。それで私は懸命に交渉した。おばさんのいう値は少しは上がったのだが、どうしても元手を越えることはできなかった。

売る相手をもっと探す方法もあったのだが、三角ズボンをこれ以上担いで歩く元気はとてもなかった。結局私は頑固とも見えるそのおばさんに、買った時より安い値段で三角ズボンを売った。リュックが軽くなり、正直のところほっとした。

次に私がすべきことは、身体のサイズを書いたメモをリュックの底から出し、多寿子先生のためのチャイナドレスを注文することであった。

騒乱の時代

北区滝野川で家庭教師をしていた。その二年前の夏、早稲田キャンパス新聞会の房総での合宿所までいく電車が、満員であった。私は別の車両にいた。同じ一年生の仲間が私と同様通路に立っていた。車内で他の乗客と交流があった。ある家族連れが家庭教師をしてもらえないだろうかという話になった。それで板橋に下宿していた私を、滝野川は近いからと推薦してくれたのだった。私が貧乏そうだったからというのも理由の一つだろう。

国鉄板橋駅で降り、踏み切りを渡って滝野川銀座の商店街を端まで歩いていき、左の路地にはいる。なお暗い路地にはいったところに、その家はあった。建築設計士の父親はいたりいなかったりした。子供は二人で、高校生の姉と中学生の弟である。私が教えるのは弟のほうであった。

家庭教師をする条件として、夕食を食べさせてくれるということがはいっていた。奥さんが私のための食事を用意しておいてくれた。家族たちと食べることもあったし、生徒と食べることもあり、また私一人で食べることもあった。奥さんは細面の美人であったが、いつも油断なく私を監視しているようなところがあった。勉強をする場所は近くのアパートの一室だった。ドアの外から聞き耳を立てている気配を時折感じた。二時間の勉強中に一度お茶を持ってきてくれるのだが、もちろんきちんと勉強をしているか監視するためであった。

私の生徒の成績はぐんぐん上がっていった。もともと頭はよいのだが、真面目に勉強に取り組まないところがあったのだ。勉強の入口さえ示してやれば、自分でどんどん奥にはいっていったのである。

お姉さんはお母さんに似て面長の美人であった。食事をしている時など、私に流し目をしてくるのだ。私はてっきり私に気があるのだと思っていた。しかし、私はそういうことに関しては引っ込み思案で、どうすればよいかわからなかった。私とお姉さんが二人になることはまずなかったのだ。一度思い切って早稲田祭に誘ったのだが、当然ながら弟がついてきた。デートとはならなかったのである。

彼女は三菱銀行に就職し、板橋支店の窓口係になった。私は五百円を持って口座の新規開設をしにいった。彼女は窓口係として普通に対処してくれた。新人だから緊張していたのか、にこりともしてくれなかった。会ったのはそれきりで、口座も五百円もそのままになった。

特訓の甲斐あって、私の生徒はめざす高校に合格した。勉強の最中に遊び、その声をお母さんに聞かれたこともあったが、やることはやっていたのである。高校に合格して、私の役目は終った。その後、もちろんお姉さんとは会っていない。

金がなくなると、山谷によく働きにいった。ドヤに泊まり、早朝に泪橋交差点に立つ。若くて身体のがっちりした私は他の労働者を尻目に仕事にあぶれることはなく、夜の山谷に戻ると、その日あぶれた人に立ち呑屋で酒を奢ってやったりもした。私にとって山谷は、名前もいらず、来歴も問われることはなく、自由な解放区であった。そんな自由さがあったため、山谷解放戦線やいろんな学生グループがはいってきて政治活動を展開していた。

アルバイトは手当たりしだいにやった。印刷屋で印刷が上がったばかりの紙を梱包する仕事、新車のユーザーに購入の何年か後にアンケートをとる仕事、お歳暮のデパートの配送の仕事などである。

同じ下宿屋に銀座のデパートの松屋に勤めているサラリーマンがいて、杉並配送所の所長になった。私はすすめられて配送のアルバイトをした。板橋から国鉄で新宿にいき、バスで杉並区和田にある配送所にいった。所長は誰よりも早く出勤していた。内勤の人が、私が係となっている地域に配送すべき商品を棚にいれてくれている。私はその地域を私なりに細分化し、今配送すべき商品を自転車の荷台の箱にいれる。出発しようという瞬間、自転車が傾き、一升壜の日本酒が落ちて割れたりした。

その刹那、さして広くもない配送所全体に沈黙が訪れる。箱を包んだ包装紙から日本酒が流れ出し、まわり全体が酒臭くなる。割ってしまった日本酒の弁償責任は私にあり、私のアルバイト代金から天引きになるのだ。

破損したものを裏に持っていくと、すでに割れた壜が山と積んである。悪戦苦闘しているのは私だけではないのであった。

気を取り直して自転車をこいで街に出ていく。番地が書いてある地図をボール紙に貼り、それを束にしてハンドルからさげていく。街は迷路そのものであった。番地の数字を頼りにやっとその家を探しあてると、留守だったりする。時間をずらして再び訪ねるのだが、また留守である。先方の手に届けるにはどうしても夜にならなければならず、労働時間が長くなった。

立正佼成会大聖堂の奇妙な建物によって、自分のいる位置を知った。当時新進気鋭の作家の丸谷才一邸に品物を届けたのも個人的には印象的であった。都会はまさに巨大な迷路だった。迷路は奥にはいり込めばはいり込むほど深みにはまる。

この時の体験をもとにして、後年私は中篇小説「自転車」を書いた。「早稲田文学」に掲載され、一年間の新人のいわばグランプリである「早稲田文学新人賞」をもらった。私にははじめての受賞であった。

文章表現研究会の活動は、当番を決めて誰かが文章をガリ版印刷して配り、それに基づいて合評会をする。その文章は多くがエッセイで、書いている文体から思想性まで問われる厳しさがあった。文章の構成がうまいかへたかなどということは、さして問題ではなかった。そのためにある程度分量のある小説を発表するには、少人数で同人誌をつくる必要があったのだ。

学園闘争が日に日に激しさを増していった。ベトナムでも激戦がつづき、反戦運動がさかんになった。サークルで議論をし、その集約として学内集会をする。その勢いでデモに出ていくというのが一般的なパターンであった。集会をやると学校の外に警察機動隊が集まってきていて、校門から出たとたん解散を命じられた。そのままデモをしようとすると、放水車で水をかけられたり、力関係によっては両側からサンドイッチになり、窒息しそうな圧力の中で身動きできなくなった。その頃一番多かったのは、地下鉄で三々五々日比谷公園や清水谷公園に集まり、いきなり全体集会をするというものであった。それも、デモの隊列を組んで公園を出たとたん、厳しく弾圧された。

ゲリラ的な抗議行動の作戦も登場した。銀座のある場所に、いつもの学生らしい身なりではなくできるならスーツなどを着て集まり、何らかの合図とともに蜂起をするというのだ。水をかけられるかもしれず成人式のため親につくってもらったスーツはもったいないので、私は普段より少しはいいセーターなどを着ていった。時間通り指定の場所にいくと、見慣れた顔がちらほらとあったりする。

もちろん不安のほうが先に立った。蜂起といっても、何をすればよいのだ。私たちの目的はベトナム戦争などに加担する体制に対する抗議であり、市民の生活を破壊することではない。非政治的な場所である銀座で何ができるというのだろう。そのあたりのものを破壊することか。敷石を剝いで砕き、投石をすることか。そんなことをすれば、単なる破壊にすぎず、市民の敵になる。ぐずぐずと悩んでいたから、たとえ笛が鳴ったとしても、呼応して立ち上がれるかどうかわからなかった。きっと私はそのままでいて、激しい後悔におちいるだろう。あれやこれやと考えてその場にいた。結局合図はなく、何事もなく時間が過ぎていったりしたのだ。

「一〇・二一」、即ち十月二十一日は国際反戦デーである。各党派はこの日を期していた。各大学から新宿駅に向けてデモをし、ベトナム反戦のためアメリカ軍機の燃料を運搬する国鉄を止めることが呼びかけられた。その日新宿は大荒れになるはずであった。

電車が止まるはずだったから、早目に新宿にいった。それまで毎週土曜日の夜になると、地下にある西口広場でフォーク集会があり、たくさんのバンドがきて反戦歌の大合唱になった。政治集会の様相も呈しはじめ、人が集まると警官隊がやってきて解散を命じられた。広場にいるところいわれた。

「立ち止まるな」

ここは広場ではなく道路なのだから、いつも歩きつづけなければならないという妙な論理が適用されたのだ。歩きまわっていては、ギターも弾けないし、集会もできない。結局のところ新宿西口集会を開くのはいつの間にか不可能になってしまった。そんな経緯のある新宿なのであった。

学生や反戦労働者の大動員がかかっていたので、警察も最大規模の警備線を敷いた。どんなふうにしても、学生たちは水が染みるように集まってきた。

デモの隊列がやってくると、まわりの野次馬たちからやんやの喝采《かっさい》を浴びた。投石になると、まわりの人たちが舗道のコンクリートを割って渡してくれ、自分でも投げる人が続出した。スーツを着てネクタイを締め、明らかにサラリーマンの風体をしていた。日頃の鬱憤を晴らしていたのだ。おそらく学生運動が市民の共感を呼び、市民を巻き込んだことにおいて、学生運動史上の最高潮の瞬間であった。

党派の連中が線路にはいって電車の運行を止め、新宿駅とその周辺はほとんど解放区という状態であった。もちろん商店の略奪などをしたわけではない。普段は車が走る車道でスクラムを組んで歌を歌ったくらいである。警官もいないので、なんとなくのびのびとしたものである。

だがそれも一瞬であった。警官隊が大挙押し寄せてきて、暴力も辞せずに排除をはじめたのだ。夜になっていた。市民で調子にのって酒を飲み、無謀にも警官隊に素手でかかっていくものもあった。自分が権力者にでもなったと錯覚したのであろう。たちまち検挙され、手錠をかけられて、護送車に乗せられていった。ブタ箱で酔いが覚め、さぞ後悔したことであろう。

学生たちの多くはデモ慣れしていたし、よく知っている新宿の街であったので、さほど危険な目にも遭わずに逃走したのである。文章表現研究会の仲間とははぐれてしまったが、何人かとは遇然に合流し、早稲田大学の部室まで歩いて帰った。

下宿の近くにあるいつもの食堂にはいると、テレビの画面にまるで戦場のようになった新宿が映し出されていた。学生組織の党派が旗を押し立てて線路を走り抜け、やってきた警官隊にたちまち逮捕されていった。街では舗道の敷石を割って一斉に投げる学生や市民が映し出され、いかにも騒乱という絵がつくられていた。しかし、あれはほんの一瞬の光景に過ぎなかったのだ。その後はたちまちにして弾圧されたのだが、もちろんその場面は映されない。

その日新宿には騒乱罪が適用され、その場にいる者はすべて暴徒という名の犯罪者ということになったのだ。あの日のことは、新宿騒乱事件といわれている。ベトナム戦争に反対する学生市民の行動は、結局新宿をベトナムの戦場のようにしたのである。

このような社会の動きに、学内でも敏感に反応する。学費の使途不明金問題に端を発し正義感が爆発して日大闘争が起こり、医学部に端を発し大学とは何かと疑問を持つことにより東大闘争が起こった。早大では党派による支配が進み、それに反対するノン党派《セクト》の動きがあった。それがつまり日大や東大と連帯する全共闘運動であった。校舎はその学部の自治会で多数派を占める党派が占拠していたのだが、それでも授業は行われるという不思議な均衡があった。キャンパスではいつも学生集会が行われ、スピーカーの大音量のボリュームで演説がなされ、シュプレヒコールが叫ばれ、学内で渦巻きデモが行われた。物情騒然としていて、とても授業をやるような雰囲気ではなかった。文章表現研究会では独自の勉強会をし、文学を通して社会への目を開くことをしていた。その頃主に読んだのは、社会参加《アンガージュ》を主張するサルトルと、彼に影響を受けた大江健三郎であった。大江健三郎については昔の本は古本屋で買って読み、新刊がでると必ず読んだ。あまりに影響を受けたものだから、私の初期作品の文体は、大江健三郎のあの独特の文体に似ているのである。

大学は社会の中に突出していた。社会では片やベトナム戦争があり、反戦運動があって、その一方で日本はバブル経済へと雪崩れのごとくつながる高度成長期にはいっていたのだ。学生運動の中に身を挺して過激な活動をすれば就職が困難になるのは明らかだが、それも大企業や官庁にはいれないというだけで、二番手三番手の場所ならいくらでも潜り込めそうであった。社会は急速に膨らんでいた。だから学生運動をしていたというのではもちろんない。ほとんどの学生は自分の就職のことを考え、身を慎んでいた。大学の語学のクラスは五十人程で構成されるが、そのうちデモや集会に参加するのは三人ぐらいで、党派の活動家になるのはきわめて少数であった。

党派に支配された早大で、党派の占拠していない建物は大学本部ぐらいであった。全共闘という無党派の反戦連合が、突然大学本部に突入し占拠した。リーダーは社会科学部の高橋公で、後に私は親友となる。先の展望もなく四十七人で大学の中枢部に突っ込み、一点突破全面展開をはかったのである。これはあまりに無謀なことで、四十七人は生きて外に出られないのではないかと心配になった。

文章表現研究会はどこかの党派に属しているわけではなかったので、反戦連合と精神的に連帯した。彼らは食糧を準備して突入したとも思えない。そもそも本部突入など成功すると思っていなかったのだ。夕刻ともなれば腹が減ってきているはずであった。火急な連帯として食糧を差し入れようということになり、有志がカンパし、パンや菓子やインスタントラーメンをできるだけたくさん買ってきた。命を懸けてやっているものたちを見殺しにはできないという、こちらもそれなりに切羽詰まった思いであった。しかし、問題はそれをどうやって本部内に届けるかということである。

党派の目があるので、夜の大学本部には近づくのも危険だった。私は自分なりに覚悟を決めた。その時実行した文章表現研究会の仲間は全部で三人であった。闇の中をそっと本部に近づき、微妙な音量で声をかけた。

「おーい、喰いもの持ってきたぞーっ」

何度か声を掛けた。まわりの深い闇が気になった。やがてロープの先に結んだ籠が窓からするするとおりてきた。籠に食糧をのせ、何度か往復させてすべてをいれることができた。帰る時も、背を屈め足音を立てないようにして歩いた。無事に部室に帰り着いた時にはほっとした。

翌朝、大学本部の建物は投石を受け、窓ガラスは一枚も残らず割られていた。深夜、党派によって激しい投石を受けたのだ。まわりの地面には石がおびただしく散乱していた。

その日、反戦連合、すなわち全共闘に共鳴する学生たちが集会を開き、長い長い列のデモ隊が大学本部の建物を取り囲んだ。あまりに多数の学生大衆が集まり、党派も手出しができなくなったのであった。

「石の会」でダルマを飲む

沖縄の波之上のナイトクラブで働いた体験が私にとってはあまりに強烈な印象を残し、その体験をもとに私は小説を書きはじめていた。小説技法などもちろんわからず、突き上げてくるような衝動だけを頼りに書いたといってよい。私はほとんど同時に、二本の作品を書き上げた。「とほうにくれて」（約百七十枚）と「部屋の中の部屋」（約八十枚）である。

発表のあてがあって書いたのではないのだが、生原稿を手元に置いておいても仕方がない。書き上げると、もっぱら自分のために書いたのではあるが、誰かに読んでもらいたくなる。

新人賞を募集している雑誌を書店で立ち読みしていると、「小説現代」が目についた。ちょうど発売の時期にあったという、それだけの理由で応募することにした。枚数の具合から、「部屋の中の部屋」のほうを編集部に送った。

誰かに読んでもらえればいいというくらいの気持ちで、審査の結果がいつ発表になるかもわかっていなかった。ある時、講談社「小説現代」大村彦次郎編集長から、板橋の下宿に電話をもらった。もちろんその時は講談社の人からの電話だというくらいがわかっただけで、大編集者の大村彦次郎という名は後から知ったのである。

「あなたの作品は最終選考に残ったのですが、残念ながら落ちてしまいました。選考委員の有馬頼義先生が最後の最後まであなたの作品を推し、これは将来が楽しみな新人だとおっしゃっています。つきましては、有馬先生があなたに会いたいとのことですから、私が案内いたします」

こんな電話の内容であった。私はとにかく講談社までいく約束をした。

季節は夏だった。私は白い綿パンにTシャツを着て、ゴムゾウリをはいていった。文京区音羽の講談社は、まるで役所のような古風なビルであった。受付で大村編集長の名をいい、待合室で待った。大村編集長はあわただしく出てきて、あわただしい勢いのままでこういった。

「さっそくいきましょう」

編集長にいわれるまま、私は黒塗りのハイヤーに乗ったのだった。ハイヤーは私のために用意したのではなく、編集長がいつも乗りまわしていたのだ。そんなこともわからない私は、生まれてはじめて黒塗りのハイヤーに乗って場違いな感じがしたものであった。

車中で何を話したのかは記憶にない。編集長に問われるまま、放浪のことや小説のモチーフについて語ったのだろう。どこをどう走ってきたのかまったくわからない。相当の時間車に乗ったのだろうと思う。有馬邸は大きくて立派であった。何よりも玄関が広いので驚いた。慣れた様子で玄関にはいっていく編集長の後を、私はついていく。奥さんが迎えてくれた。編集長は奥さんと軽口を交わし、いかにも慣れた様子で靴を脱ぎ、家に上がっていく。私は編集長に手招きされたのだが、そのままついていくことができず玄関先に立ち止まっていた。ゴムゾウリをはいた足が汚れていたからだ。このまま上がっていくと、カーペットに足跡がつくと思われた。その場に取り残されたような私は、奥さんにようやく小声でいった。

「すみません、雑巾貸してください」

奥さんが持ってきた雑巾を受け取り、私は上がり框にしゃがんで足を拭いた。雑巾はたちまち汚れた。ゴムゾウリをはいて私は何処でもいってしまうのだが、どうも今度ばかりは泥だらけの足で上がるところではないようである。

私が何をしているのかわかっている編集長は、応接間でこの家の主人と親しく話しているようである。私は雑巾を汚れたところを内側に折り込んでその場に置き、家に上がった。爪先を外側に向けて揃えたゴムゾウリは、全体が汚れ、踏んだところが足の形に窪んでいて、おまけに擦り減り、捨てたほうがよいような代物であった。豪邸とはいかにも場違いなのである。

その後私は有馬夫人にこの時のことをよくいわれることになった。

「ワッペイ君がはじめて家にきた時、足が汚れていたわよね。雑巾も真黒になったわ。はじめていった言葉が、雑巾貸してくださいだったわよ」

からかわれてしばしばいわれたのだが、私とすれば本当のことなので恐縮するほかはない。

間もなく通された有馬家の応接間は広かった。記憶で書くと、二十畳もあったろうか。壁に坂本繁次郎の馬の油絵が架かっていた。もちろん後からそれと知ったことで、その時は絵の詳細など見る余裕はない。

有馬頼義先生は、当然のことながら、雑誌のグラビアで見るのと同じ顔をしていた。父は伯爵で華族で、九州久留米藩主有馬家の血を正統にひく人である。母は北白川宮の皇女だ。そのことは後から知ったことで、その時の私はただ有名な小説家に呼ばれたとしか考えていなかった。有馬家についての知識はまったくなかったのである。

「君の作品を読みました。君の作品が一番よいと確信していたのですが、残念ながら他の編集委員の賛同が得られませんでした」

有馬先生は伏目がちにもの静かないい方をした。人とまともに視線を合わせない人だったのである。

「先生は一貫して君の作品を推されました」

傍らで大村編集長もいう。

「ありがとうございます」

私はソファに坐ったままで頭を下げる。「部屋の中の部屋」は、沖縄でアメリカ兵の通うナイトクラブで働く若い男女の話である。当時、新しい素材の作品であったのかもしれない。

「ぼくはこれから『早稲田文学』の編集長として編集をする。新人の小説がほしいんだ。君、どんどん書かないか。書いたらぼくが読む」

「はい。ありがとうございます」

私は再び頭を下げるのである。「小説現代」に原稿を持ってくるようにとは、大村編集長にはいわれなかった。当時、小説では純文学と中間小説のジャンル分けがはっきりとしていて、私の作品は純文学のほうに分類されたのである。大衆小説というものもあり、中間小説とは純文学と大衆小説の中間に位置していたのだ。

その後で作家の噂話などの雑談をした。話すのは有馬先生と大村編集長で、私はもっぱら聞き役であった。

板橋の四畳半の下宿に帰り、たった一本手元にある「とほうにくれて」を読み返した。私には自分の原稿に対する批評眼はまだ育っていず、どこにどう手を入れたらよいのかわからなかった。書き出しのところを何度か書き直した。直しても、本当によくなったのかどうかわからない。書けば書くほど、わからなくなってくるものである。

「早稲田文学」の住所は、大学まわりの書店で雑誌を買って調べた。当時は立原正秋編集長であった。私は「とほうにくれて」の原稿を持って、四谷の津の上坂の近くにある早稲田文学編集室を訪ねた。作家の誰かがなめくじ横丁と呼んだ路地にある木造アパートの、日当たりの悪い北向きにある一室であった。昼頃にその路地を歩いていると、いきなり雨戸が開いて、思いもかけず美しい女性の顔がのぞいたりした。森鷗外の「雁」などの作品を思い出すシーンである。もっとも「雁」のようにおめかけさんではなく、夜働く水商売の女性が昼頃に起きたのであろうが…。

早稲田文学編集室のドアをノックすると、内側から開かれたドアの間に、編集事務の女性が立っていた。私は茶封筒にいれた原稿を渡す。

「有馬先生にいわれて、原稿を持ってきました」

「確かにお預かりしました」

女性は原稿を受け取ってくれた。私に関する連絡がいっていたのかどうかはわからなかった。

私は投稿したわけなのだが、コピーもとっていない原稿を、日当たりの悪い湿った、たとえていえば古井戸の中にでも投げてきたような感じがした。もうこれっきりで、小説を書いたという記憶が私の脳裏に残るだけなのかもしれないとも思えた。「とほうにくれて」を書いた時、私は二十一歳で、投稿した時には二十二歳であった。

やがて早稲田文学編集室から連絡があり、「とほうにくれて」を掲載するということであった。ついては有馬頼義次期編集長のチェックがあるから、編集室にきてもらえないかといわれた。もちろん私はすぐに飛んでいく。

原稿の余白に鉛筆でチェックがいれてあった。このようなていねいなチェックをしてもらうことははじめてであり、私は嬉しかった。

下宿に帰ると、すぐ本格的な直しに取りかかる。当時は鉛筆で書いていたので、消しゴムで消して書き直すことができた。他にすることもなかったから、私はできるだけ早く原稿を編集室に持っていった。

一日千秋とはこのことである。私は待っていた。待ちながら、どんどん原稿を書くようにといってくれた有馬先生の言葉を思い出し、三作目にとりかかった。自分の旅行体験を描いた「たまには休息も必要だ」である。なんとなくぼんやりと先の道が見えてきたような気がした。その道を消してしまいたくなかった。

じきに「とほうにくれて」の校正が出てくる。校正のやり方などまったく知らなかったから、我流でやるしかない。赤鉛筆による校正を郵便にして投函すると、今度は雑誌が出来てくるのが待ち遠しかった。

「とほうにくれて」が掲載されたのは、「早稲田文学」一九七〇年二月号で、有馬頼義編集長による第一号だった。しかも、私一人帯に（「とほうにくれて」立松和平）と出て、しかも、巻頭のページである。新人としては破格の扱いであった。今から思えば「早稲田文学」は坪内逍遥以来の伝統はあるにせよスナックのような小さな雑誌ではあったが、有望新人として私は期待されていたのだ。


有馬先生は自宅の二階で執筆をしていた。昼間だけそばに私より一歳年上の女性秘書が二人いて、それが有馬家のなんとなくの火種になっているようだった。

私は有馬先生に呼ばれ、時々邸宅にいくようになった。そこで先生の単行本の校正などを頼まれたりした。有馬先生は月に一度若手作家を自邸に集めて文学サロン「石の会」を主催していた。私はその「石の会」に顔を出すようにといわれた。たった一作しか発表していないながら、私は作家としての扱いを受けはじめていたのだ。

「石の会」は夕方七時からはじまった。流行作家として大活躍している人もあり、会社に勤めている人もあって、それぞれが三々五々有馬邸に集まった。料理は夫人がつくった。お手伝いさんがいる時もあり、また夫人の友達が応援にきてくれることもあった。二十人から集まるのだから、手料理を出すのも大変である。飲み物はサントリーオールドだった。ダルマと愛称され、当時普段に飲めるウィスキーとしては最高級だったといってよいだろう。もちろん学生の私にはとても飲むことはできない。私が「石の会」に顔を出す理由の一つは、ダルマが飲めるからであった。

「石の会」のメンバーは、思い出すままに書くと、五木寛之、渡辺淳一、早乙女貢、三浦哲郎、色川武大、高井有一、後藤明生、岡田睦、高橋昌男、森内俊男、萩原葉子、北原亞以子、笠原淳、世話人に佃実夫等々であった。有馬先生が「早稲田文学」の編集長をつとめる決意をしたのは、この「石の会」のメンバーの下支えがあるからだと、やがて私にもわかってくる。とにかく現役大学生で二十二歳の私は、上が離れている最年少であった。

そこで話されたのは、文学批評ではなく、世間話である。短歌や俳句の結社ではないから、一つの目的をつくってそこにだけ集中していくというのではない。まさに文学サロンであったのだ。今思い返せば、メンバーに批評家や詩人はいず、小説家ばかりである。批評は避けようという空気が自然とあったのだろうと思う。

夜の九時頃に「石の会」が終ると、何人かで必ず新宿に繰り出した。多少の変動はあるにせよ主なメンバーは、高井有一、後藤明生、岡田睦、高橋昌男、森内俊男、笠原淳などである。今から見ると、純文学系の作家が新宿に流れたことになる。中間小説系は銀座にいったのだ。自然な流れとして、私は新宿にいった。タクシー二台ぐらいでいく。学生の私はタクシー代も呑み代も先輩たちが払ってくれた。払おうとしても私には金はなく、最初から奢ってもらうつもりであったが、新宿にいこうかと誘われるのでそのことはなんとなく認められていた。

新宿でいく店は決まっていた。厚生年金会館裏の新宿五丁目にある「五六八」であった。ここは明け方まで営業しているので都合がよく、純文学系作家たちの溜まり場となっていた。

飲む酒はダルマの水割りだった。ここでの議論もはっきりしたテーマがあるわけではなく、酒場談義である。一緒に飲みにいく作家たちも、純粋な職業作家は後藤明生と岡田睦ぐらいであった。後藤明生は平凡出版社を辞めて間もなく、芥川賞を「北の河」ですでに受賞していた高井有一は、共同通信に勤めていた。森内俊男は冬樹社の編集者であった。華々しい流行作家の世界とは、ずいぶんと違う。

長いこと話し、飲み疲れもして、誰かがいう。

「そろそろあげるか」

この言葉を合図に、全員が立ち上がる。外に出ると空は明るくなっている。はじまったばかりのその日一日は使いものにならず、また一日無駄にしてしまったなと自責の念にとらわれる。

私は電車で帰ったが、ごくたまに草加市の松原団地にタクシーで帰る後藤明生に、途中まで送ってもらうこともあった。その多くが内向の世代と呼ばれ、やがて文学の一派をなすのだが、そんな命名もまだない時代のことである。

新聞紙を煮て喰う

私は下宿を板橋区板橋の同じ町内に引越した。それまで四畳半で二人で暮らしていた。最初は高校の先輩の高畑弘が自分の四畳半の部屋に呼んでくれたのだが、彼が出ていき、私は同じ下宿の四畳半で高畑弘の東京教育大数学科の同級生室岡和彦と二人で暮らした。お互いに部屋代を節約する必要があったからだ。

室岡和彦はワンゲル部に所属し、合宿近くになると深夜下宿の食堂に忍び込んで、余っていた食事を腹一杯に食べ、重い荷物をいれたザックを担いでランニングに出かけた。また彼はバイオリンをたしなみ、休日など早く起きて私の枕元で練習曲を弾く。そのうるささはひととおりではなく、しばらく我慢していた私も、やめてくれといった。すると室岡は二階の窓から出て一階の屋根に上がり、そこで弾く。屋根の上のバイオリン弾きというわけだが、短い練習曲をくり返しくり返し弾くのでおもしろ味もなく、しかも音量が大きい。隣りの二階の窓の中には美しい女性が住んでいたのだったが、とうとうそこからクレームがきて、彼は屋根の上でも弾けなくなった。それ以降、川の端や公園で弾いていたようだ。

もちろんバイオリンが原因というわけではなくて、私は近くの下宿に引越した。早稲田大の同級生の松尾信之が近くに下宿屋がないかと私に相談にきて、不動産屋をまわり近所にいい物件を見つけたからだ。大家は高根さんという、個人タクシーをやっている人だった。四畳半が三部屋あり、奥に一家が暮らしていた。松尾は二階の日当たりのよい部屋にはいり、屋根が広いベランダになった。松尾に誘われ、私もそこに引越すことにした。日当たりのよい部屋は松尾の部屋ともう一つが二階にあり、もう一部屋は玄関脇の北向きだ。その時には私は結構蔵書を持つようになり、隅々まで日当たりのよい部屋だと本は焼けて傷み、どうせ部屋には夜寝るために帰るだけなのだからと、玄関をはいってすぐ左側にある部屋に決めた。引越しはリヤカーを借りてした。

大家の高根家には、個人タクシー運転手の主人と、専業主婦と、身体障害者の長女と、東大を卒業してアメリカに留学してきた長男とがいた。長男はコンピューターのプログラマーとして企業のシステムをつくる仕事をしているということだ。一九六七、八年の頃だから、今思うとずいぶん進んだ仕事をしていたものである。

私は四畳半を一部屋で使うことができて、ひろびろとした気分で生活することができた。新聞をとっていて、戸を開けたところが廊下だから、蒲団にはいったまま伸び上がって腕を伸ばせば新聞をとることができた。読んだ新聞は、そのへんに投げてから起き上がる。そのまま片付けないので、いつしか部屋中が新聞紙のカーペットを敷いたようになった。蒲団は時どき畳むので、畳の上はすべて新聞紙で覆われ、それが暖房の役目を果たした。暖房器具は電熱器一台で、これでお茶を沸かし、ラーメンを煮て食べた。もちろん畳の上の新聞紙に燃え移らないようにと、意識して注意を払った。寒いと、寝袋にはいったまま椅子に坐った。眠くなり、そのまま蒲団の上に倒れて眠ってしまうこともあった。金はなるべく使いたくなかった。旅行にいく資金にまわしたかったのだ。

ある晩、腹が減って困った。たいていインスタントラーメンの買い置きぐらいはあるのだが、そんな時にかぎっていくら探してもない。板橋駅のほうにいけば深夜ラーメン店ぐらいはあるはずだが、外に出かけるのが面倒だ。

その時私が考えたのは、新聞紙はもともと木なのだから、煮て薬品などを染め出させれば、食べられるのではないかということであった。

さっそく私は畳の上の新聞紙を千切って、登山用コッフェルの中にいれた。洗面所でゴミを洗った。適当に水を汲み、電熱器の上にかけた。煮ていると、紙粘土をつくっていると同じだと気づいた。インキが黒い水となって染み出してくる。ある程度煮て固まりになると、洗面所に持っていって揉み出すようにして洗った。いくら揉んでも黒い水が出てくる。ある程度灰色になったところで、再び煮る。水を加え、どろどろにする。

これを食べることができるだろうか。指先で小さな団子状に丸め、口にいれる。奥歯で噛むと、油臭い水がジュッと染み出してくる。味も素っ気もない。醤油か砂糖で味つけをするべきだろうか。だが味をつけたから食べられるという程度のものではない。噛むと水は出てくるが全体的にはぱさついていて、おいしい味がつくとはとても思えないのである。

結局団子を三つほど呑み込み、そのたび喉につっかえるような思いになり、新聞紙はやっぱり食料にはむかなかったと悲しい認識をした。新聞紙を食べたといっても、その時のその小さな三個だけである。その後も食べようとは、二度と思わなかった。

生活を切りつめ、なるべく金を使わないでいたのは、旅行をするためであった。時間が少しできると地図を広げ、何処にいこうかと考える。いけると思ったら、すぐ身体を動かす。

船で何処か遠くにいくことにした。この頃には、旅は一人旅と決まっていた。旅行会社にいって尋ねると、フランス郵船が貨客船をマルセイユまで出すそうだ。これは留学生船と呼ばれ、遠藤周作さんなどが留学先のフランスに乗っていった船だ。マルセイユまでいく費用はなく、たとえ無理していったとしても、戻ってくるのが大変である。寄港地を見ると、香港、バンコク、マドラス、ボンベイ……とある。インドまでいきたいのはやまやまなのだが、経済的なことがついていけなかった。精一杯頑張ってもバンコクまでだ。バンコクにいくことにした。

ラオス号は一万トンほどで、これが最後の航海ということだ。旅客が飛行機にとられてしまうのであろう。横浜の大黒埠頭にいったが大雨で、ザックを担ぎ頭をさげて船に走り込んだ。折から大型台風が接近中だった。いわれた番号の船室に落ち着いた。二等船室のうちでも最低料金の船室は窓もなく、まるで物置きのようであった。船室にいるのも気が塞ぎ、甲板に出た。廊下の壁も、階段も、甲板も、すべて鉄でできていた。全体に赤錆びと鉄のにおいが籠っていた。

当然のことながら、甲板には大粒の雨が叩きつけられていた。横浜港の出発の旅情を見たいと願っていた人が物陰に集まり、少し不安そうな表情で嵐の空を見上げていた。予定どおりに船が出航できるかどうか微妙であったのだ。

甲板の板に、雨が降ってきては砕け、ガラスのように開いて盛り上がった。雨の花である。雨の花は咲いた瞬間に崩れて散る。後から後から、咲いては散るのである。雨粒が大きいから、咲く花も大きい。広い甲板で透明な花畑を見ていたことが、今でも印象に残っている。

とにかく夕方に予定どおり船は出航した。今夜は大型台風の中を突っ切ることになる。船が岸壁から離れたとたん、大きいからと何処か安心していた船は揺れだした。東京湾内を航行しているはずなのだが、とてもそんな感じはしない。夕食の時間だと呼ばれたが、食欲はまったくなかった。すでに立って歩くことはできなくなり、トイレにいくのも壁や手すりにつかまっていかねばならない。

二段ベッドの下段を自分の場所と決め、ザックを近くに置いて横になった。六人部屋に四人ほどがはいっていた。船旅に慣れた人もいるだろうが、ベッドにしがみついてみんな沈黙の中にいる。口を開こうとすると、胃の中のものが噴き出してきそうである。なるべく動かないようにして、口も固く結んでいる。

東京港から外洋に出たのか、揺れはますます強くなってきた。波は高く高くと登りつめていき、限界点までくると、虚空の中にほうり出されたようなまことに頼りない気分になる。次の瞬間には自分の体重がうらめしく思えるほど急速に落下し、吸い込まれても吸い込まれても底に着かないという不安に襲われる。これまで沖縄と韓国とそれぞれの往復をいれて数度船に乗ったのだが、この時が最も厳しかった。

私は顔を正面から殴られたような気がしたが、衝撃があっても抵抗することもできず、二度三度と顔を殴られたのだ。ふと気づくと、私は身体が浮き上がった拍子に、二階ベッドの底の面に顔をぶつけていたのであった。そのことに気づいてからは、振り落とされないように身体を横にし、鉄棒といってもよいベッドの鉄の柱に手と足首を絡みつけたのだった。

床には汚物入れの洗面器が三個置いてあった。それが床をすべって壁にはね返され、またすべってはね返され、テーブル・テニスのように際限もなく部屋をいったりきたりしていた。

誰もがただベッドから振り落とされないようしがみついているだけなのに、食事だと平静な顔をして呼びにくるフランス人船員の剛胆さにはどぎもを抜かれた。この嵐の中を何とも思わずにいつも通り船内で働いている人がいるのだ。船を洗う波の音がいつも聞こえ、狭い鉄の箱に閉じ込められて荒波にほうり出されたような不安な気がしていた。

先途の多難さがしのばれた。今回の旅行はこの船でバンコクまでいき、そこから飛行機でプノンペンにいき、アンコールの遺跡を見て、空路香港に戻る。香港から台湾の基隆、基隆から沖縄、那覇から鹿児島とそれぞれに連絡船で渡ってくるという、当時の私とすれば大旅行であった。

全身に力をいれてベッドにしがみついているので疲れ切り、いつしか眠って朝になった。揺れはずいぶんおさまっていたとはいうものの、朝食をとる気力体力はとてもなかった。

食堂にいったのは、その翌日くらいであった。航海は天候によって出来不出来はあるものの、かつての留学生はこんな辛酸をなめてパリやロンドンにいったのだ。いきなりその苦労の一端を知るのも、悪いことではないだろう。

食事の内容は忘れてしまったが、二等船室なりのフランス料理だったのだろう。覚えているのは、二点である。テーブルの四周の端に四角形の棒が打ちつけてあり、食器や酒瓶がすべって落ちないよう止めがつくってあることだった。もう一つは、各テーブルに壜が立ててあり、赤ワインがはいっていたことで、いくら飲んでもよいということだ。さすがにワインの国だと思った。その頃私はワインというものを飲んだことがなかった。ワインといえば甘い赤玉ポートワインのことであった。この本場のものに違いない赤ワインは、飲み放題がゆえに安物だったに違いないのだが、そもそもうまくなかった。安いことに特に価値を置き、無制限に飲んでよいワインに、ほとんど口をつけなかった。私の口がワインに慣れていなかったのだろう。

船室は空気が籠って物置のようで鬱陶しかったので、後方に遠のいていく海を見ながら、よく甲板にいた。甲板には小さなプールもあった。私たちがはいれる甲板は舳のほうのほんの一部分で、一等客と二等客を分けるためなのか高いフェンスがつくられ、向こう側は見えなかった。あちら側には若くて美しい白人女性が水着で歩いているに違いないと想像してみたりした。

同室者や船内で知り合った日本人とよく話した。私の場合は単なる観光旅行であったが、たいていが留学をするためや、日本料理店で働くためであった。会社の支社で働くというサラリーマンはいなかった。会社の人は能率よく時間を使うため、飛行機に乗っていくのだろう。バンコクからカンボジアにいく人もタイの地方にいく人も、はっきりとした就職先はまだなくて、一旗あげようと野心に満ちている人もあった。私の旅は、出かけてすぐ戻ってくる旅である。新天地を求めて日本を脱出しようとする人と、私は対等に話すことはできなかった。顔も名前も忘れたが、今頃彼らはどうしていることだろう。

思えば、一九六七、八年は日本が高度経済成長にはいりはじめた時期で、多くの日本人が活躍の場を求めて海外に出ていった時代なのである。かくいう私も、高度経済成長の恩恵を受け、外国への一人旅が可能だったのだ。隣の家にいくような感覚で簡単にいけた。海外旅行をしているアジア人、ことにバックパッカーというのは、日本人だけであった。アメリカ人やヨーロッパ人にまじって、日本人は自由に旅をしていた。団体旅行も多かったが、汚れたザックを背負ったバックパッカーの青年の孤独な姿も多かったのである。

ラオス号は香港島と九龍《カオルーン》とを結ぶスターフェリーの発着場近くの岸壁に接岸した。岸壁に降りてまず驚いたことは、船の大きさであった。雨中に船内に駆け込み、全体を見ていなかった。二等船室のあたりだけを見て広いなあと感じていたのだが、そこは舳先のほんの一部であった。舳先ならば、波に向かって真っ先に突っ込んでいくところであり、どうりで揺れたものだ。

香港には、現在と違って、目つきの鋭い人がたくさんいた。鋭いが暗い目を突きさすように向けてきた。イギリスの植民地支配の影響なのかもしれない。目つきの鋭い人の多くは、中国服や人民服を着ていた。それがはじめていった香港に対する私の第一印象である。

大通りと大通りの間が迷宮のような路地で、大きなビルのアパートもあり、窓という窓から竿が突き出されて洗濯物が干してある。それがスターフェリー乗場からいくらも離れていないところの風景であった。空間単位で考えたなら、上下左右の人口密度は世界一ではないかと、根拠もなく私は考えるのである。

この人間臭さが、私は好きだった。香港にいると、街は人工の森だと思えてくる。人間が最も暮らしやすいよう、人間の身体に似せてつくったのである。だから街は内臓的であり、ぬらぬらとした粘液を分泌する。この粘液にとり込まれたら、たちまち消化されてしまうという危険性に満ちている。

当時の香港は、文化大革命下の中国の影響が粘膜をしみてしたたってくるかのように、毛沢東像や毛沢東語録などが大量に売られていた。

私はカンボジアを経由してまた戻ってくるから、その時は練習問題の香港のようであった。

（絶　筆）

第二部　振り返れば父がいる

横松心平

父からのボール

二〇一〇年一月十五日（金）
父はかかりつけの医者に大きな病院を紹介され、行くとすぐ入院と言われる。明日持ってくる物のメモ。「パジャマ、下着、タオル、コップ、リュック、資料の入っている黒い網の袋二つ、ゲラ、原稿用紙、新聞、メモ用紙、ボールペン」
このとき父は、病室でも仕事をやる気に満ちていたのだということがよくわかる。資料というのは、執筆中の小説『白い河　風聞・田中正造』のための参考図書だった。

二〇一〇年一月十七日（日）
母が手伝いながらゲラを直し、あとはウトウトしている。テレビ、新聞、ウトウト。
机の上には原稿用紙が散らかる。

二〇一〇年一月十八日（月）
疲れたのか、本を読みながら眠る。ゲラを見る。

二〇一〇年一月十九日（火）

父は「これから何をするか説明してと、看護師さんにきいて」と母に頼む。母が看護師にきくと、「もう横松さんに伝えました」と言われる。どうやら父は、説明を受けたことを忘れていたようだ。

二〇一〇年一月二十日（水）

みかん、ヨーグルトを食べてもよいとのこと。食べたがる。母はいったん帰宅。母が自宅にいたとき、病院から電話がかかってくる。

「ＩＣＵに入りました」

母はショックをうけ、取り乱しかけた。

医師から、「すぐ来てください」と言われて病院へ行く。手術をするとの説明を受けた。飼っている犬の世話のこともあるし、母は再度、帰ろうと思ったが医師に、

「いてください。帰らないでください。一人でいないでください」と言われた。

「他にご家族は？」と問われ、

「昨日、娘が出産したばかりです。息子は札幌にいるんです」

「息子さんにすぐ来てもらってください」

「娘には心配をかけたくないので、黙っていようかと思っています」と母が言うと、

「手術のこと、言ってください」

そう言われて相当悪いのだと驚き、それから私に電話をかけたのだ。

十六時〇〇分　父は息苦しさを訴えた。

以上は、母から聞いた、入院当時の様子である。私が病院へ行く数時間前まで、父と母は会話を交わしていたのだった――。

＊

父の自伝エッセイ「振り返れば私がいる」は、未完のまま終わってしまった。楽しみにされていた読者はがっかりされたことと思う。父を知ることのできる恰好の機会だったので、息子としても残念である。残された九回分の原稿を読むと、これまで知らなかった若かりし父の姿が浮かび上がってくる。

私は三年前に勤めを辞めて、作家活動を始めた。ほとんど無名ながらも文筆業の看板を掲げていたため、このエッセイを含め、直接間接にいくつか父の仕事を引き継ぐことになった。まるで父の死を予想して、父の志を背負うために準備してきたように感じている。生前父と交流のあった何人もの人から、「お父さんがあなたに仕事を渡してくれたのですよ」と言われた。

生前父は、同業についた私に向かって、笑いながら少し得意そうにこう言っていた。

「仕事を紹介してやりたいんだけど、この仕事は個人に依頼が来るものだから、代わってもらうことができないんだよなあ」

けれど、父は逝ってしまった。後には、唯一私が代わることのできる状況が残った。まるで、父はいないのにボールだけが投げられてきたかのようだった。しかし、私にとっては世に出ていくチャンスだ。ここは腹を据えて貪欲に仕事を引き受け、いいものを書くことに専念したい。父がそうであったように、私も作家なのである。どんな場合でも、書くことが生きることなのだ。

そして、仕事をまっとうすることが私にできる父への返球なのである。

『遠雷』の舞台は本文中に地名こそ出てこないものの、モデルは栃木県宇都宮市の郊外である。農地が団地に移り変わっていくその地に、かつて父と母と私と妹は住んでいた。

母によると、ある日、近所のビニールハウスで農作業をしている青年を見て、父にこう言ったことがあった。

「奥さんと仕事して楽しそうよ」

この一言がきっかけとなり、父は農家の青年に注目するようになったようである。

生活のため田舎に戻って日々をしのいでいたであろう父が、自分の足元に埋まっていた、大きなテーマの鉱脈を発見した瞬間だったのかもしれない。どれほど一人で、ふるえるような喜びを感じたことだろう。そして、無意識ながら大発見をしてくれた母に、感謝したはずである。父はトマトマンに出会い、それがひとつのきっかけとなって『遠雷』が書き出されたのだ。

大地の上で奮闘する満夫は、ちっとも幸福そうに見えない。満夫が慢性的に抱えている鬱屈は、当時の父そのものであろう。宇都宮市役所に勤務し、一見まともな公務員となっていた時期に、この作品は書かれた。父が東京から故郷宇都宮に帰ってきて就職したとき、父の父――私にとっては祖父になる――は喜んだ。だが父にとってはつらい日々だったのだ。本当は文学に没頭したいのに、一日の多くの時間を、喜びを見出すことのできない仕事に費やさなければならなかった。それでも父は精力的に自分の作品を書き続けていた。

私にも似た経験がある。生活のために農業団体に就職したときは、すでに子どもが二人いた。毎朝、出勤したくないと思いながら、自分を説き伏せて体を職場まで運んでいた。時間の隙間を見つけては、森を舞台とした、クマが主人公の童話を書き続けていた。オフィスビルの中で思いを馳せる広大な森林において、クマは自由に生きていた。クマは私だった。

同じような境遇にいたからよくわかる。この鬱屈とした時期に、文学に人生をかけようという思いは、いっそう強まったのだろう。有名になりたいとか、金持ちになりたいとか、そういうことではないのだ。望みは、自分の納得する原稿を書いて生きていきたいということだけなのだ。トマト栽培の経験が少なく、手探りで進んでいく満夫は、文学という大海にたった一人で漕ぎ出していこうとする父の投影であった。トマトを作って生きていきたい。安値で出荷しなくてはならなくても、害虫にやられても、満夫がこだわるトマトは、父にとっては自分がしがみついている小説だったのだ。

続く『春雷』では、嫁となったあや子と、満夫の母の対立が表面化する。父の不在が続くため、母はどんどん不機嫌になっていく。予期せぬ父の突然の死によって、作品は終わる。

＊

現実の父も突然死んでしまった。そのことを書き残しておきたい。それも私の務めであろう。

二〇一〇年一月二十日の夕方のことだった。札幌に住む私に母から電話がかかってきた。

「お父さん、具合悪いの。都合つく？」

「すぐ来てってこと？」

状況は何もわからなかったが、今から東京まで来てほしいということは、緊急事態なのだ。このときは、父がすでに入院していることを知らされていなかった。家にいて突然倒れ、病院に担ぎ込まれたのだと思っていた。

こんなことは初めてだった。早く行かなければと気ばかり焦っていた。タクシーをつかまえなければならないのに、何もしていなかった。妻に、

「こんなときこそ落ち着いて」と言われる。子どもたちに、

「かずちゃんの具合が悪いから、東京にいってくる。大変な時だから、みんな仲良くするんだよ。頼むね」

と言った。子どもたちは真剣な顔でうなずいた。親の気持ちが伝わると、小さい子でもちゃんと協力してくれるのだ。

最終便に乗って東京へ向かった。羽田空港から病院までタクシーに乗る。暗闇の中をひた走る車内で、私は身を固くして前方を見つめていた。早く着いてくれ。

病院に着くと、ＩＣＵの廊下に母がいた。すっかり憔悴していることが全身から伝わってくる。二人でＩＣＵに入ると、人工呼吸器につながれた父がいた。麻酔で眠らされており、話をすることはできなかった。医師の説明を受ける。病状を説明された後、

「今日の午後、症状がおかしくなりました。かなり緊急的な意味合いで、明日の朝、手術をしま

す」と言われた。

当面私たちにできることはなく、実家に戻った。ありあわせで遅い夕食をとりながら、母と話した。母はいつになく多弁だった。これまで話し相手がいなかったのだろう。

「お父さん、いつもはすぐ仕事をしたがるのに、入院してからは寝ていることが多かったの。電話をかけることすら億劫がっていた。食欲がなくてあまり病院の食事を食べていないのに、すぐ退院したいものだから『ご飯食べたから』なんて言っていたのよ。正月、心平たちが東京から札幌へ帰った後、めずらしく『疲れたなあ』って言ってた」

三週間ほど前の正月、私と妻と四人の子どもはそろって東京へ遊びに来ていたのだ。二人目の出産を間近に控えた、私の妹・桃子とその家族もそろい、狭い実家に孫たちがみんな集まった初めての機会だった。一月三日、札幌へ帰る日の朝、父と母と上の子二人はトランプに興じていた。みんな、とても楽しそうだった。

母の話はなおも続いた。

「関西で仕事をしていて、ホテルで胸が痛くなったんだって。桃子が出産なので帰らなくてはならないと思って、病院へは行かずに我慢して一泊して、翌日(一月十五日(金))東京へ帰ってきたの。帰ってきたら、ただいまも言わずに、無言のまま、もさーっと立ってた。お父さんは『一晩寝たら治るよ』と言ったんだけど、でも、明らかに具合が悪い様子だったので病院へ連れて行ったの」

実に父らしい行動だった。仕事先の関西で入院にでもなったら、出産の近い妹に迷惑がかかると考えて我慢していたのだ。しかも、自分は丈夫だからと帰ってきてからも病院へ行くつもりはなかったのだ。

「悪いことばかり考えてしまうの。ＩＣＵの廊下でずっと一人で待っていて、誰もいなかったので椅子に横になったんだけど、眠れなかった」

病院から電話がかかってきたらすぐに起きられるように、母の隣の部屋で寝た。

翌日は、朝八時三十分に医師から手術の説明を受けた。その中で「手術の目的は生きて帰ることです。術中死亡の可能性が高いのです。でも、このままだと夜には心臓が止まります。これが最後のチャンスです」と言われた。

いきなり命の正念場に直面することになり、うろたえる暇すらなかった。ひたすら話を聞いて、メモをとる。このメモも父が退院したときに、経過を見せるためにとっていた。「こんなに大変だったのだから、これからは無理をしないように」と伝えるつもりだったのだ。

「最低十二時間かかります。がんばりましょう」

と医師に言われ、「よろしくお願いします」としか言えなかった。母と私は「がんばってね」と父の顔を触る。

このとき、生きている父に会うのは、これが最後かもしれないと思った。会話は交わせないものの、今の父はちゃんと生きているのだ。だが一方で、あまりに突然すぎて、この事態を受け止めがたかった。正月に会った父の表情、声、しぐさが思い出された。何でもなかったじゃないか……。

九時十五分　手術開始。

ＩＣＵの隣の家族控室で、母と私は待った。「ここを離れるときは、看護師に言ってください」と言われ、必ずどちらかは部屋にいるようにしようと確認した。

ひどくのどが渇き、売店へ行き、お茶ばかり買ってくる。はじめは本を読んだり自分の原稿の校正をしたりしていたが、落ち着かない。母も文庫本を一冊持ってきていたが、まったく読もうともしない。

ずっと緊張している状態なのだ。パンなど買ってきて、食べる。

母が産まれたときの話をしてもらった。

母は満州で生まれた。一八〇〇グラムと小さく危なかったが、たまたま同じ集落に、産婦人科の医者がいて助かった。生後五か月のとき日本に引き揚げてきたが、そのときでもまだ三〇〇〇グラムだった。母親も栄養不足でやせておりお乳が出なかったので、引き揚げの船内でもらい乳した。

つまり、母が未熟児で小さかったから、一緒に帰って来られたのだ。そうでなかったら残留孤児になっていたところだった。その場合、当然父との出会いはなく、今ここに私はいないことになる。

そのほかにも、若いころの母の勤め先の話、父と出会った頃の話、父の恩師である有馬頼義先生の話など。

これまで、こんなに二人で話をしたことはなかった。

「何か楽しい話をして。悪いことばかり考えちゃうから」

母に頼まれ、私は子どもたちの冬休みの自由研究の話などをした。

術中死亡の可能性が高いと言われていたので、手術が長引くほど、まだ頑張っている、つまり生きている証拠なのだと思っていた。もしかしたら、二、三時間で終わってしまうかもしれないとも思っていた。父が死ぬかもしれないという覚悟もしていたのだ。

手術開始から十時間たった十九時ごろ、母が水を飲みに行ったとき、ちょうどそこに水を飲みに来た医師に会った。汗をびっしょりかいていたそうだ。

「だいたいのところ、終わりました」

と言われた。ということは、成功したということなのだろうか。期待が高まった。

九時〇〇分　手術開始から十二時間。まだ終わる様子はない。以後、まだ終わらないまだ終わらないと落ち着かない。時計ばかり見てしまう。

一時十五分　手術開始から十六時間後、やっとＩＣＵに呼ばれた。父はベッドで眠っている。いろいろな機械につながれてはいるが、呼吸をして生きている。ただただ嬉しかった。手術前と比べて大きな変化は感じられない。ともあれ生きていることは間違いない。医師から説明を受ける。重篤状態ではあるが、手術は終わったのだ。

一時二十五分　ひとまずほっとして、病院を出る。

二時〇〇分　実家の近所で夕食をとる。緊張が続いているのがわかる。

「お父さん頑張ったよ。手術を生きのびたのだから、きっとよくなるよ」と私は母に言った。

「退院したら、今度こそ仕事をセーブしてもらう」と母は宣言した。

午前四時三十分　就寝。長い長い一日であった。大手術を乗り切ったのだ。私も母も、父が回復して元気になることを疑っていなかった。

眠る父のまわりで

手術の翌日、病院に父の様子を見に行く。相変わらず父は眠ったままで、見た目は手術前とそう変わらない。しばらくこのまま眠らせて、体の回復を待つのだそうだ。

午後は、第二子を出産したばかりの妹を見舞いに、別の病院へ行く。妹は元気そうだ。ひとまず、「父の手術は成功した」と伝える。実家に帰宅してひと眠りした後、父の仕事の調整に取り掛かる。当面の講演は断らざるをえないのだが、どのくらい先の予定まで断るべきか判断がつきかねる。今が一月だから、二月は無理だとしても、三月はどうだろうか。連載中の出版社にも連絡しなければならない。いくつかの著者校正は私が代わりにやることにする。いかに父が多くの仕事を抱えていたのか、思い知らされた。

夕方、ふるさと回帰支援センターの高橋公さんより電話があり、現在の状況をだいたい説明する。父の長年の友人である高橋さん、通称「ハムさん」には、すでに助けられていた。父が近日おこなうことになっていた講演の代行を、直前であったのにもかかわらず、C・W・ニコルさんと菅原文太さんに頼んでくれたのだった。

夕食後、母は疲れていたようで、早く就寝する。

翌日も朝から病院へ行く。実家から病院まで、さほど遠いわけではないのだが、精神的に参っている時に運転などしないほうがいいと考え、タクシーで行く。

今日も父は眠っている。だが、意識不明というわけではない。医師は言う。

「痛みを取るため、動かさないために、寝かせています。手術のときは全身麻酔をしていましたが、今は、寝ているだけです。しゃっくり、くしゃみはします。意識を強くすると、自発呼吸が出て苦しくなってしまうんです。今はただ、深く寝ているだけです。その状態を継続していきます」

ひと言でも言葉が交わせたらよいのだが、それはできない。母は父の眠っているICUに行くたび、父に声をかけ、写真を撮っている。私は医師の話を中心にメモを取り続ける。父が目を覚ましたら読ませるためだ。

病院からの帰りは駅まで歩き、昼食をとり、帰宅する。午後には立松事務所のスタッフを交え、スケジュール調整や校正など、母と私と三人で顔を突き合わせて相談をする。この日からこれが日課になった。

札幌の自宅に電話をすると、「こっちは大丈夫だから、しばらく東京にいて」と妻に言われる。確かに、父の様態が安定するまでは、母を一人にしておけない。反応のない病人を見舞いに行くには、けっこうな体力と精神力を要する。今は、とにかく自分たちが元気でいなければならない。こんなとき、私は自分が丈夫であることに感謝する。だが、父も元来、元気な人ではなかったか。

手術後五日目。医師によると父の経過は良好。順調にいけば来週、父の体にいろいろとつなげられている装置を外すことができるかもしれない。ただし、「まだ、生命の危険が去ったわけではない」とも言われる。

「退院のめどは？」

とたずねると、

「退院できるかどうかは、全くわからない。ＩＣＵから出られるのは三週間後くらいかな？」

ということは、二月二十日くらいにＩＣＵから出られるということになる。そのころには、意思疎通ができるといいのだが。

手術後七日目、タクシーではなく、バスで病院へ行ってみる。それだけ、私たちの中にも安心感が生まれはじめたのかもしれない。母が小学生の時の通学路だったという抜け道を歩き、バス停へ行く。こんなふうにして母と二人で歩くということも、これまでなかったような気がする。

病院から帰ってくると、昼頃、法昌寺住職であり歌人である福島泰樹さんが実家に来る。お寺のお守りを持って来てくれたのだった。翌日、父の眠っているベッドの枕元に祈りながらお守りを置く。

手術後十日目、「麻酔が切れると、目を開けることもある」と医師が言う。そのときに居合わせたいものだが、ＩＣＵに長時間滞在するわけにはいかない。毎日十五分くらい、顔と手足を触って、声をかけて、医師の説明を聞き、父の寝息を感じ、そして私たちは外へ出るのだった。

手術後十二日目、私がいったん札幌へ戻っている間に、手術が行われる。今回は、装置を外す

ためのものであり、父の体が回復しているからこそ、行われるものだ。母は眠ったまま手術室へと運ばれていく父に向かって、

「頑張ってね！　ここまで頑張ったんだからね！」

と言ったそうだ。母は一人でじっと一時間半、待った。

手術はうまくいき、心臓も肺も自分の力でちゃんと動いている。だが医師は相変わらず、

「まだ、命の心配があります」

と言う。私はその言葉をあまり真剣に受け止めていなかった。いい面ばかりを見て、毎日刻々と良くなっているという認識を持っていた。それは事実でもあったのだ。

手術後十三日目、面会に行くと、父はいびきのような声を出していた。

黄疸が目立ち、黄色い顔だ。さらにその翌日には、時折、足がぴくっと動く。

手術後十五日目。父の胸は呼吸をするたびに上下し、脚もよく動いている。胸の大きな縫いあとが見える。

父が入院したときの荷物を、ナースセンターに預かってもらっていたので、受け取りに行く。リュックと黒い網の袋。原稿用紙、万年筆、ペンケース、田中正造についての資料、メガネ、アイマスク、薬など。

午後、母のかかりつけの病院へ所用があり行くと、すでに父の病状は伝わっていた。

医師は言う。

「仮に命をとりとめたとしても、車椅子の生活になるという覚悟を持っていてください。あまり

出かけられないでしょう。付き添いも必要です。出かけてもすぐ、疲れてしまいます」

医師に、「車椅子」と言われて、ショックを受ける。父はすっかり元気になると思っていたのである。

それから母とこんな話をする。

「医師は、職業柄、最悪の事態を言うんだよ。それに、直接お父さんを診断している人ではないんだから、あまり重く受けとめすぎないようにしよう」

母はただ、うなずいていた。

「でも、車椅子になってもならなくても、出かけることはできるだけなくすようにしなければならないいんじゃないかな。お父さん、もうすでに普通の人の何倍も移動したよ。全都道府県に行ったって言ってなかったっけ？　地球を何周したのかな」

そう。父はずっと、旅が日常のような人だった。母は、

「これからは、出かけるときは、自分が必ずついていくようにする」

ときっぱりと言った。

父の連載のひとつに、「岳人」の「立松和平の百霊峰巡礼」があった。この取材のために、毎月のように全国の山に登っていた。本来ならば、父と相談の上、今後どうするかを決めなければならないところである。だが、もし父が降板するとなったら、早く先方に伝えなければならない。このとき、「車椅子」という単語によって、はっきりと登山は無理だろうという認識が母と私に生まれた。もうこの連載を続けることはできない。万が一、本人がやると言っても、やらせるわ

けにはいかない。そんなことまで話した。この日、母は編集部に事情を話し、降板させていただきたいと伝えた。

手術後十六日目、鼻の側面がぴくぴく動いている。これまでになかったことだ。口をぱくぱくしてしているような感じである。額に触ると、汗ばんでべたべたしている。少し熱があるので、冷やしているとのこと。

手術後十七日目、ICUの隣のベッドに入院している人が、面会に来た人と話をしているのが見えた。父よりもずっと元気そうだった。

父との面会後、母が言う。

「お父さん、苦しそうだったね」

「そうかな。隣のベッドの人が話をしたりしているようだったから、比較してそう見えただけだよ。良くなっているんだから」

帰りがけに母は、三週間ぶりにプールに泳ぎに行く。

「私が病気になったら大変だからね」

＊

そして手術後十七日目、二〇一〇年二月八日、月曜日。

十時半に、いつものとおり母と病院へ行った。

「先生からお話があります」

と看護師に言われ、緊張して待った。医師の話を聞きたくない気がしたが、聞くしかなかった。

「昨夜、瞳孔が開いてきました。これは、頭のほうに出血があったことを示しています。頭の出血について、肝臓が働いていないと、出血が大きくて、十分な回復は難しいです。心臓の動きが弱くなってきています。このあと、心臓が止まる可能性が高くなりました。この状態では、頭を開けて手術することはできません。血が止まりにくいのです。鼻など粘膜面からも下血していきます。CTをとると、どのていどのものなのかわかりますが、今、重装備なのでCTに行って帰るのも体の負担になります。どれくらい心臓がもつかわかりません。一週間くらいの間には、きっと――」

と医師はここで言葉を切った。

言われた言葉の意味がはっきりと理解できなかった。直面している事実を受け入れたくなくて、わからないふりをしていたのかもしれない。だが、確認しておかねばならなかった。私はたずねた。

「一週間以内に亡くなる可能性が高いということですか?」

「そうです。頭を開けて、出血を止められる状態ではないんです」

あまりの突然の通告で、うろたえた。

昨日まで、毎日、少しずつ良くなっていると思っていた。退院できることに疑いもなく、もしかして、車椅子ということもあるかな、くらいに思っていたのだ。確かに先生からは毎日のように「命の危険が去ったわけではない」と言われていたが――。

母はしっかりとしていた。泣き崩れたりはしなかった。常々、「私はけっこう大丈夫だから」と言っていたのは、本当だった。母が言った言葉はこうだった。

「娘に会わせてもいいですか?」

「もちろんです」

母と私は、ICUを出た。母が言った。

「お父さん、かわいそうだったね」

母の言う通り、父はかわいそうだと思った。そして、母もかわいそうだった。妹に電話をかけ、タクシーで迎えに行った。妹は先日生まれたばかりの赤ちゃんを夫に託し、私たちは父のいる病院へ向かった。赤ちゃんは腕の中で眠っていた。

タクシーの中で、母は妹に言った。

「昨日、看護師さんたち、伏し目がちだった。なんか、具合悪いみたいって私が言って、心平がなぐさめてくれていたのよ。お父さん、携帯電話の写真で、赤ちゃんのこと、見ていたよ」

病院に着き、母と妹は、ICUに入った。私は廊下で待っていた。二人がICUから出てきた。妹は目を赤くして泣いていた。母と私は泣かなかった。何だか、泣く術がないのだった。

妹を送り、いったん実家に戻り、札幌の妻と電話で話した。

「子どもたちに何と言ったらいい?」

と訊かれたが、わからなかった。

ラーメンを作って、母と二人で食べた。

それから今後のことを相談した。お葬式は家族のみでおこなうこと。父は生前、「何かあったら福島に頼む」と言っていたので、福島泰樹さんに連絡すること。お葬式とは別にお別れ会を開くかどうかは、ハムさんに相談すること。お墓のこと。

母からはいろいろと相談され、頼りにされているのだと思った。ひととおり話しあったのち、母は言った。

「お父さん、年金もらうの楽しみにしてたのに。私、勉強続けるわ」

母はここ数年、大学生になって勉強していたのだ。

「大学もプールも続けたほうがいいよ。あまり先のことに気をもまずに、まずは一つずつ考えてやっていこう。お父さんは生きているんだし、何よりも今を大切にしよう。亡くなったら福島さんに、家族だけでしたいって言って。そこまで考えていればいいよ」

この日、私は取材に行く予定が入っていた。東京大学の先生に、化石の話を聞きに行くことになっていたのだ。キャンセルさせてもらおうかとも考えたが、じっとしていても仕方ないので、予定通り東大に向かった。

駅に向かいながら、妻に電話をかけた。

「子どもたちには、かずちゃん具合悪くてしばらく帰れないから、お祈りしててと言って。子どもたち、お正月に東京に来て、よかったよね。かずちゃんたちとトランプとかしてさ」

そう言ったら、はじめて涙が出てきた。歩きながら私は、ぽろぽろと涙をこぼしていた。

「それに、作家になって、本も二冊出してよかったじゃない。かずちゃんにも読んでもらったでしょう。今、一緒にいられるし」

と妻は言った。

確かに、私がフリーランスでなかったら、こんなに長期間、東京に居続けることはできなかっただろう。

それから東大に行き、取材をした。こんなに気持ちが波立った状態で、相手に対して失礼にならない取材ができるかどうか、自信がなかった。でも、ちゃんと話を聞けた。

と自分では思っていたのだが、後日、その先生からメールをいただいた。

「あの日、いぜんお会いした時とは違って、心平さん、なんだか上の空だった、と思っていました。そんな大変なときだったのですね」

そのあいだに、宇都宮から叔父夫婦が来て、母とともに父のところに行った。それから母は食料を買いに行った。

私が先に実家に戻った。十七時頃のことだった。病院から電話がかかってきた。

「今、血圧が下がり始めています。そろそろ厳しい状況です。来てください」

母に連絡し、一緒に病院へかけつけた。まだ一週間はあると思っていた。こんなに早くそのときが来るとは、ちっとも心構えができていなかった。

南無妙法蓮華経

二〇一〇年二月八日、午後五時三十分。通い慣れた病院のＩＣＵに、母と私は入った。いつものように父はベッドに眠っていた。父の顔は大きく膨らみ、黄疸が出ている。私たちを見ると笑顔を見せてくれる看護師たちも、きまじめな表情で押し黙っていた。担当の医師も二人、ベッドの横に立っていた。

医師が言いにくそうに母と私に言った。

「自己脈がなくなって、ペースメーカーのみで心臓を動かしています。ペースメーカーを外して、心臓が動くかどうかやってみます」

ああ、ようするに、医師は私たちが到着するまで、父の心臓が止まらないようにしていてくれたのだ。母は「はい」とうなずいた。

医師は父につながれていた機械のスイッチを切った。そこにいた全員が、心電図を注視していた。それまで定期的に波を描いていた心電図は、すぐに一本の線となった。父の命の最後の表現が、消え去った。

私には何もできなかった。ただその光の線を見つめているだけであった。そこに医師の声がかぶさった。

「残念ですが、ご臨終です。五時三十七分。お役に立てずすみません」

医師たちと看護師たちは頭を下げた。母と私も頭を下げた。医師が謝ることではない。父は精一杯生きたのだと、私は思った。

母は父の頬に手を触れ、顔を近づけて言った。

「幸せでした。子どもたちもいい子で。もっと話聞いてあげればよかった。ありがとう」

母は本当に幸せだったのだと思う。それは父が作家として成功したからというよりも、父と手を携えて歩いてきた人生が豊かなものだったからだ。こうやって一人の人が死んでいくときに、作家であるということは、まるで関係がなかった。誰もが同じ、ひとつの命にすぎない。

どうして父と結婚しようと思ったのか、母にたずねたことがあった。何しろ結婚したとき、父は自称作家であったけれど、まだ何者でもなかったのである。「お父さんに才能があると思ったの？」と問うた私に対して母は答えた。

「そうじゃないの。体が丈夫そうで、この人なら何をしても食べさせてくれそうだと思ったからなの」

その言葉の通り、父はしっかり働いてきたのだ。ただし、働きすぎたということもまた、事実であった。

二十年ほど前から母は父に「体のことを考えて、もっと仕事をセーブして」と、口癖のように言い続けてきた。私も母の言う通りにすればいいのにと思っていた。何しろ旅の多い人生で、沖縄に日帰りして北海道へ行き、海外へ渡るというような日常が続いていた。けれど父は働き続け、書き続けたのである。

友人から頼まれた仕事は、多少無理をしてでも引き受けた。父は実に、仁義を重んじていた。そういえば父は、高倉健や藤純子の活躍する任侠映画を好んだ。自らある覚悟を持って敵地に乗りこんで行く主人公を描いた、クリント・イーストウッド主演監督映画「グラン・トリノ」を観たときに、「あれは任侠映画だな」と言っていたのを思い出す。

また、仕事の依頼がなくなる日が来るのではないかと恐れてもいた。実際はそんなことはなかったのに、仕事を目一杯、休むことなく続けた。

バルザックの墓碑銘に「生きた、書いた、愛した」とあるそうだが、父の場合はここに「旅した」も付け加えたい。旅を続けながらも、いつも「小説を書きたい」と言っていた。空港でも、飛行機の中でも、ホテルの部屋でも、ちょっとした隙を見つけては、原稿用紙を広げてペンを走らせた。本当はもっと、腰を落ち着けてじっくり小説に取り組みたいと考えていたのだ。

亡くなったときには、「白い河　風聞・田中正造」、「良寛」、「小説　羅什　法華経の来た道」という三本の小説を執筆中だった。また、「最後の長篇小説になる」と言って取材をしていた、自らの両親と満州をめぐる物語が、父の仕事の集大成になるはずだった。さらには昨年、私に資料集めを頼んでいた作品の構想もあった。ほとんど知られていないことだと思うので、ここに記しておきたい。それは、幕末の箱館戦争の話だった。

戦に敗れ、捕えられた者も大勢いたが、北海道各地に逃げて地元の漁師や農民として生きのびた人々のことを調べてほしいと言われたのだ。私は札幌、函館の図書館や古書店に足を運び、敗者の記録を探して歩いた。だが、勝者に比べて敗者の記録はあまりに少ない。しかも、逃げて行方をくらました無名の人間についてである。ところが各地の『町史』や『村史』のページを地道に繰っていくと、古老の回顧談などとして敗残兵をかくまったというような記述が、わずかながらも散見された。また、子母澤寛の祖父も箱館戦争後に逃げてきて、漁村に住みついた人であると子母澤自身が書いていることなどもわかってきた。

そんな話を、最近、父と交遊のあった編集者にしていたら、「庶民の側から戦争をとらえるとは、実に立松さんらしいですね」と言われた。

その資料集めの最中のことであった。私は、小説を書くためには、こうやって細部を固める資料を集めて構想していくのだなと気づいた。そこで自分のテーマを決めて、同時にそちらの資料も集めることにした。北海道開拓期の屯田兵を三銃士に見立てたような冒険物語だった。

あるとき私は父に言った。

「こうやって材料を集めて小説を書くんだなということがわかったから、自分の資料集めをしているんだよ」

すると、父から意外な答えが返ってきた。

「そういうことをわからせたいという気持ちもあって、資料集めを頼んだんだよ」

「あっ」と声を上げそうになったほど驚いた。父は自分の仕事に夢中であるあまりに、私のことなどさほど考えていないのだろうと思っていた。だが、そうではなかったと、このとき知った。

生前、この会話を父と交わせて、本当によかったと思っている。

資料を集めた者としては、箱館戦争の作品化にいつか取り組んでみようかと思うこともある。


ついこの間まで、父が元気にしていたせいだろうか。死んでしまったという実感がわいてこなかった。この実感のなさは、のちのちまでずっと続くことになる。それなのに、目の前には確かに、動かなくなった父が横たわっていた。

私も父の頬に触ってみた。額に手を当ててみた。まだ温かかった。脂がじっとりとしていて、ほんの少し向こう側に行ってしまっただけだと思った。


「管を抜いたりしますので小一時間、控室でお待ちください」

と医師に言われた。改めて見ると、父の体を支えてきた様々な装置がうつろに立っていた。

母と私は、力のない足取りでＩＣＵから退室した。

これから、やらなくてはならないことがたくさんある。妹、叔父、法昌寺の福島泰樹さん、立松事務所のスタッフ、ふるさと回帰支援センターの高橋公さんに電話をかけた。

三十分後、福島さんが来た。心から驚いたという表情だった。

母が言った。

「立松が、何かあったら福島さんに頼むようにと言っていましたので」

ちょうど、早乙女貢さんの一周忌の日で、近くに居合わせたのだそうだ。父の親友であった福島さんとは、並々ならぬ因縁があるのだろうか。

「力が足りずすみません」と福島さんは頭を下げた。いや、そうではない。みなさん、力をくださった。そうして今日まで父は生きてきたのだ。

「これから家に戻って、寝かせて、一晩、二晩家にいさせてあげましょう」

福島さんがひどくやさしい声で言った。

ほどなく、妹と高橋公さんが到着した。

看護師に準備ができましたと声をかけられたので、母、私、妹、福島さん、高橋さんの五人でＩＣＵへ入った。私は父の顔にかけられた白い布をとった。

父の顔を見て、妹は泣いた。

「南無妙法蓮華経」

福島さんが唱えた。このときは、福島さんがお経を唱えているのだと漠然と思っていただけだった。子どものころから、何度も、福島さんのお寺には行っていた。このときのお経が鳩摩羅什訳「妙法蓮華経」だったということを私が意識するのは、もっと後のことである。鳩摩羅什という人物が私の行く末を大きく変えていくことを、このときの私は知る由もなかった。

福島さんは、かけ布団をめくり、父の足をさすった。

「この足で世界中を歩いてきたんだよな。しっかりした足だよ」

足もむくんで黄色くなっていた。

高橋さんは、

「わっぺい、どうして逝っちゃったんだよ」

と父に言った。母は黙ってその様子を見つめていた。

霊柩車に乗って、父とともに実家に帰った。

実家につくと、まず、母と二人で、父が寝起きをしていた二階の部屋に布団を敷いた。それから白い布に包まれた父を運んだ。とても重かった。このとき、父が思いのほか軽かったら、「ああ、こんなに弱っていたのか」と感傷に浸ったことだろう。だが、父はずっしりと重かった。確固とした存在感が、私たちの手に体に伝わってきた。

必死になって階段を上る。この間だけは、悲しみも何もなかった。ただ、一生懸命に力を込めていた。そうしなかったら、父の重みに負けてしまいそうだった。

人は誰でも、人生の階段を上るというような、その人にとっての契機となる時期、出来事を持っている。父の場合、その一つは息子、つまり私の誕生だったのではないか。

一枚の写真がある。父がどてらの懐に赤ん坊を入れて抱き、困ったような顔をして座っている。この写真に写っているのは、一九七二年十一月十一日に生まれた私である。何度か父は、自分の子どもが生まれることになったときのことを書いているので、お読みになった方もいるかと思う。それだけ、父にとっては大きなできごとだったのだろう。

当時、父には定収入がなかった。母が勤めからもらってくる給料と、山谷での肉体労働などでの稼ぎによって生活していた。小説は書いていたものの、金銭を生み出すものではなかったのである。そんなとき、母が妊娠した。このとき、就職を考えるのがまっとうな人間のすることだろう。しかし、父はそうしなかった。逃避行が始まる。母が貯金しておいた出産費用を持ちだし、インドに行ってしまったのだ。青春への決別というような美しい言葉を使って、そのときのことを父は書いているが、ようするに自分が人の親になってしまうという目の前の現実から、逃げ出したのだ。

つい最近まで、私はこのときの父の行動をうまく受け入れられないでいた。どうして、他ならぬ私が生まれることを、祝福と覚悟を持って抱きしめてくれなかったのだろうか。この疑問もひとつの後押しとなって、今、私はお産についての本を書いている。私は自分の子どもが生まれるお産に向き合った、ということを表明したかった。けれど、父の死後、思い至ったことがあった。大切なのは当人たちの考えではなかっただろうか。母は快く、父をインドへ送り出したのだ。もし母の制止を振り切って父がインドに逃げてしまい、戻ってこなかったというような事態になっていたら、父の行動は非難されるべきものだろう。現実には、母はいってらっしゃいと言い、父はインドへ行き、そして戻ってきた。だからこそあの写真が撮影されたのである。

つまり、夫婦が望む形がいちばんいいということなのだと思う。私たちの場合は、私がお産に立ち会い、参加するという形が良かったということにすぎないのである。そんなことを、『ご主人、「立ち会う」なんて、そんな生やさしいものじゃありませんよ。』という本に書いた。

さて、インドへ行った父のその後である。岩波文庫『ブッダのことば』を携えていた父は、ブッダが説法をした地、ラージギルへ向かった。そこにある日本山妙法寺へ立ち寄った。ちょうど断食行が始まろうとしており参加することをすすめられたが、私が生まれる予定日が過ぎていたため、連絡の取れないところにとどまることはできなかった。そこで父は、手紙を受け取ることのできるカルカッタへ行った。

そこで、私が誕生したことを知らせる、母からの手紙を受け取る。その手紙は「まだ見ぬぼくのお父さんへ」と題されたものであり、生まれたばかりの私の言葉を、母が代筆したという形をとっている。『ブッダその人へ』（学陽書房人物文庫）などに収録されているが、母によると、母が書いたものをそっくりそのまま父は転記しているのだそうだ。深く印象に残るいい手紙である。

この手紙を読んだ後、父はカルカッタの日本山妙法寺での断食行に入る。

「今だからいおう。行者になってもよいのだという気持ちが、多少なりとも私にはあった」と父は『ブッダその人へ』の中で書いているが、現実には修行を終えて十二月の末に東京に戻ってくる。そう書いてはいるものの、父には帰ってこないという選択はなかったのだと思う。父は母を大切に思っていたからである。

この秋、私は父がやり残した仕事を完成させるために、カルカッタへ取材に行く。日本山妙法寺にも立ち寄ろうと思っている。私が生まれたとき、父がいたその場所に座ってみることによって、いくばくかでも若き父の思いに触れられたらと思っている。

さるやま団地へ

インドから帰国して、生まれたばかりの私と対面した父は、生活を立て直すことを決意する。故郷である宇都宮に戻り、市役所に就職した。はじめは父の実家の近く、市の中心部の借り住まいだった。私は生まれたばかりだったので、もちろん当時の記憶はないのだが、後に「ここに住んでいたんだよ」と当時を懐かしむ両親に、その借家を見せてもらったことがあった。近くに新川という川が流れ、両側の桜並木は春になると周囲の空気までもを桃色に染めた。

父は地方公務員になったからといって、小説を書くのをやめたわけではなかった。勤務の終わった夜はもちろんのこと、勤務のない土曜の午後や日曜は、とにかく机に向かっていたのだそうだ。狭い家の中に、赤ん坊である私がいては集中できないだろうと母は、週末になると私を外に連れ出した。連れ出すと言っても行く当てのない私たちは、たいてい近くの父の実家へ行ったらしい。

母にしてみれば、しょっちゅう夫の実家に顔を出すのは、決して気楽なものではなかっただろうが、仕方がなかった。私にしてみれば、やさしいおじいちゃんやおばあちゃんの家に行くのは、ただただ楽しかったのである。その間、父は、歯を食いしばって原稿用紙と格闘していたのだろうか。そうでなくては、私たちの立つ瀬がない。

時代が違う。簡単に言えばそういうことになる。今の私には考えられない生活スタイルである。つまり父は、家族を持った自分、というものに向き合っていなかったのではないのかと思えてしまうのだ。これが当事者でなかったとしたら、「作家になるということはたいへんなものなのですね」と思うだけのことかもしれない。また、母もそれでよいと、父にとことん書いてほしいと考えていたのだろう。それぞれに夫婦や家族のあり方というものがあるのだから、それでよいのだろう。

けれど、もう一人の当事者は幼い私である。私は邪魔者扱いされていたのだろうか。当時の机に向かう父の姿を想像すると、そのような考えを持ってしまいそうになる。父はインドで青春と決別してきたのではなかったのか。独りで荒野を歩いて行くのではなく、妻子ある家庭という存在とともに生きていくことを受け入れたのではなかったのか。

そんな批判めいたことを書いていると、その矛先はどうしても自分にも向かってくる。では、そんな偉そうなことを言うお前は、子どもと心から向き合っていると言えるのか。自問自答を続けていくと、たいして父と代わりがないようにも思えてくる。「仕事をしているからあっちへ行ってて」と何度、子どもたちを怒鳴りつけたことだろう。

私は子どもの頃、父が仕事中であっても、よく煙草の臭いのしみついた（そうだ。父は以前はよく煙草を吸っていた）書斎へ出入りしていた。常に原稿を書いている父と接するには、そうするほかなかったという事情もあっただろう。そんなとき父は、一度もしかりつけなかった。膝の上に乗せてくれたり、宿題を教えてくれたりした。小学校も後半になると、さすがに私の方で遠慮して、できるだけ書斎へは入らないようになっていった。

そうか。決して邪魔者扱いされてはいなかったのだ。

でも、やっぱり私は、日曜日はできるだけ子どもと過ごそうと思う。そこがお前の甘いところだと言われようとも、そうしたいと思う。

実はこの原稿を今、ノートに書きつけているのは、インドのヴァナラシーという町のホテルの食堂である。インドから帰ってきた父の行動に納得がいかないというような文章をインドで書いている。時代も人も違うが、親子は親子だという気もしてくるから、何だか悔しくもある。


ほどなく父は、ローンを組んで郊外の建て売り住宅を購入する。田んぼの中の道を抜けて、昼でも薄暗い墓地のそばの竹藪横を通り抜けて、トマトのビニールハウスとかんぴょう畑を過ぎると、同じ作りの建て売り住宅が連なる団地に着く。初めてこの家に行ったとき、東京育ちの母は「なんてさみしいところだろう」と思ったそうだ。特に竹藪のあたりは、それから四〇年近くたつ今通っても、寂しげなままである。

引っ越しした当初、父の書斎は日当たりが悪くいくらかかび臭い角の四畳半だった。部屋に入ると、版画家小口一郎が描いた田中正造の版画が見えた。「真の文明は山を荒らさず、川を荒らさず、村を破らず、人を殺さざるべし」と言いながら、こちらを指さして怒っている姿が必ず目に入り、怖かった。また、夜になると、父はよく外に出て木刀を振っていたような記憶がある。

幼い私は、父が作家である、あるいは専業作家になろうとしているだなんて知らなかった。ただ、ちゃーちゃん（この原稿を書いていて突然思い出した。子どもの頃、私は父のことをこう呼んでいた）は、日曜など家にいるときはいつも書斎にいる人だと思っていた。よそのお父さんの休日の過ごし方など知らなかったから、これが普通なのだと思っていた。そしてこの、家の中ではいつも書斎にいるというスタイルは、終生変わることはなかった。

私が六歳のとき、父は勤めを辞めた。それから三十年たった二〇〇七年、私が勤めを辞めようとしていたとき、反対する父はこう言った。

「市役所に勤めている間に何冊も本を出していたし、俺は自分の仕事しかしなかった」

自分の仕事とはつまり小説を書くことであり、無記名の記事を書くライターのような執筆はしなかったということなのだろう。父が亡くなってから、この言葉をふと思い出して母に聞いてみた。

「お父さんはすでに自分が立派な作家になっていたというようなことを言っていたけれど、退職するときには、もうこれで食べていけるというめどがついていたの？」

「そんなことはないのよ。仕事が嫌になっただけでしょう」

と母は言った。こんなとき、世の多くの妻たる人は「勤めを辞めないで」と反対するのだろうか。周りに「辞めないで」と言われた事例がないので定かなことはわからない。私も妻からそんなことは言われなかった。母は文筆家の家に生まれ育ったせいもあるのか、あるいはもともとさばさばした性格なのか、「嫌なら辞めればいいでしょう」と言ってのけた。もっとも、毎朝出勤していく父が、端から見ていられないほど鬱屈していたのかもしれない。

父が母と出会った頃から、小説家になるために勤めを辞めるという一大決心をしたこの頃までの、父の自伝「振り返れば私がいる」を読んでみたかったと思う。

もしかしたらこの頃だったのかもしれない。父は表札を手作りした。本名である「横松」という表札は始めから備えつけてあった。その隣に「立松和平」と、かまぼこ板にマジックで書きつけて、貼りつけた。比喩ではなく、本物のかまぼこ板だった。あのかまぼこ板は、精一杯の、父の小説家としての矜恃だったのかもしれない。

同じく私が六歳のとき、父はのちの『遠雷』の原型となる作品「村雨」を書く。面と向かって父に言ったことは一度もなかったが、今、「大きなテーマに出会えてよかったね」と父に伝えたい。

私は駆け出しの書き手なので僭越を承知で述べると、何かを書こうとする者は、まず書くべきだと自分が思っていることがあり書き始める。父にとっては、沖縄への旅や学生運動がそれに当たるだろう。書き上げてしまった次の段階としては、「次に何を書こうか」と考えることになる。

何を書こうか考えているときに、自分の生きる環境が東京から宇都宮に一転したのである。「さるやま団地」というのどかな名の住宅地は、子どもの私にとっては、雑木林や川で遊べる安らかな楽園であった。しかし、ベトナム戦争へ出兵していくアメリカ兵が滞在している返還前の沖縄だとか、政治の季節まっただ中にあった騒然とした大学などと比べると、実に刺激のない静かな農村地帯に父は住むことになってしまった。もちろんそれさえも自分で選択したことなのであったが、意気揚々と乗り込んでいったという感じではなかったはずである。

だが、一見、のどかに見えるその土地も、一枚皮を向けばちっとも平穏ではなかった。のどかに見えたのは、周りを田んぼや雑木林に囲まれていたからだ。それはとりもなおさず、田んぼの中にまるで開拓するように住宅地を造成したということなのであった。そういう視点の転換を、あの薄暗い四畳半の書斎の中で父は行ったのだ。

もうひとつ、「さるやま団地」には特徴があった。住民構成が各戸とも似ていたということである。ほとんど父と同世代の、団塊の世代と呼ばれる人たちが家族とともに引っ越してきた。その子どもたちは、私たち団塊ジュニアであるという、わかりやすい家族が多かった。おかげで同世代の友達に恵まれた。

子どもの急増に学校建設が追いついていなかった。入学したのは歩いて三キロほど遠方の小学校だった。父も市役所へと自転車を漕いで通った同じ道を、今度は私がせっせと歩くことになった。行きは上級生とともに列をなしての集団登校だったが、帰りは友達とたっぷりと道草をくいながら帰った。農家の前に積んである堆肥をほじくってはカブトムシの幼虫を探したり、田んぼの用水路でイモリをとったりした。野蒜《のびる》というラッキョウのような野草は辛くて、子どもにはちっともおいしくなかったが、父は味噌をつけて食べるのが好きだったので、喜ばせようと思ってよく抜いて帰った。なんと幸福な帰り道だったろうか。もっとも、友達に「イナゴをとって帰ると、お母さんに喜ばれるよ。佃煮にするんだ。害虫をとるんだから農家の人にも喜ばれるし」と言われたので、ビニール袋にぎゅうぎゅうに詰めて帰ったら、母にとても嫌がられたこともあった。東京の人はイナゴを食べたりはしないらしいと、そのとき知った。

友達の父は、国鉄だったり電器メーカーだったりそれぞれ勤め先は異なったが、皆、宇都宮市街地へ通勤するサラリーマンだった。団地外の同級生には農家の子もいたが、団地の中には自営業者は少なかった。

そんな中で、市役所職員というとてもわかりやすく、信用のある職業を辞めて、父は小説家になってしまった。私はそのことを一面では誇らしく思っていた。私が本を読むようになっていたからである。父も母もよく本を読んでいたし、家にはとにかく本だけはたくさんあった。幼い頃、母がせっせと坪田譲治の『日本むかしばなし集』などを読み聞かせてくれたこともあり、いつしか自分で読むようになっていたのだ。もっとも父に本を読んでもらったという記憶は、とんとない。

本読みにとっては、本を書く人は憧れの人である。自分の親しむ世界を、たった一人で創り出しているのだから。リンドグレーンやミヒャエル・エンデを読みながら、父が児童文学を書いてくれたら嬉しいのになあと思っていた。だが当時の父は、子どもの読むようなものは書いていなかった。後々になると、『山のいのち』に始まる絵本シリーズなど、児童書も書きはじめる。「自分の子どもにかまってやれなかったから、今になって児童書を書いた」と父はインタビューに答えていた。それならばと、今の私は思う。自分の子どもたちが小さいうちに、児童文学を書きあげたいものだ。

一方で、父が作家であることで嬉しくない一面も抱え始めていた。私が二〇歳くらいのとき、

父に、

「立松和平の息子だということで、大変なことがけっこうあるんだよ」と言ったことがあった。それに対して父は「ごめんな」と言っていた。今になってみると、あんなこと言うんじゃなかったと思う。すぐ父が忘れてくれていたらよかったのだが。

その「大変なこと」がこの頃から始まりつつあった。はじめはささやかなものだった。小学校の同級生から、

「心平君のお父さん、作家なんだって？　サインもらってきてよ」

と色紙を渡されるくらいだった。その子が父の書いた小説を読んでいたとは思えない。ただ、有名そうな人のサインが欲しかっただけなのか。あるいは親に頼まれたのかもしれない。そして同時に私は、「立松和平という作家の子」という枠に入れて、周りの人に見られるようになっていったのだった。

「昔は今と違って、本が売れたんだよ。みんなよく本を読んでいたんだよ」

と両親はよく、遠くを見るような表情で、口癖のように言っていた。実際、父の本を読んでいた人も身近にいたのかもしれない。一九八〇年代の頃だったと思う。父の本の初版が一万部と聞いたことがあった。

「純文学だからな」

と父は、言外に「大衆小説などと比べたら少ないけれどもな」という気持ちを込めたような感じで、それでも誇らしげに言っていた。だが、今になってみると、本が売れた時代があったのだ

と驚かざるを得ない。純文学の単行本が初版一万部も刷られるなんて、決して少ない数字ではない。父が人気作家だったというよりも、よく文学作品が読まれる、作家にとって幸福な時代だったのではないだろうか。

当時の私にとって、よく知っている出版物の発行部数は「少年ジャンプ」だった。毎号表紙に、二〇〇万部などという景気のいい文字が躍っていた。だから正直に言うと、一万部は少ないなと思ったのだ。父はかつて、その「ジャンプ」を発行している集英社に就職が決まっていて、「ジャンプ」編集部に配属されたかもしれなかった。だがその内定を投げ出したという話を何度か聞いた。

その頃、父の仕事はだんだんと忙しくなっていったのだろうかと考えてみた。当然そうなのだろうが、私にとってはあまり変化がなかった。売れようが売れまいが、父はとにかくいつも書いていたのだ。だから、いつも忙しかった父との思い出など、ほとんどないと思いこんでいた。「父はいつも忙しかったのです」で話は終わってしまうような気がしていた。だが、あることをきっかけに、思い出がたくさんよみがえってきた。

旅も釣りも仕事？

父の死後、何度か父との思い出について講演する機会があった。栃木県の足尾で話をしたとき、家族で東北旅行に行った話をした。

「わが家の旅行は、たいてい父の仕事がらみだったんです。少し前に妹と話をしているとき、東北地方へ一〇日間旅行に連れて行ってもらった話になりました。二人とも印象に強く残っていることで、妹は『楽しかったよね』と言っていました。こんなに長い時間を家族で旅したことは、後にも先にもありませんでした。当時私は一三歳、妹は八歳です。私はこの旅にどうして行くことになったのかを知っていました。『あの旅も実は仕事だったんだよ』と妹に言いました。

一九八六年に東北自動車道が全線開通しました。そのとき父はＪＡＦから依頼され、機関誌「ジャフメイト」にルポを書くことになったのです。東北自動車道を家族でドライブする旅について書くのです。

旅から帰ってしばらくしてから、父は掲載紙を見せてくれました。『これで元を取ったんだ』などと言っていました」

もちろん、その旅は私もとても楽しいものだった。けれど、家族のために計画された純粋な旅行ではなく、やっぱり仕事だったのだというわだかまりを感じてもいた。

講演終了後、一人の女性がやってきた。

「私、当時、その『ジャフメイト』の編集をしていた者です」

信じられなかった。父は生涯で、エッセイを何本書いたことか。数千本にはなるだろう。そのうちのたった一本について話をした。その場に、担当編集者が来てくださっていたのだ。

その方も、私が東北ルポの話をしたことに驚いていた。

「そうでした。東北自動車道が開通したときに、立松さんに原稿を依頼したんです。帰ったら調べてみます。記事のコピーをお送りします」

編集者も私も、興奮していた。

そして、本当にカラーコピーが送られてきた。

「立松和平　東北を走る」と題された四ページの記事には、三八歳の父と母と私と妹の写真も掲載されていた。今、私は三八歳である。当時の父は何と若かったのだろうと思った。

二四年ぶりに記事を読むと、あの旅のことがひとつひとつ確かな輪郭を持って思い出された。子どもが親から離れる以前の、幸福な家族の姿が立ちのぼってきた。

高村光太郎の山荘に寄ったときに、父はこう書いている。

「私には何処も此処もいったことのあるところばかりである。私は自分の青春の旅を子供たちとともにたどり直している気にもなってきた。どうせすぐに、子供たちは自分の足で好きな方向に歩きはじめるのだ。それは私がやってきたことなのである」

そのとおりだった。数年後には私は実家を出て一人暮らしを始める。

盛岡では父の友人に会った。文中には書かれていないが、『ニューヨークのサムライ』などの作品で直木賞候補にもなった作家、楢山芙二夫さんだった。笑顔の優しい方だった。父は楢山さんにあって本当に嬉しそうにしており、夜は二人で飲みに出かけていった。その楢山さんも、今はもういない。

旅は続き、一〇〇杯食べたわんこそば、雨の降る中を父と二人番傘をさして露天風呂に入った蟹場温泉、密度の濃い熱気に包まれたねぶた祭りについて描写されている。私は、そうだった、そうだったと一人、追体験をした。

最後に父は、

「おそらく子供たちには一生の記憶として残るのだろう。私の元から去っていってから、子供たちは自分の親父がはりきって運転していた後姿をふと思い出す時もあるはずだ」

と書いている。

確かにこの旅は記憶として残った。多忙でいつも走り続けていた父が、こんなに家族と時間を過ごしたのは珍しいことだった。しかも、こうして記事になっているおかげで、旅を思い出すことができるのだ。

母によると、家族全員で行った仕事がらみの旅はこのときだけだったそうだ。もちろん、純粋な家族旅行というものも存在した。八丈島や伊豆大島に連れて行ってもらったこともあった。とはいうものの、帰ってくると何らかのエッセイの材料にはなるのが常ではあった。

子どもたちが独立してからは、母は時々、父の仕事の旅に同行していた。そんなとき父は、ホテルの部屋に戻るとひたすらノートに向かっていたのだそうだ。

「何をしているの？」

ときくと、「日記をつけている」とのことだった。旅で見聞したことを、いつも何かに書こうとしていたのである。母が言うには、

「そんなとき、私は一緒に行ったことになっていないのよ。一人で旅をしているようなことを書いているの」

そんな父を身近に見ていたので、今でも母は私に会うと、

「何かの取材に行ったら、必ず別の原稿に書くことも持ち帰るように」

なんてことを言う。

父は仕事ばかりしており、あまり思い出がないような気がしていた。東北旅行も仕事ではあったが、いい思い出になっている。それで、いいではないか。どんな形であれ、父は思い出を作ってくれたのだ。私は自分の子どもたちに、後々まで残っていく思い出を残しているだろうか。子どもたちが巣立っていくまで、それほど長い時間があるわけではない。そんなことを考えた。

妹との話にはまだ続きがある。「あの旅も実は仕事だったんだよ」と妹に話したあと、私はこう言った。

「もっと以前は、お父さんも時間に余裕があって、釣りに連れて行ってもらったりして、楽し

かったんだよ」

実際は、後々、絵描きである妹は、父と組んでいろいろな仕事をした。だから、父と過ごした時間は妹のほうが多い。だから、私は父との時間を取り戻そうと思って、そんなことを言ったのだろうと思う。妹がまだ幼かった頃の、私だけの父との思い出があるんだよ、などと言ってみたかったのだ。

何度か行ったのが茨城の涸沼川だった。父の運転で早朝家を出て、釣り船に乗って河口付近に出て、ボラ、ハゼ、カレイ、マルタなどをよく釣った。中でも強烈に覚えているのが、ボラを大釣りしたときのことだった。

特に腕がよいというわけではなくとも、潮の状態や魚の機嫌など、何らかの巡り合わせによって入れ食い状態になってしまうということがたまにある。そんなとき釣り人は、ほどほどで竿を納めるということを決してしないものだ。

この日、おそらく私が十歳くらいのときだと思うのだが、父と私は涸沼川の上に浮かぶ船の上から釣り糸を垂れていた。はじめは一人につき二本の竿で釣っていたのだが、ほどなくすぐに釣れる状態となった。えさを針につけて水に沈めると数秒で魚がかかる。ぐいぐい強く引いてくる魚の感触を楽しみながらリールを巻いていくと、三〇センチ以上もあるボラがかかっている。針から外そうとしていると、もう一本の竿にもかかっていた。そんな状態になり手が回らなくなったので、私たちは竿を一本ずつにした。

結局、釣れるだけ釣りあげ、二〇〇匹にも達した。クーラーボックスを魚だらけにし、入りきらなかった分は発泡スチロールに氷を詰めて入れてもらった。

二人して高揚した気分のまま帰宅した。得意そうに母に、今日の釣果を見せた。とたんに母の機嫌が悪くなった。

「こんなに釣ってきて、いったいどうするつもりなの！」

この一言で私たちの膨らんだ気持ちは、一挙にしぼんだ。

「自分たちでさばくからさ。それから近所に配ればいいよ」

と言っても、聞き入れてもらえなかった。ぼくはたいてい、釣ってきた魚は自分で下処理はしていたのだ。だが、このときばかりは圧倒的な数の魚が、母に押し寄せてしまった。

台所が汚れると言われたので、庭の水道のところでやるよと言っても、今度はかぜをひいたらどうするのと言われてしまった。まあ、確かにもう真っ暗になっていたのだ。

結局、ボラをそのまま魚屋さんに運ぶということになってしまった。釣り人にとって、これがどんなに屈辱的なことか、と母に言いたかったが、父も私もその提案を受け入れざるを得なかった。

大量のボラは、やがてきれいに三枚におろされて、プラスチックトレーとラップに包まれて帰ってきた。このとき、父と私の間には、密かな連帯感が生まれた。これ以後、わが家では、大量の魚を母に見せてはいけないという不文律ができた。

そんな結果に終わったものの、あの釣りは楽しかったなあと思い出していたら、また、驚くべき事実が発覚した。『立松和平　日本を歩く　第二巻　関東を歩く』（勉誠出版）を読んでいたら、涸沼川の釣りについて書かれていたのだ。それだけではない。那珂湊のサバ釣りも、科学博つくばも、全てエッセイになっていた。

妹に自慢したような私の「思い出」も、すべてが原稿になっていた。つくづく、作家という者は、ひたすら書く人なのだなあと思わされた。

とはいえ、我が身を振り返ってみると、父と同じようなことをしている。たとえば日曜日、子どもたちを誘ってザリガニ釣りに出かける。スルメをたこ糸にくくりつけて、川の中にたらす。ザリガニがはさみではさんだら、そーっと引っ張り上げる。単純だが、なかなか興奮する遊びである。子どもたちも大喜びだ。

でも実は、新聞で自然にまつわるエッセイを連載しており、そこに書くためにザリガニ釣りに行ったのだ。いつか、子どもたちも「お父さんはよく遊びに連れて行ってくれていたと思っていたけれど、あれは仕事だったんだ」と思いながら、エッセイを読む日が来るのかもしれない。「振り返れば父がいる」どころか、「自分の中に父がいる」ということになっているではないか。

忙しい父にかわって、よく遊んでくれたのが祖父だった。父が市役所を退職してからは、何とか書いて生活を立てようと、休みなく机に向かっていた。ちょうどその頃、勤めを退職した父の父は、週末になるとしばしば、車に乗ってさるやま団地まで迎えに来てくれた。

子煩悩であったということもあっただろう。さらには、子どもの相手をするという形で、父の仕事を応援していたのかもしれない。

父と釣りに行くということは、年に一度か二度ある特別のイベントだった。いわば、クリスマスのようなものだ。だからこそ、印象が強いということもある。

日光の湯ノ湖にヒメマス釣りに行ったときは、山上湖のほとりで父は車をインロックしてしまい、ロードサービスに来てもらうまで、二人で待つことになった。魚はちっとも釣れなかったが、無事に帰れるのだろうかとどきどきして楽しかった。また別のときには、友人のクルーザーに乗せてもらったら、船底の栓が抜けていて船内に水が入ってきた。厳冬期に目出帽をかぶって、小川でのタナゴ釣り大会に参加したら、たいそう寒い思いをしたのにもかかわらず、親指ほどの魚が二匹しか釣れなかった。だが、運のよいことにブービー賞をいただいた。

一方で、祖父と行った釣りは、日常のものだった。鬼怒川の支流では小さな雑魚を釣ろうと、やたらと小さい釣り針を用意していった。一緒に仕掛けまで作った。釣れた魚は生かしたまま持ち帰り、唐揚げにして食べた。

小貝川という小さな川には通い詰め、一五センチくらいの鯉をよく釣った。祖母に甘露煮にしてもらうのが好きだった。

そんなとき祖父はいつも、お弁当屋さんに寄って好きなものを買ってくれた。昼になると川原の土手に座って、二人で空と川を眺めながら食べた。今でも草いきれの香りに包まれたときなど、祖父と弁当を食べたことを思い出す。

正月になるときまって私は祖父の家に泊めてもらい、かつて父が使っていたという二階の部屋で眠った。『卵洗い』に出てくる父の実家である。冬休みには、たいてい書き初めの宿題が出たので、祖父の書いた習字の上に半紙を重ね、なぞるようにして書いた。

祖父にはとにかく、かわいがられたという思い出しかない。怒られた記憶などないのだ。では、父に怒られたことはあったたか。子どもの頃、一度、家から閉め出されたことを覚えている。遅くまで遊び歩いていて、「そんな子は帰ってこなくていい」などと言われたのだった。泣きながら玄関の戸を叩き、しばらく謝り続けた。ようやく鍵を開けてもらったときは、とてもほっとした。

あれはもしかしたら、父がひどく怒ったということではなかったか。そう思いついて、わくわくしながら母に電話をかけて確認すると、「私が怒ったの。すみませんでした。お父さんはあのとき、いなかったと思う」と言われた。残念。

基本的には父はいつも不在がちの人であった。これは旅が多かったということに加えて、家にいるときも書斎にこもっていたということである。だから、子どもを叱りつけたりすることは、もっぱら母の役目だったのだ。

そんなことがありながらもたいした悩みもなく、ただただ楽しく平和な少年時代を送っていたある日、父の留守中に、わが家に新しい仲間が顔を見せた。

ポチと『黄色いボール』

父が市役所を退職した翌年のことである。宇都宮の家の前の公園に、赤い首輪をつけた白い犬がやってきた。いかにも飼い犬のように見えたが、犬だけでやって来て、私たち近所の子どもたちと遊んでいた。

夕方になって帰宅すると、白い犬はついてきた。あじの干物を放ったら喜んで食べた。そしてそのまま、わが家から離れなくなった。留守をしていた父が翌日帰ってきたときには、すでに犬は家族のような顔をしていた。

首輪をしていたし体は汚れていなかったので、最近まで人に飼われていたことは確かだろう。事情があって捨てられたのか、あるいは迷い犬なのかはわからない。とりあえず、軒下に段ボール箱を置いて、中にバスタオルを敷いてやると、白い犬は喜んで寝床として受け入れた。そのまま数週間が経ったが、迷い犬を探している人が訪ねてくることはなかった。

その頃になると、白い犬はポチと呼ばれるようになっており、私たちはすっかり情を寄せていた。家族全員の合意の下、ポチをうちで飼うことに決まった。

早速、父と私はホームセンターへ出かけ、犬小屋を作る材料を買ってきた。父は犬小屋を作ってくれたのだ。

母は根っからの動物好き、特に猫好きである。うちにはすでに猫が飼われており、ポチとの関係が心配された。犬が住みついたら、猫は嫌がって出ていってしまうのではないだろうか。

そんな心配をなくしてくれたのは、ポチ自身だった。ポチはおとなしくてやさしい犬だった。猫をおどかすなどということはせずに、むしろ猫に対して一目置いている節があった。

例えば、猫が堂々と犬小屋の中に入って寝ていると、ポチは遠慮をして、小屋の外で寝た。そんなポチの性格のおかげで、それからのち、何匹もの猫がうちで暮らしたが、たいていの猫と、ポチはうまく共存した。

獣医に連れて行ったとき、ポチの歯を診て、

「まだ若いですねえ。二歳くらいではないでしょうか」

と言われた。そのくらいポチは若かったし、私も若かった。散歩に行くと、必ず私とポチは走った。全速力で駆けても、まだポチのほうが速かった。ポチの以前の生活はどんなものだったのか、考えることがよくあったが、少なくとも今のポチは幸せそうに見えた。それが嬉しかった。

ポチがうちにやってくる前のことを想像して、父は絵本を一冊作っている。

立松和平・文、長新太・絵『黄色いボール』（河出書房新社）である。表紙の見返しに、「ポチと私」と題して父はこう書いている。

「うちの家族の一員として、犬のポチがいます。私たちが宇都宮のはずれの団地に住んでいた

時、迷いこんできました。おなかがすいていて、切なそうでした。大切に飼われていたらしく、人なつこくよってきます。あれから十六年ほどたち、ポチは私たちと今は東京に住んでいます。私たちはポチの本当の年齢を知りません。ポチはすっかり年をとり、足もともよろよろしていますが、元気です。想像で、私はポチの物語を書きました」

物語はタロウという名の飼い犬が、飼い主ケンちゃんのパパの転勤のために捨てられるところから始まる。タロウはパパが投げた黄色いボールをくわえたまま、ケンちゃんたちを探す旅に出る。おなかをすかせて瀕死の状態で、タロウは団地にたどりつく。

「おかあさん、うちで　かおう」
女の子の　声がした。
「首わ　つけているから、よその　犬でしょう」
「だれかが　さがしに　くるまで　いいから。うちでかおうよ」
女の子と　おかあさんは
おさらに　ミルクを　くんできてくれた。

物語の結末はこうだ。

みんなは　ぼくを　ポチと　よぶ。

ポチと　よばれて、
ぼくも　ワンと　へんじを　するようになった。

作家の書く作品は、もちろん普遍性を得ることをめざして、広く読者に向かって開かれてゆくものである。ただ、作家の家族であってよかったと思うのは、暮らしのひとつひとつが作品の中に定着されており、いつでも取り出して追体験できることである。

ポチの以前の生活のことは、実際は誰も知らない。ポチはずいぶん前に死んでしまった。それでも、この絵本を開くたび、ポチの命が息づいているような気がするのだ。

父の亡くなる四か月前、私はこの絵本についての父のコメントを動画に撮っている。娘と息子の通う小学校で、私が国語の特別授業の先生をやることになった。「作者の考えていること」というテーマで話をするために、父に『黄色いボール』について語ってもらったのだ。ここに採録しておきたい

本にあふれた東京の自宅の書斎で、父は机に向かって座っている。

私「この絵本は、どういうことを考えて書きましたか？」

父「これはだいたい実体験なんですね。宇都宮郊外の団地の家に住んでいたときに、犬が迷い込んできて、のら犬なんですけども、つい最近まで誰かに飼われていたような感じで。うちにいつのまにか住みついたというか、うちで飼ったんですね。そして、もちろん名前も

わからないし、かわいがって名前をつけました。ポチという名前ですね。無言でいるわけで、犬の前のことは全くわからないわけです。それで、想像で書いたんですけどね」

私「読む人には、どういうふうに読んでもらいたいと思いますか?」

父「子どもの絵本というものは、作者が道筋を、というより、大きな世界を提示してね、いろんなことをぼくが全く根拠なく想像したように、いろいろと考えてもらえれば、それでいいんです。子どもたちが、また周りの大人たちが考えた道筋というのは、全部、正しいというか、間違っていないと言ったほうがいいですね。そうやって考えることが、考えてもらうことが目的ですね」

授業のために記録した映像だったが、今となっては晩年の父を撮った貴重なものとなってしまった。

ポチを飼っていた宇都宮の家には、小さな庭があった。小さな庭には、これまた小さな砂場があった。父が作ってくれたものだ。

鬼怒川まで車を運転していき、川原の砂を掘って運んできたものである。およそ父がしそうもないことのように思える。けれど実際に、近所の友達宅の庭にはない砂場が今でも残っているのだから、父が子煩悩である一面を見せたできごとであったと考えるほかはない。私は友達とその小さな砂場で遊んでいたのだそうだ。

家の周りには、ヒバの植えこみによる垣根があった。裏の家のおじさんおばさんは、一か所、垣根の間を自由に行き来できるほどの隙間を作ってくれた。私はよく遊びに行っては、お菓子などをもらっていた。

その頃父は、庭に家庭菜園を作っていた。ナス、ピーマン、トマト、トウモロコシなどである。ただ、あるていど作ったらやめてしまったと、母は言う。

「お父さんは、何でも書くために始めてみたんじゃないかしら。すぐやめるわけじゃなくて、それなりに一所懸命やるけれど、ずっと続けるわけじゃない。ボクシングもやったし、ラリーもやったけど、やってみて書く。そういう印象があるのよ」

こういう父のスタイルを指して、世間では「行動派作家」と呼んでいたのだろうか。

ポチははじめ、鎖につながれていたのだが、あるとき父の発案だったか、庭を自由に走り回れるようにしようということになった。家の敷地をぐるっと囲む金網をつけた。その結果、裏の家への通路は閉ざされてしまったが、その代わりにポチはいつでも庭を闊歩できるようになった。父の留守がちなわが家にとっては、防犯の意味もあったのだろう。ポチはよく吠える犬であった。

やがて父は家を増築した。薄暗い四畳半の書斎から、庭に面した窓を持つ、明るく大きな書斎が出現した。作りつけの書棚まであり、いかにもプロの仕事部屋然としていた。書斎は瞬く間に本で埋めつくされ、大きくなった机の上も、すぐに混雑を極めた。結局父は、どんなに大きな机があっても、せいぜい原稿用紙を広げるほどの空間しか空けておくことはできないようだった。

紙の要塞の中に棲む、小説の精のようだった。灰皿を煙草で山盛りにして、相変わらず父は書き続けていた。

　その頃、母が使っていた自転車を私はもらった。自転車にはライトがついていなかった。私はおこづかいを貯め、国道四号線の向こうにある自転車屋に持っていった。『遠雷』に出てくる中華料理店とスナックの間あたりに、自転車屋はあった。そこでライトをつけてもらおうと思ったのだ。

　ライトがついた自転車はどんなに素敵だろうと考えてわくわくしながら、自転車を漕いでいった。店に着き、

「ライトをつけてください」

と長髪ひげもじゃの店主に言うと、三五〇〇円だと言われた。ところが私は三〇〇〇円しか持っていなかった。それが全財産だった。

「三〇〇〇円しかないのでまけてください」

と言うと、まけられないと言われた。私は悲しくなったが、

「それなら、お金が貯まったらまた来ます」

と言った。すると、店主が、

「自分のおこづかいなのかい」

とたずねてきた。はいそうですと、しょぼくれて返事をした。すると、長髪ひげもじゃの店主は、

「いいよ。三〇〇〇円で」

と言ってくれた。落ち込んでいる小学生を、店主は気の毒に思ってくれたようだった。とても、嬉しかった。

私は店主が新しいライトを箱から取り出して、自転車につけるのをじっと見つめていた。古い自転車に、ライトだけが新品でぴかぴかだった。昼間だったがライトを点灯させて、私は家に帰った。

ちょうどその頃だったが、父のところに農業新聞から、女性記者が取材に来た。たまたま近所に住んでいることがわかり、その方の家に食事に招かれることになった。そこで記者の同居人の男性が、おでんをふるまってくれた。それが食べたこともないような絶品だった。

そして、その男性は、自転車屋の長髪ひげもじゃ店主その人だった。しかも、さらに縁があった。運転免許を取り立ての母が、車をバックさせているときにバイクを倒してしまった。その際、相手方に有利な書類を書いたということで、父は店主のことをすでによく知っていたのである。

それ以来、その二人と私たちの、家族ぐるみのつきあいが始まった。その後も長髪ひげもじゃ店主は、折に触れて、とてもおいしい手料理をごちそうしてくれた。

後に、魚柄仁之助の筆名で、食生活研究家として、『うおつか流台所リストラ術――ひとりひとつき九〇〇〇円――』（農山漁村文化協会、のちに講談社プラスアルファ文庫）という本を出版してデビューされて、驚いた。父はその本に六ページもの序文を寄せている。

「不思議な男だ。魚柄仁之助という名前からして不思議なのである。彼と知り合ったおかげで、私は彼の料理を食べることができる。これは幸運だといわねばならない」

魚柄さんたちとは、三〇年近くも経った今でもおつきあいが続いている。

父が亡くなった翌日、魚柄さんは、目を真っ赤に泣きはらして実家にやってきた。冬だというのに相変わらず雪駄履きで、長髪ひげもじゃだった。その風体のためか、手伝いに来てくれている人から、

「あなたは誰ですか？」

と言われ、危うく、門前払いをされそうになっているところに私が出ていった。あがってもらい父の前にお通しすると、魚柄さんは泣きに泣いて、

「わっぺいさんのおかげで、ここまでやってこれたんです」

と父に向かって言った。

その晩、今度は同居人を伴って、魚柄さんは再び来てくれた。すっかり酔っ払っていた。魚柄さんの飾らない取り乱し様からは、本当に父の死を悲しんでくれているのだということがよく伝わってきた。

さて、宇都宮における父の仕事も、だんだんと軌道に乗ってきた。出版社はたいてい東京にある。東京から編集者が宇都宮に訪ねてくることもあったし、父が東京に出かけていくこともあった。東京駅から宇都宮駅までは、新幹線に乗れば四〇分ほどしかかからなかったが、宇都宮駅か

ら自宅までは、さらに車で三〇分ほどかかるところだった。

行き来が頻繁になるにつれ、東京に引っ越したほうが仕事がしやすいのではないかと考えはじめるようになったのも自然なことである。

母は東京の人である。

「田舎もないし、宇都宮で暮らすのも悪くないと思っていたの。いろいろなことが違うのがおもしろかったたし。でも、十年間も暮らすうちに私も飽きてきたし、東京へ行こうかなという意見にも賛成だった」

はじめは都内のどこかに家を借りようかと考えていたそうだが、なかなか決め手がなかった。母の母、私にとっては祖母が東京で一人暮らしをしていたということもあって、その家での同居計画が持ち上がった。そして、祖母は快諾してくれたのだった。

祖母が住んでいた家、つまりは母の実家には、それまでも夏休みなどに泊まりに行くことがあった。その古い家は、私のお気に入りだった。

かけがえのない一日

東京に引っ越したのは一九八四年である。宇都宮に住んでいるときは、まだ私が小さかったということもあって、父と遊んでもらう機会もあった。

化石採りに出かけ、貝の化石を発掘して大喜びしたこともあった。父は高校生の頃、考古学に興味があったようで、自分で見つけたという土器が家の戸棚に飾ってあった。

父はほとんど料理をしない人であったけれど、二つだけ、自称得意料理というものがあった。一つはチャーハンである。幼い頃、私が父のことを「チャーちゃん」と呼んでいたので、「チャーちゃんチャーハン」と名づけられた。自分が料理をするようになってわかったのだが、チャーハンは単純であるがゆえに、きちんとおいしく作るのは難しい。父は得意がって、ごくごくたまに作っていたが、あまり評判はよくなかった。

私が結婚してから、家事をしているのを父は耳にして、苦笑いを浮かべて言っていた。

「心平が家のことをよくやっているから、こっちもしないわけにはいかなくなるんだよ」

若い頃はほとんど家事などしなかった父も、後年、皿洗いなど割にしていたようである。「お母さんをいたわらなきゃな」と、照れ隠しに言いながら台所に立っていた。

もう一つの「得意料理」は焼きそばだった。大学時代に後楽園球場前で、焼きそばを作るアルバイトをしたと言っていた。それほど長期間やっていたとも思えないのだが、両手にヘラを持ち、気持ちだけはプロになってそれらしい仕草で麺を炒めていた。こちらも特別おいしかった記憶はない。

けれど、いつも仕事ばかりしている父が作ってくれた料理ということで嬉しかった。だから今でも覚えているのだ。

最近、妻によく指摘されることがある。私は自分の子どもをかまいすぎるのだそうだ。何かしているのを見ると、放っておけずについ口を出してしまう。そのせいで子どもたちを不機嫌にさせてしまうことも多々ある。例えば、「もっと明るいところで本を読みなさい」などと言うが、実際は明るいところで読んでいたりする。

私がそんな行動をとるのは、自分が父にかまってもらえなかった反動なのかもしれないと思うときがある。中庸を行くというのは、なかなか難しいものである。

東京に引っ越したのは、一九八四年、私が小学校六年生になる年である。その前後から、父の仕事は急激に忙しさを増していた。それから中学、高校時代を父とともに暮らし、十八歳のとき、北海道大学に入学し、以後二十年間今に到るまで札幌で暮らしている。振り返ると私には、宇都宮での生活が黄金のように光り輝いて思い出される。

宇都宮という田舎がよかったのか、父が後年ほど忙しくなかったのがよかったのか。きっと両方だと思う。

東京の母の実家は、身の周りのものが宇都宮の建て売り住宅とはちがって、ひとつひとつ旧式だったのが落ちついた雰囲気を醸し出していた。宇都宮に住んでいたときも、夏休みにはよく泊まりに行っていた。

トイレを流すときは、上から垂れ下がっている鎖を引いた。風呂場はタイルではなく、コンクリートの打ちっ放しで、高い天井からしずくがぽたりぽたりと落ちてきて、背中に当たると冷たかった。作りつけの食器棚、本棚などは無垢材が使ってあり、古びたつややかさがあった。特別、豪勢な家ではなかったが、昔のものらしい、ごまかしのなさがそこここにあった。

中でも気に入っていたのが、小さな庭の真ん中にあった銅像だった。洋画家の岡田三郎助が、座敷に正対して座っていた。私は畳の座敷で銅像のおじさんを見返しながら、昼寝をしたものだった。

祖母の家にはかつて、母の大叔母にあたる、作家の岡田八千代が住んでいた。その夫が三郎助であった。

その家を直して、私たち家族四人が引っ越すということになったのである。

改築後は風情のある古い家は様変わりしてしまったが、食器棚と本棚の一部と階段だけは昔のままに残された。今でも古いままで現存しており、古い物は古びないということを教えてくれる。また、私が生まれて間もなく亡くなってしまった母方の祖父の蔵書も残された。推理小説の翻訳などをしていたため、ハヤカワポケットミステリなどが揃いであったが、引っ越してくるときに古書店に売ってしまった。それでも日本文学全集などはそのまま父の書棚に引き継がれ、私も『銀の匙』などを引っ張り出して読んだ覚えがある。それらは今も、主なき書棚に鎮座している。

妹の小学校入学に合わせて、私たちは東京へ越した。「肝心なときにお父さんはいつもいない」と母が言うように、引っ越しの当日、父はレバノンにいた。フォトジャーナリストの広河隆一さんとともに、戦場の取材に行ってしまったのだ。

もともとはテレビ番組を作るために行ったのだったが、帰ってくると父は広河さんとともに『レバノン極私戦』（河出書房新社）という本を作った。

この取材について、父は広河さんが発行する雑誌「デイズジャパン　二〇〇九年一月号」に寄稿し、こう書いている。

「私は丸太で屋根までこしらえてある塹壕に飛び込んだ。飛んできたのはミラン・ミサイルで、あと三メートル低ければ命中するところだったと、兵士たちにいわれた。土嚢の隙間から覗くと、百メートル程先の対面の丘の頂に敵方の陣地が構築してあった。複雑に入り組んだ陣地と陣地の間の谷は、奈落だった。死ぬなよ、と私はそこにいる年若い兵士たちを見て思った。戦場に慣れない私たちは一瞬敵方に身をさらしてしまい、そこを狙われたのだ。

『頭が吹きとばされる最後の瞬間を撮ってやろうと思って、フォーカスをあわせていたんだがな』

その場にいた広河は、ファインダーを覗いていたカメラを胸に戻していった。広河は私の不用意さをたしなめたのだ。もう少しのところで、私は生涯で最後の写真を残しそこなった」

広河さんは、今も、戦場を取材し、最前線からの写真を発表し続けている。

父は日本ペンクラブ平和委員会委員長を務めていた。二〇一〇年に「国際ペン東京大会二〇一〇」が開催されるにあたって、父は広河さんに声をかけた。そして実現されたのが、「広河隆一写真展『人間の戦場43年』」である。広河さんはこの写真展についてこう言っている。

「日本ペンクラブ平和委員会委員長だった立松和平さんが、国際ペン東京大会二〇一〇開催にあたり、戦争と平和のテーマの写真展をするようにと、私に強く推してくれた。彼と私は、かつてレバノンの戦場をいっしょに取材した経験がある。今年彼は思いもかけず他界されたが、彼と熱く話していた企画を「人間の戦場」と名付け、戦争状態だけでなく、世界中で「人間の尊厳が傷つき宣されている現場」の写真を展示したいと考えている」（日本ペンクラブウェブサイトより）

それにしても、こんな危険な取材に家族を送り出す者の気持ちは、どんなものなのか。母に聞いてみた。

「いつもそういう話があると自分で決めてしまうの。どうするか、すっかり自分で決めてから言われるんだから。実際、『危ないところなの？』と聞いても始まらないし。帰ってきても、どんなだったか尋ねないし。とにかくお父さんは、目新しいところが好きで、行ってみたいと思うようだった」

この調子で世界中を駆け回っていたのだ。それまで宇都宮の郊外に住んで農村のことを小説に書いていたのに、ジャーナリストでもないのにいきなり戦場に行ってしまうなんて、父はとことん、現場に立って見て聞いて感じて吸収してくるのが好きだったのだろう。

引っ越し後、私が東京でまず直面したのは、言葉の問題であった。父が話す栃木弁は、後にテレビに出演するようになり、とても有名になった。よく、「家でもあんな口調なんですか？」と尋ねられた。テレビで話すときは、幾分、特徴を強めたイントネーションになっていると思うが、基本的に父は栃木弁しか話すことはできなかった。

東京で生まれてすぐに栃木に移り、十一歳まで宇都宮ですごした私も、すっかり栃木弁となっていた。抑揚が少ない。語尾に「～だっぺ」とつけてしまう。そんな話し方をしていた。それまでは、方言だと意識したことはほとんどなかった。

東京の小学校に転校してすぐ、周りの友達とは話し方が全く違うということに気づいた。私は周囲にたやすく同調し、栃木弁を封印することにした。じきに「標準語」なるものを使いこなすようになっていった。その後も父の口調は栃木そのものであり、いつしか家庭内一人栃木人のようになった。「お父さんとは話し方が違うんですね」と、講演をしたときなどよく言われる。それだけ父の話しぶりは、皆さんの印象に残っているようだった。

転校先の小学校で、私はサッカー部に入りたいと考えていた。宇都宮ではサッカー部に所属し、毎日のようにボールを蹴っていた。東京と違って、小学校の校庭は広かった。人数のとても多い、私たち団塊ジュニア世代を受け入れるために、田んぼの中に急いでこしらえたところだった。サッカーゴールの後ろにも延々と校庭は続いていたので、シュートを外すとボールは遠くまで転がって行ってしまい、拾いに行くのが大変だった。東京へ行ってもサッカーがしたかった。

東京の小学校の校庭はとても狭かった。宇都宮の五分の一くらいではなかったか。さらに、校庭が砂地ではなかった。人工の、ゴムのような柔らかい素材でできていた。夏になるとたいへん熱くなり、どうにもつらい校庭だった。

狭いせいなのか、校庭の素材のせいなのか、小学校には部活動というものがなかった。私はすっかり気落ちして、悶々とした一年を過ごした。

中学に進むと早速、サッカー部に入部した。張り切っていたのだが、一年生はボール拾いばかりさせられた。練習してうまくなりたかったので、悔しかった。私の通っていた、地元の公立中学校は荒れており、校内暴力があった。とりわけサッカー部には、素行の悪い先輩が集まっていた。

サッカー部の一年生の一人が校則を破って、ゲームセンターに出入りしたことがあった。私たち一年生は連帯責任を取らされた。一列に並び、先輩に叩かれたのである。列の終わりのほうに並んでいた私は、自分の番が近づいてくるまでの嫌な感じを今でもよく覚えている。

サッカーがしたいだけなのに、先輩は乱暴だし、ボール拾いばかりだし、またもや私は気分の晴れない日々を過ごしていた。

そんなとき、唐突に父が言った。

「サッカーの練習をしに行こう」

こんな提案をされたのは初めてだった。意外にも父は、私が置かれた状況をよくわかっていたのだろうか。あるいは、私が家でもつまらなさそうにしていたのか。それともたまたま、子どもと向きあう時間を作ろう、と決意したのか。

いずれにせよ、仕事に身を捧げた父には放っておかれていたと思っていたのだが、この言葉を思い出したら、案外、子どものことを気にかけていたのかもしれないと気づいた。

次の日曜日、私たちは広い運動公園へ行った。近所にあったわけではなく、わざわざ車に乗って出かけたのだ。

父は私から十メートルほど離れて向かい合って立った。私は父に向かってサッカーボールを蹴った。父はボールを足で止めようとしたがうまくいかず、ボールは力なく上に跳ねた。サッカーは、ボールを蹴るよりも、トラップするほうがずっと難しいのだ。

跳ねたボールを見たとき、「お父さんは素人だ。そんな人とやっても練習にならない」と思った。

何とかボールを足もとに落ちつかせた父は、「行くぞー」と言い、私に向かってボールを蹴った。勢いなく転がってきたボールを私が蹴り返すと、今度も父はボールを止めそこなって横に跳ねさせた。

一応、何度かボールのやりとりはした。だが、そこまでだった。

「こんなんじゃ、練習にならないよ」

とぶっきらぼうに父に言葉を投げつけ、私は父を置いて、振り返りもせずに駐車場のほうへ歩いていってしまった。

このとき父は、さみしそうな表情をしていたにちがいない。

わたしはとにかくサッカーがしたかった。それはもしかしたら、楽しかった宇都宮時代の思い出を引きずっていた、ということだったのかもしれない。あんなに楽しく熱中していたことだったのに、東京に来たらサッカー部はないし、やっと入部したと思ったら、ろくに練習もできないし、つまらないことばかりだ。

サッカーは、思っていたよりも楽しくない東京生活の象徴であった。父との練習を拒んだのは、東京に連れてきた張本人への当てつけだったのかもしれない。何しろ私は中学生で、自分のことしか考えられなかった。

思春期とはやっかいなものだ。私は父親と行動をともにすることに、嫌悪感を覚えるようにもなっていた。かつてはたまに遊んでくれる父のことが大好きだったのに。

三万七千五百枚の原稿用紙

父がサッカーをしようとしてくれたのに、結局、私は拒絶してしまった。公園に行って、二十五年前の自分に忠告したい。

「サッカーの練習にならなくてもいいじゃないか。もう少し、お父さんにつきあってあげなよ」

父とサッカーをしたのは、生涯でこの時一度きりだった。

父はたまたま時間が空いたから、私を誘ったのではない。相変わらず忙しくしていたのにちがいない。「小説を書く時間がもっとほしい」と言い続けた一生だったのだ。

どれほど父が小説を書きたがっていたかを示すものが、父の死後、見つかった。買い置きの原稿用紙である。実はこの原稿も、父が残した原稿用紙に書いている。立松和平事務所の倉庫にあった段ボール箱には、未使用の原稿用紙が詰まっていた。父は初めて小説を書いたときから晩年に到るまでずっと、コクヨのB5サイズの横書き用の原稿用紙を、縦書きにして使っていた。名前入りの特注原稿用紙、といったものではなく、どこの文房具屋にも売っているような物である。物にこだわりがない人だったとも言えるし、あるいはコクヨの原稿用紙にこだわりがあったとも言えるだろう。

同業者の端くれとして思いつくのは、縦書きの原稿用紙だと、中心に文字を書かない柱のような行「魚尾」が存在する。この柱によって、文章の流れが中断されるのが、父は嫌だったのかもしれない、横書きの物を縦書きとして使えば、始めから終わりまで、マス目が続くのだ。

父の作品を眺めてみると、文字が紙面にびっしりと埋まっている。改行がなく、延々と文章が続くこともある。そういう文体だったのだ。

かつて、ある人気のある若い作家の小説を私が読んでいたら、父がその本を見て言った。

「改行が多くて、ページが真っ白だな」

いかにも、そんな作品は認めない、というような口調だった。父はとにかく、字をたくさん書く作家だった。

コクヨの四百字詰め原稿用紙は、一冊五十枚綴りである。それが十冊で一パックとなる。十五パックで段ボール一箱。それが五箱あった。計算すると、三万七千五百枚の原稿用紙だ。

廃番間近の商品であり、一生分買っておく、ということであればまだ理解できる。けれど、およそ販売が中止されそうにない、定番の商品である。この買い置きの原稿用紙は、書くぞという意気込みの表れだったのではないだろうか。

例えば一日に十枚書くとする。一年で三千六百五十枚。十年で三万六千五百枚となる。まっさらな原稿用紙の束は何も言わないけれど、その存在が、ひしひしと語ってくるような迫力を感じた。

もうひとつ、原稿用紙についての話がある。私が作家として独立した頃、めずらしく父と仕事の話をした。私は大学生の頃からパソコンで文章を書いていた。長い文章はこれまで全て、機械を介して書いてきたのだ。

「パソコンで文章を書くと、効率がいいいんだよ」

と私は父に言った。

「そうか。でも、この世界において、文学くらいは、効率を求めなくてもいいと思うんだ」

反論する言葉はなかった。負けた、と思った。

単に道具の種類の話ではない。作家にとって、書くことはすなわち生きることなのだから、いかに生きるかということについて、父は語ったのである。

その後も相変わらず私はパソコンを使い続け、三冊の本を書きあげた。原稿用紙など、持っていなかったのである。取材ノートとボールペンと小さなノートパソコン。それが全てだった。

後に詳しく述べることになるが、私は今、小説を書いている。どうやって書いているか。実は原稿用紙に鉛筆で書きつけている。それをパソコンに入力して、編集者にメールで送る。赤入れをされて戻ってきた原稿を、もう一度、原稿用紙に書きながら直していく。それをさらにもう一度、入力してから送り直す。この繰り返しである。

小説を手で書く。これは、高橋一清さんの助言によって始めたことである。一清さんは、父をデビュー前から知っている名編集者である。小説の文体は、手で縦に書くことによって立ち上がってくるのだそうだ。また、ワープロで書くと文章が長くなりがちになる。最近の小説に長いものが多いのはそのせいではないか。一方、手で書くのは大変なので、言葉を吟味するようになる。などと教えてもらった。

そのような話を聞き、小説を書いたことのなかった私は、素直に従ってみることにした。そのときに、父が「効率を求めない」と言っていたことを思い出した。よし、それならば、とことん、手書きでやってみよう。もちろん、効率を悪くするのが目的ではない。作品の完成度を高めるために、労を惜しまないで取り組むということである。

私は文房具屋に原稿用紙を買いに行った。良さそうなのを見つくろって、使いはじめた。父の使っていたのよりも、やや高級な物であった。そんなある日、母から連絡があり、新聞社から取材の依頼が来たと言う。故人の遺品についての話を聞かせてほしい、という内容だった。

「私の代わりに心平、話をして」

「いいよ。でも、遺品って何がいいかな」

「原稿用紙がたくさんあるのよ」

こうして、大量の原稿用紙と私は対面した。なんだ、わざわざ買いに行くことはないではないか。ここにたくさんある。そこで、使ってみることにしたという訳なのである。

サッカーに話を戻そう。それほど小説を書くことを渇望し、意欲を燃やしていた父が、子どもと向きあう時間を作ろうと、努力したということではなかったか、と思うのだ。父には講演やテレビ出演やエッセイの執筆など、いろいろな仕事の依頼が来た。様々な人との関係を大切にし、いつも目一杯の仕事を引き受けた。いきおい、小説に向かう時間が削られたのだろう。

中学生の私は思うようにサッカーができず、家でも浮かない顔をしていたのかもしれない。息子を心配して、父親らしいことをしようとしたのではなかったか。それなのに、父が父らしく振る舞おうとした時間を、私は台無しにしてしまった。

この日のことを父が覚えていたかどうかはわからない。後年になって私は、あのとき父を拒絶して悲しませたのだろう、ということに思い当たった。それからは苦い思い出となり、ずっと忘れられなかった。あの日のことを父と話すことは、もうできない。

「かけがえのない一日だった」

と伝えてあげればよかった。こう思うのはきっと、父が亡くなったからである。もし長生きをしていたら、お礼など気恥ずかしくて言えなかっただろう。

父と息子というものは、どうしてうまく気持ちを相手に伝えられないのだろうか。親と子がともに過ごせる時間は、長いようで実は短いのだということを、忘れないでいようと思う。それは、あの日、無器用にサッカーボールを蹴っていた、父の姿に教えられたことなのだ。

父の仕事が忙しくなったことを象徴するのが、テレビ出演である。初めてテレビ朝日のニュースステーションに出たのは、一九八六年二月だった。出演は一九九三年十月まで、七年間にわたって続いた。最初は月に一度か二度だったが、途中から「こころと感動の旅」というシリーズになり、テレビの仕事にかなりの時間を割かれるようになった。それとともに知名度は高まっていった。

父の死後五木寛之・立松和平『親鸞と道元』（祥伝社）という対談集が刊行された。その巻末に、五木寛之さんが「あとがきにかえて——立松和平追想——」という、心温まる文章を書いてくださった。父は学生の頃から五木さんと親交があり、たいへんお世話になった先輩作家だった。

「やがて彼は仕事をやめて上京し、次々と作品集を刊行する。『遠雷』で野間文芸新人賞を受賞し、それが根岸吉太郎監督によって映像化されたときは、すでに文芸ジャーナリズムの若き旗手として立松和平の名は大きな存在感を示すようになっていた。テレビにもよく出演するのを見た。

しかし、どんなにメディアに酷使されようとも、彼は自分のペースを失うことがなかった。そのことをいま、改めてすごいことだと思わずにはいられない」

メディアの第一線で今もなお、活躍されている五木さんだからこその言葉である。父が自分のペースを失うことがなかったのだとしたら、幸福な人生を送れたと言えるだろう。

一方で、私にとっては、すっかり自分のペースを見失ってしまう十年間の始まりを迎えていた。「テレビに出ている立松和平さんの息子さんですか」と、言われるようになったのだ。テレビの中の父には、朴訥な栃木弁の人という、好ましい印象があった。そのおかげなのか、私は有名人の息子としていじめられるというようなことはなかった。ただ、ちやほやすることが、人を傷つけることもある。

例えば、私が誰か年配者ともめていたとしよう。どちらに非があるのかはさておき、私が何を言っても相手は受け入れずに反発する状態が続いている。そんなとき、何かの拍子に、私の父が立松和平であると相手が知る。その瞬間、まさに瞬間的な早業で、けんか相手は態度を豹変させるのだ。今まで抱いていた敵意は消え去り、「お父様、ご活躍ですね」などと言われる。

結果だけ見ると、敵が味方に変わったのだから、良いことなのかもしれない。だが、当時の私は、そう考えることができなかった。相手は、私ではなく、「立松和平の息子」という記号に接しているのだと考えた。私には敵意を抱くけれど、「立松和平の息子」には好意を持つのである。すると、自分がいなくなったような気がしてしまい、落ち込んだ。私はここにいるのだ。自分がどう生きていったらよいのか模索している時期に、何度もこの類のことがあった。

もちろん、いいこともあった。父の友人との出会いである。素晴らしい人と会え、つきあいが続いていることを思うと、その他の細々としたわずらわしさも帳消しになるくらいだ。

十六歳のときのことだった。父は、栃木県の那珂川の河原で、カヌーイストの野田知佑さんと対談をした。例えば、こんな感じだった。

「立松　だけど、野田さんは生涯をかけて、旅してますね。川を下るおもしろさって、なんですかね。

野田　自由ですよ。ぜんぶ自分で決めるでしょ。決めて、そのとおりできる。飯食うのも、火を焚くのも。河原っていうのは、日本では一種の治外法権でしょ」

（野田知佑『風になれ、波になれ　野田知佑カヌー対談集』角川文庫）

対談現場に私もついていった。父が言うには、

「野田さんは弟子を取らないが、ドレイは取るそうだから、奴隷にしてもらいなさい」

とのことだった。直接、野田さんは、ドレイにしてやるだなんてことは言わなかった。ただ、父がどうしても私を野田さんと結びつけたかったようで、ドレイ契約ということにしてしまったのだ。

父は野田さんのことを、「カヌーから降りたらただの人なんだよな」と言っていたことがあった。これは、最高級の賛辞である。つまり、「カヌーに乗っていたらただの人ではない」ということになるからである。こういう人を、カヌーイストと呼ぶのだろう。私も常々、「鉛筆を持たなかったらただの人」と言われる人物になれるように精進しようと思っている。

野田さんは本当に私をかわいがってくれ、後に長い旅をともにし、母に「心平は和平よりいいんだ」なんて言ってくれたそうだ。母はその言葉に納得がいかなかったようで、父と私に向かって、「野田さんがそんなこと言っていたのよ」とこぼしていた。それに対して父は、「野田さんには野田さんの価値観があるんだから」と答えていた。

当時、野田さんは東京に住んでいた。那珂川での対談の後、私は野田さんの家で開かれるホームパーティーに招かれた。父は忙しかったのか、あるいは私だけが招かれたのか、一人だけで訪ねていった。大勢の人がわいわい飲み食いをしており、狸をさばいて狸汁を作っている人までい

て、明らかに私にとっては異質な世界がそこにはあった。

見知らぬ人に「飲んでいますか?」と聞かれ、「は、はい」と答えたのだが、私はコップを持っていなかった。そのことに気づいて、その人は言った。

「それは飲んでいるとは言わないんだよ」

そしてビールを持ってきてくれた。野田さんの周りにはいつもたくさんの人がいた。野田さん以外に知り合いがいるわけでもない私は、とりあえず、どんどん飲んでいた。すっかり酔ってしまい、終電の時間はとうに過ぎた。結局、どうやって帰ればよいかわからなくなり、家が同じ方面だという人にタクシーに乗せてもらって帰った。実際は同じ方面ではなく、私を送ってもらうために、そう言ってくれたのかもしれなかった。

高校生ながら酔って帰宅した私に向かって、父は言った。

「飲むのはかまわないけれど、自分の力で帰ってこなければいけないよ。それが大人ってものだ」

野田さんとは、その後もおつきあいをさせてもらっている。あれから三十年以上たった今も、時々、子どもたちも交えて遊んでもらっている。親子孫と、三代にわたって遊んでくれたという人には、今後巡り会わないような気がする。つまり、誰とでも分け隔てなくつきあえる、気持ちのよい人なのだ。今年はついに、野田さんと私とで公開対談を行うことにもなった。野田さんと仕事をするようになるとは、思ってもみなかった。

私は野田さんを師匠と思っている。大先輩の作家ではあるものの、文筆の師というよりも、人生の師といったほうが適切かもしれない。父は「野田さんは弟子を取らない」と言っていたし、実際にそのとおりなのかもしれないが、私のほうでは勝手に師匠だと思っている。

いや、待てよ。私はドレイだったのだ。今でもそうなのかもしれない。

サケ十本事件

師と仰げる人物に出会えたことは、幸福なことである。野田知佑さんとひきあわせてくれたことに対して、父に感謝している。考えてみると、父が一緒に仕事をした人は大勢いるわけであるが、その中で私に会わせてくれた人はあまりいない。父は野田さんを特に選んで会わせてくれたのかもしれない。

父と野田さんをめぐるエピソードがある。ニュースステーション「こころと感動の旅」の中で、父は野田さんとカヌーに乗ったことがあった。鹿児島に引っ越していた野田さんとシーカヤックに乗って、錦江湾を行くという内容だった。収録後、父は嬉しそうに言った。

「野田さんは、カヌーに乗って桜島を一周しようって言ったんだよ。でも、桜島は島じゃなくて地続きなんだから、一周なんてできっこないんだ」

そうだ。野田さんはそんなことを言って、人々から愛されてしまう人なのだ。そして父もやはり、野田さんのファンの一人だったのだろう。年月は過ぎ、父よりも十歳年長の野田さんも、いい年になってきた。だなんて思っていたら、今年の夏はカナダのユーコン川へ行くのだという。やっぱり野田さんは私の師匠だなと思った。師匠には到底及びもつかないが、その背中を目指して、いつまでも走って、いや漕いでいきたいと思う。

私が高校に入学した一九八八年頃、父は多忙だった。私もサッカー部に学習塾にとやることがたくさんあり、父とゆっくり話をするということもなかった。そのような時期でも、いくつかの後悔の念とともに思い出すことがある。

当時、MA―1というアメリカ空軍のジャンパーがはやっていた。すっかり東京の若者になっていた私は、友達と同じ物が欲しくなった。そのことを父に伝えると、似て非なるジャンパーを引っ張り出してきて、得意そうに「これ、いいだろう」と私に見せた。特にその年頃の青年は、「似て非なる物」を毛嫌いする傾向がある。私には、そのジャンパーは耐え難い物に見えた。

「そんなんじゃないよ」

と、心ない言葉を父に投げつけた。私は父が押し入れから出してきたジャンパーであったと記憶している。けれどもしかしたら、わざわざ買ってきてくれた物だったのかもしれない。結局、私はそのジャンパーを着ることはなかった。

洋服の流行など、感冒のようなものであり、いつのまにかすたれ、忘れてしまうものだ。私もじきに熱が冷め、ジャンパーのことなどどうでもよくなっていた。

その頃、父は自動車ラリーに入れこんでいた。特に、パリ・ダカールラリーには二回出場した。安否を気づかう母や私や妹は、ゴール時のテレビ生中継を食い入るように見つめていた。上位入賞者が次々と帰ってくるが、父はなかなか姿を現さない。しばらくたって、ひげがぼうぼうに伸びた父の笑顔が一瞬写ったときには、家族みんなで大喜びした。

父は帰ってくると、おみやげをくれた。パリで買ったという革ジャンだった。そのときになって、私は思い出したのだ。父にジャンパーを買ってとねだったときのことを。そんなこと当の私はすっかり忘れていたのに、父はしっかり覚えていてくれたのだ。それは実に素晴らしい革ジャンだった。パリのブティックで求めたのであろう。仕立てのよい、柔らかいスエードのものだった。流行とは関係のない、品質の良さが自然とにじみ出てきていた。

父はこれを買ってきた理由など、特に何も言わなかった。ただやっぱり、「これ、いいだろう」と言ったのだ。そして今度こそ本当に、私はいいなあと思った。「ありがとう」くらいしか言えなかったが、本当に嬉しかったので、その気持ちは自然と伝わったことと思う。こうやってこの文を書くために、父との思い出を引っ張り出してみると、意外と父は私のことを気にかけていたのだというエピソードが出てきてしまう。

ジャンパーには後日談がある。結局、その高級ジャンパーは大学に入ってから、居酒屋で飲んでいるときに、コート掛けから何者かに持ち去られてしまった。盗人も、いい物を見分ける目を持っていたのだ。それっきり、パリダカジャンパーとは出会っていない。

先日、実家の私の部屋の押し入れから、真っ白いカビだらけの、黒い革ジャンが出てきた。それは父が確かに着ていたものであった。『遠雷』を書いたばかりの頃、インタビューに答えているテレビの映像がある。なぜか稲刈りの済んだ田んぼの中で、煙草を吸いながら質問に答える父が着ていたのが、その黒い革ジャンであった。テレビ慣れしておらず緊張しているためだろう。

しきりに煙草の煙をぷかぷか吐いている。

そのまま捨ててしまおうかとも思ったが、クリーニングに出してみるときれいになったので、着てみることにした。だが、なぜ、私の部屋の押し入れに入っていたのだろう。記憶が定かではないのだが、これも父が私にくれたような気がしてきた。

私が例のMA—1もどきジャンパーをすげなく断ったあと、父が自分のかつて着ていた革ジャンを、私にくれたのではなかったか。そして私はそのときも、「そんなのいらないよ」と、すげなく答えたのではなかったか。

こうやって記憶を紡ぎ出していくと、私はつれない息子だったなのだなという気がしてくる。父の気持ちなど汲み取ることのできない子どもだったのではないか。その一方で、父と息子というものは、得てして、気持ちのかみあわない、ぶっきらぼうな関係になりがちなのではないかとも思う。妹は、父と仲良くしてくれた。それでバランスが取れていたのではないか。

父に対する反発心を常に持ちながらも、父の足跡をたどるような行動をとったこともあった。めったにしないそんな選択が、人生を大きく動かしていくのだから不思議である。

高校生の私は、何度か男友達と旅をした。はじめは長崎へ行った。旅先で昭和天皇が亡くなったという新聞号外を受け取ったことをよく覚えている。次に行ったのは、栃木県の奥日光だった。父の知り合いを訪ねていき、案内までしてもらった。そして三度目の旅で、北海道の知床へ行ったのだ。

同級生と四人でフェリーに乗り、ディーゼル列車に揺られて着いた斜里町は、実に遠かった。

父の友人、佐野博さんが迎えに来てくれていた。佐野さんは父のエッセイに何度も登場した方で、そもそも父とは、ニュースステーションの撮影のときに知り合った。父から、私たちが知床へ行くということは伝えてあり、佐野さんの持つログハウスに泊めてもらうことになっていた。

少年時代を宇都宮の郊外ですごした私は、他の三人の友人と比べると、まだ、自然に親しんで育ってきたと言えた。だが、私が宇都宮で森と呼んでいたのは、人の手が入った小さな雑木林であった。知床にももちろん、原生林も二次林もあるのだが、どちらにせよとにかく広かった。森なら森が延々と続く。立派な角を持ったエゾシカを見た。畑ならずっと畑だ。そして森のすぐ近くには、群青色のオホーツク海が視界の端から端まで広がっていた。その上をオジロワシが悠々と飛んでいた。

幸いなことに私たちはまだ若く、感受性は錆びついていなかった。大きな空と大地と海に囲まれて、心は瞬時に解放された。日々の暮らしの中で、澱のようにたまっていた不満だとか妬みだとか焦りだとかが拡散していくようだった。

佐野さんの運転するピックアップトラックの荷台に乗せられて、ログハウスの裏山を登ることになった。どうひいき目に見ても道とは思えないところを、猛スピードでぐんぐん登っていく。私たちは振り落とされないように必死で荷台にしがみついていた。

丘のてっぺんに着くと、草むらの上に寝ころんで空を見た。「星の数ほど」という表現があるが、「星の数」を今までは低く見積もっていたのだということがよくわかった。心底圧倒されたときには、声が出ないものだ。私は黙って、満天の星をずっと眺めていた。夏なのに冷え冷えとした空気を通して、一つ一つの星が輪郭のくっきりした光を放っていた。

翌日、佐野さんはサケを三本持ってログハウスにやってきた。四人の高校生の食料として、大きなサケが三本である。ここに、知床が知床たるゆえんがある。自然の恵みが豊かな知床、と考えることもできよう。また、豪快な人々が住む知床とも考えられる。少なくとも栃木や東京ではサケは切り身であり、一枚二枚と数えるものであった。だがここではあくまでも、一本二本と丸ごとのまま数えるものなのである。

佐野さんはあっけにとられた私たちの目の前で、分厚い出刃包丁を手にとって、サケの頭をどんと落とした。頭は豪快に二つに割れた。それから包丁を横に寝かせて、中骨に沿って三枚におろしていく。中骨もいくつかに切った。捨てるところがないのだ。この日は、サケと野菜を巨大な鉄板の上で焼くチャンチャン焼きと、頭や中骨を使ったサケのあら汁を、参りましたというまで食べた。

佐野さんとのエピソードで忘れられないのは「サケ十本事件」である。あまりに愉快で、それでいて端的に知床らしさを表すこの話を、父も私もエッセイに書いている。佐野さんから東京の家に、巨大な宅配便が届いた。人一人が入れるほどの大きな発泡スチロールの箱だった。その中に、生のサケが十本詰まっていた。父は佐野さんにお礼の電話をかけた。「ありがとう。それにしてもすごい量だね」すると佐野さんはこう言った。

「冷凍庫にいれておけばいいっしょ。冷凍庫ないの？」

東京の一般家庭には、巨大な冷凍庫はない。確かに北海道の地方の家では、越冬用なのだろうが、しばしば浴槽くらいの大きさの冷凍庫を見受けた。サケが何本あっても放り込んでおけるものである。けれど実家の家庭用冷蔵庫は、冷凍室もすでに一杯だった。

ああ、これはまずい。うちのおきては、「魚は母の目につく前に、食材にしておかなければならない」である。以前、「ボラが二百匹釣れて喜んで帰宅したが母が逆上した事件」について書いた。それ依頼、父も私も、こと魚に関しては細心の注意を払って生きてきたのだ。そこに知床からサケが十本やってきた。これはまさしく事件である。

母は理屈抜きにすべてを父のせいにして、案の定、逆上した。実はこのとき、私には気持ちに余裕があった。ボラは父と私が釣ってきたものであった。つまりは私も当事者だった。ところがこのサケに関しては当事者ではなかった。私が知床へ行き佐野さんに出会う以前の事件で、わが家の知床との接点は父一人だったのだ。私は少し離れたところに立ち、見物と決めこんだ。

「こんなにたくさん、どうしろっていうの。だいたい、うちで食べるだけもらってくるべきでしょう。ちゃんと言ってくれないから、こんなことになって。もう、なんとかしてよ！」

こんなとき、父はあまり反論などしない。送ってくれる人の気持ちもわかる。サケを一本や二本送るのは失礼だという感覚なのだ。その一方で、十本のサケを至急何とかしなければならないと焦る母の言い分にも一理ある。

この窮地を救ってくれたのが、宇都宮時代からの友人、食文化研究家の魚柄仁之助さんだった。電話一本で駆けつけてくれた魚柄さんは、包丁を持参してきた。そして見事な手さばきで、十本のサケを切り身とあらにしてくれた。しかも、その多くを喜んで持ち帰ってくれた。実際、切り身になったとしても十本のサケは、到底食べきれる量ではなかったのだから、もらっていただいて助かったのだ。

父は母をおそれて、佐野さんに「サケは家庭平和のために少しにしてください」と頼んだのだろうか。その後、サケの群れが東京までやってくることはなかった。

話を知床に戻そう。

夏の知床の経験は、私たち東京の四人の高校生にとって、素晴らしいものであった。冬になると、同じ四人で再び知床へ行ったのだ。うちはともかく、他の三人の親もよく承諾してくれたものだ。

冬の知床では、何といっても流氷が目当てだった。父が出演していたニュースステーションでは、流氷の下に潜ったりする回を観ており、冬の知床を疑似体験してはいた。映像としてよく知っている名所などに行く機会があると、しばしば現地において、「写真と同じだ」などと確認して終わるということがある。けれど、このときばかりは違った。

深い新雪をかきわけて丘の上に登り、海を見渡した。夏よりもいっそう濃さを増した青い海が広がっていた。流氷はひとかけらもなかった。残念に思ってログハウスに戻り、眠った。翌朝、もう一度、同じ丘に登った。

海一面に、流氷がびっしりと詰まっていた。

こんなことがあるのだろうか。一夜にして、巨大な風景が一変してしまった。ぽかんと口を開けたまま、しばらく眺めていた。ああ、すごい物を見た、と思った。自然に対して畏怖の念を抱いた瞬間だった。これまでの人生の中で、いくつか「すごい物」との出会いがあった。このときの流氷もその中に入っている。その後、流氷は何度も見たのであるが、この日の驚きを超えたことはついぞない。

結局、知床へ行った四人のうち、私を含めた三人が北海道大学に入学した。おそらく皆、知床の磁場に引きつけられてしまったのだろう。そして、十八歳で北大に入って以来、二十年間、北海道に住んできた。父に何か言われて知床に行ったわけではないけれど、父と佐野さんとのつながりがなかったとしたら、私は知床へ行くこともなかっただろう。父と深い親交のあった知床の漁師や農家とも、出会うことができた。知床へ行かなかったとしたら、私の人生は、今とはずいぶん違ったものになっていたにちがいない。これまで幾度となく、「お父さんに影響を受けましたか?」という問いを向けられてきた。私は、それほど影響を受けていないと思ってきた。いや、影響を受けていないと思いたかった、と書いたほうが正確である。自分の道は自分で切り開いてきたと考えたかったのである。

ただ、この高校生のときの知床への旅を思い出すと、父の手のひらの上を歩いていたような時期に、以後の方向性が固まっていったのだということに気づく。

第二の故郷

十代から二十代にかけて、私は作家になろうなどと思ったことはなかった。ただし、本だけはいつもたくさんある環境に育っていたので、読書をすることはご飯を食べるのと同じくらい当たり前のことになっていた。父が読んでいたのはもっぱら文学作品であったと思う。『昭和文学全集』（小学館）に父の作品が収録されたとき、他の巻の収録作品の多くを私は知らなかった。そのことを父に伝えると、「勉強不足だな」と言われた。

父の書棚から借りて読んだ本で強く記憶に残っているのは、開高健『オーパ！』、井上ひさし『吉里吉里人』、ガルシア・マルケス『百年の孤独』などである。それぞれ小中高時代に読み、そのどれもに今の私は強く影響を受けている。

一方、母は推理小説ファンだった。それはおそらく、母の父の影響による。母の父、私の祖父は小山内徹といって、テレビドラマや推理小説の翻訳の仕事をしていた。『コーネル・ウールリッチ傑作短篇集』（白亜書房）の中にその名を見つけたときは嬉しかった。私たちが東京に引っ越して来る前、その家の祖父の書棚では、ハヤカワ・ポケット・ミステリが一面を埋めつくしていたのを覚えている。そのような下地もあり、私も推理小説を読むようになった。その類の本を、父はほとんど読まなかった。

また、毎日、出版社から山のように送られてくる本や雑誌もあった。各文芸誌、『少年ジャンプ』、『別冊マーガレット』、『サンデー毎日』などを愛読した。両親は本を購入することに寛容だったので、その他に自分の読みたい本も買ってきた。毎日浴びるように、よく本を読んでいた。

それでも作家を志すことがなかったのは、まちがいなく、父が作家だったからである。ずっと「立松和平の息子」と見られてきたことへの反発もあった。自分は自分なのだと言いたかったけれど、言えるほどの自分もなかったので、悶々としていた。同じ土俵の上に立って比較されることを恐れていたということもあったのかもしれない。

では、私は何者になろうとしていたのか。進みたい道は二つあった。

第一の道は映画である。高校生の頃にヒッチコックやチャップリンの映画に出会い、夢中になっていた。将来は映画監督になりたいと考えるようになった。そこで、今村昌平監督が開校した「日本映画学校」へ入りたいと考えはじめたのである。

第二の道は動物の研究である。子どもの頃、田舎で虫取りや釣りをして育ったことがその基盤にはある。生き物が好きだった。小学生の頃、たまたま叔父の家に行ったとき、机の上に、コンラート・ローレンツ『ソロモンの指環』が置いてあった。借り出して読むと、自然の精緻な仕組みについて、ユーモアたっぷりにやさしく語りかけてくるエッセイに魅せられた。自分も動物行動学者になって、動物たちの声を聞きたいと思うようになった。訳者が京都大学教授（当時）の日高敏隆氏だったので、「よし、京都大学に入学して、霊長類研究所でチンパンジーやサルの研究をしよう」と思ったのだ。

だから、高校生のとき、私は日本映画学校と京大霊長類研究所のどちらかに行きたかったのだ。当時はやや、映画熱のほうが強かったと思う。高校三年生になり、父に言った。

「映画学校に行きたいんだ」

好きな文学を書き、世界中の行きたいところへ行き、ラリーにまで出場しているような父親なので、「好きなことをやりなさい」という返答がくるものだと思っていた。ところが、

「今から狭い道に進まないほうがいい。大学に行っていろいろな人と出会い、見聞を広めたほうがいい。映画学校はやめなさい」

とはっきり言われた。父は親として、おそらく、自分の子に苦労をさせたくないと考えたのだろう。世間には自由人と思われているような父もまた、そういう意味ではごく普通の親だったのだ。

当時の私は気概に欠けた青年であり、親に反対して自分の意志を貫くようなことはしなかった。結局、入学願書だけは取り寄せたものの、映画学校はあきらめた。とはいえ、大学に行った後も、映画を年に二百本くらい観ていた。依然として映画を作りたいと考えていたのだった。

大学二年生の頃、転機が訪れた。知床で静々と雪が降る様子を眺めていたとき、美しい風景を見ながら、その美しさを自分が文章に変換して受け取っていることに気づいた。きっと、映画を撮るような人は、この風景を映像のまま自分の中に取り込むのではないだろうか。そうか。私は

映像人間ではなく、活字人間だったのだ。そのような自覚を得てからしばらくのち、父にも「心平は活字の人間じゃないのか」と指摘された。親というものは、子どものことをよく見ているのだなあと感心した。

私は好きなことと自分が向いている仕事が一致しないこともあることを学んだ。そんな簡単なことを理解するのに、ずいぶんと時間がかかったものだ。同じことはサッカーにも言えた。好きだけれど、向いていなかったのだ。だが恋愛よりも進路よりもサッカーが重要だった高校生の頃でも、相変わらず本は読み散らかしていたではないか。好きなことでかつ向いていることは、自然と続けているものなのかもしれない。

この進路の選択において、私自身の中で選択肢が二つあったというのは弱点だった。「映画学校にしか行きたくない」というのと、「映画学校か大学に行きたい」というのとは思いの強さが違う。その弱さを父は嗅ぎとったのかもしれない。けれどその一方で、このような関心の広さ、あるいは興味の分散が私の持ち味であるとも思っている。この性質は学者には向いていなかった。けれど、作家には向いていた。例えば現時点での仕事のテーマは、この父についての回想の他には、仏教、お産、子ども、動物の化石、札幌の魅力などである。同時に多方面のことを考えてもいいというのは、楽しいことである。

そういうわけで、映画学校を断念した私には京都大学進学という道が残った。ところがどうも成績が届かない。このまま受験したとしても合格はおぼつかないことは、はっきりしていた。結局私は、京大以外で動物の研究ができそうなところを探しはじめた。そんなとき、脳裏に浮かんだだのが、あの知床の大地と海だった。そうか。北海道大学という手があるじゃないか。この思いつきに気分はすっかり高揚した。

翌年、北大を受験し、無事に合格することができた。札幌へ引っ越していく朝の別れはあっさりしたものだった。まるで高校へ登校していくときのように、

「行ってきます」

「行ってらっしゃい」

と両親と言葉を交わして、東京の家を出た。父は前の晩、「朝は寝てるから」だなんて言っていたのだが、ちゃんと起きてきて見送ってくれた。私は東京の家を出て、羽田空港へ向かった。

北大時代は、ただただ楽しかった。北海道大学ヒグマ研究グループというサークルに入り、北海道の森を歩き回っていた。もちろんクマがたくさんいる知床へも足繁く通った。未舗装の林道の上を、車で知床半島の突端に向かって行くと、カムイワッカの滝という観光名所がある。そこから先は、鍵のかかったゲートにより車は入れなくなっている。私たちはクマの調査のために許可を得て鍵を借り、車を走らせていた。すると後ろから土煙を上げて、四輪駆動の車が迫ってきた。ライトをパッシングして、私たちのおんぼろ車を追い抜いて前に出てとまった。しかたなく私たちも車をとめた。一体こんなところで、何事が起こったんだ。

あっけにとられて眺めていると、四輪駆動の中から佐野博さんと、父が降りてきた。「よう、元気か」だなんて言って笑っている。我が目を疑った。どうして、ここで、今、父に会わなければならないのだ。東京の家を出て、北大のある札幌に部屋を借り、札幌から車を八時間運転して

知床に来て、そこからさらに一時間以上林道を走って、今、ここにいる。遠くに来たつもりだったのに、いきなり、赤ん坊の頃から同じ屋根の下にいた人が車から降りてきたのだ。

考えてみると、このエピソードこそが、私が依然として父の目の届くところをうろうろしていたことを象徴しているのかもしれない。孫悟空が遠くまで飛んできたと思ったら、お釈迦様の掌の上だったという話を思い出して、いささか悔しくなった。ただ、親子の絶ちがたい絆を示す、愉快な話であることはまちがいないので、父についての講演をするときには、私は必ずこの話をする。

父も父で、私の話をするときには必ずこのことに触れるのだが、父の話は私のとは異なっていた。

「夜、知床を車で走っていたら、暗闇の中で地味に、ライトを振ってシカの数を数えている青年たちがいたんです。ライトを当てると目が光るので、そうやってシカの数を数えるんですね。ご苦労なことだと思って近づいていくと、息子だったんです」

確かに私は、夜になると、エゾシカのライトセンサスと呼ばれる調査の手伝いをしていた。けれど、そのときに父とばったり出くわした記憶はないのだ。やはり、白日の下、林道の上で会ったのだと思っている。ただ、知床の深い闇と、ライトに照らし出されたシカの光る目という情景は、まさしく小説的である。おそらく父は、無意識のうちにそのような場面を作り出し、それに合わせて記憶も変化していったのだと思う。それからも何度か、父と知床で会うことはあったが、あのときほど驚いたことはなかった。時々は、皆で合宿をしている宿舎に、食料の差し入れをもらったこともあった。

ちょうど本稿を書いているとき、新聞記者から電話がかかってきた。父が知床について書いた文章が、中学校の国語の教科書に掲載されるのだという。それについてのコメントを求められたのだ。書き下ろしだと聞いて驚いた。


「国語では、世界自然遺産の知床を愛した作家・故立松和平＝本名・横松和夫＝さんの随筆的な説明文「知床―流氷を巡る循環」が、一社で三年生の教科書に掲載された。

作品は、立松さんが亡くなる約五カ月前の〇九年九～一〇月、この教科書用に書き下ろした。六ページにわたり、海の生物や人の営みに恵みをもたらす流氷の偉大さをつづっている。

立松さんの長男で、札幌在住の作家横松心平＝同・林心平＝さん（38）は「父の書いたものが残り、読まれる機会が設けられ、うれしい。中学三年の多感な時期に、文字でも本物の自然に触れることはいいと思う」と話している」（北海道新聞　二〇一一年三月三一日　朝刊）

さて、父の故郷は紛れもなく宇都宮である。「第二の故郷」ということになると、これは一つではなくなる。知床も足尾もそう言っていいだろうし、もうひとつ挙げられるのが、沖縄の与那国島である。日本最西端のこの島に父は深く関わっていた。かつて旅人として来た与那国島に、一九八一年一月、父は砂糖キビ刈りの援農のために降り立った。最果ての島までやってきた動機について、父はこう書いている。

「私が援農隊に参加して与那国島にいこうと決めたのは、きわめて私的な理由からである。早い話、肉体労働がしたくなったのだ。身体を動かして金を稼ぐという単純な自然さの中に、もう一度自分を置きたかったのだ。これは小説家としての私の、いわゆる作家の生活への、危機感である」(『砂糖キビ畑のまれびと』ちくま文庫、一九八八年)

私たちが宇都宮で暮らしていた頃、父は二か月も家を離れ、一人、遠い遠い与那国島で、砂糖キビ刈りの斧をふるっていたのだ。やむにやまれぬ衝動に駆られて、というようなことが書いてあるものの、思うままに本当にしたいことをしていたのだなあと思わされた。

この『砂糖キビ畑のまれびと』(単行本は晩聲社より一九八四年刊。後にちくま文庫。また、すべてが『立松和平　日本を歩く　第6巻　沖縄・奄美を歩く』勉誠出版、二〇〇六年に収録されている)は、父のエッセイの中でも特に私が好きなものである。中でも「ユイマール」と題された一文が気に入っている。沖縄の農村において、互いに仕事を手伝う相互扶助の制度のことである。砂糖キビは、製糖工場に運び入れて砂糖にしなければならない。製糖工場の稼働期間は二〜三か月間と決まっている。そのため農家は、その期間中に収穫を終えて工場に出荷しなければ収入にならないのだ。父が住み込んでキビ刈りを手伝っていた農家では、収穫が終わりそうになかった。

「私は焦り苛立ったが、家の主人は、いざとなれば人が天から降りて地から湧いてくるさ、と悠然とかまえていた。しかし、夜になると手助けを頼みに、家から家へとまわって歩いた」

そして、結局、どうなったか。この話は次のように締めくくられる。

「先に自分の畑の刈り取りをすませた一家が揃って助けにきてくれた。漁師も漁を休んできてくれた。春休みになって中学生、小学生がやってきてくれた。収穫は最後の日の夕方に終わった。人が天から降り地から湧いてくる光景は、感動的だった」

父の与那国島の人々への愛情が感じられるとともに、父が与那国島に魅せられた理由の一端がうかがえる、味わい深い一篇だと思う。

与那国島にて

『砂糖キビ畑のまれびと』の中の「砂糖キビ畑の新聞紙」には、一九八一年に与那国島で、自分の作品についての文芸時評を、弁当箱を包んでいた新聞紙で見つけた話が書いてある。いかにも小説的な、記事との出会いが事実だったかどうかはさておき、その時評は『群像』に掲載された父の小説「水の流浪」についてのものだった。そしてそのときから数年たち、父がこのエッセイを書いている時点では、単行本『水の流浪』のゲラ刷りを読み終えたと書いている。この『水の流浪』こそ、私が生まれる前にインドへ逃亡し帰ってきた頃のことを書いた、自伝的小説なのである。

本文中に「あの時生まれた子供は、次の春には小学六年生になる」とあることから類推すると、この一文が書かれたのが、一九八三年だと思われる。その後、この『水の流浪』が出版され、父は与那国で住み込んで働いていた大嵩長岩さんに送った。さらにそれから十年近くたった一九九二年の二月、私は同じ大嵩さんの家に、砂糖キビ刈りの手伝いのため住み込んでいた。そして、そこで『水の流浪』に出会ったのである。

実に遠回りをしていると思う。『水の流浪』という本は、出版以来、ずっと実家にあった。けれど、私は手に触れたことすらなかった。与那国島の農家に行き、床の間に置いてあるのを見つけた。父の本は床の間に大切そうに並べられていたのだ。自分が持って行った本は読み尽してしまい、いわば活字に飢えて仕方なく読みはじめたその本に、私は入りこんでいった。自分の誕生前後のことが書いてあったからである。キビ刈りの毎日の労働は苛酷で、元気な盛りの十九歳だった私でさえも、夜になると体力は残っておらず、まぶたが下がってきた。そんな状況下でも読んだのだから、よっぽど夢中になっていたのだ。こうして私は、小説を通して間接的に、若き父の抱えていた葛藤を知った。何者かになりたいのになれない青年が本の中にはいた。私が同じような悩みを持つのは、もう少し先のことである。

わざわざ知床の山奥で父にばったり会ったり、知床から三千キロ以上も離れた沖縄の離島で父の本を読んだり、そんな奇妙な親子関係だった。

私が与那国島へ行ったのは、北海道大学での一年生を終えようとしていた頃だった。二月の厳冬の札幌を出て、東京、那覇、石垣島を経由して四日目に与那国島へ到着した。

父は大嵩オジーに電話を入れてくれた。オジーは言った。

「親父と同じように、泥の中に突き飛ばしてあげるさあ」

なぜ、私は与那国へ行こうとしていたのだろうか。キビ刈りを父から勧められたことはなかった。父は自らを南方志向であると公言していた。私は自分を北方志向だと思っている。ここにも父への反発があるのかと考えてみたが、どうもそうではないようだ。単純に寒いのが好きなのである。だから、漠然とした南への憧れというよりも、父が、本当に沖縄、特に与那国島について嬉しそうに語る様子に感化されたのだと思う。実際には、直接話を聞いたということよりも、本やテレビを通して知ったのかもしれない。

子供の頃から家には、クバの葉の工芸品があった。団扇や、瓶がクバの葉で包まれた与那国の泡盛「どなん」などである。中でも父が得意そうに実演してみせたのは、ヘビのおもちゃだった。クバの葉で包まれた長い指サックのようなものの中に指を入れる。すっと引っ張ると、指が抜けなくなるというものだった。これをヘビにかみつかれたと見立てて遊ぶのである。緩めると抜けるのだということを、得意そうに説明してくれたものだ。

与那国で私は大歓迎を受けた。もちろん、父の息子であったからだ。いつも、父の子としか見られてこなかったことに反発を覚えてきたが、与那国の人々との出会いを思うと、そんなことを越えて、素敵な人たちと出会えてよかったなという、温かな気持ちだけが残る。

特に、大嵩長岩オジー、苗子オバー夫妻と過ごした日々は、私の財産である。父が援農に行ったときに、農家である大嵩さんの家に世話になっていた。住み込みで寝食を共にし、同じ畑に行き働く。大嵩さんのキビ畑だけでなく、大嵩さんが手伝いに行く畑へも一緒に行くのである。そして私もおそらく父とほとんど同じような形で、大嵩さんに世話になった。

朝早く起きる。オバーの作る、ボリュームのある沖縄料理をたっぷりと食べる。十九歳だった私は、いくらでも食べられた。合羽を着て長靴を履き、斧と弁当を持って軽トラックに乗る。砂糖キビ畑に着く。畑での作業は二種類あった。斧で砂糖キビの根元を切り倒す仕事と、そのキビの葉の部分を、二又に分かれた鎌によってそぎ落とし、先端を切り、結束する仕事である。斧を使う方が力仕事なので、年齢のより若い男性が受け持つことになる。当然私も、斧担当になった。鎌の仕事は、女性や老人が担当することが多かった。とはいえ、斧担当には、宮古島から出稼ぎに来ていた寡黙な七十代の男性がいたし、鎌担当には八十代の優しくて陽気なおじいさんもいた。そんな人たちとともに畑にいると、へばってなどはいられなかった。

そんなことを思いはするものの、仕事はきつかった。「日本三大きつい農業アルバイト」という話を聞いたことがある。北海道の酪農、長野の高原野菜、そして沖縄の砂糖キビ刈りだった。このときから十年後、私は北海道の北部の村で、住み込みの酪農の仕事をしていたが、すっかり機械化されており、牛の糞尿の臭いにさえ耐えられれば、肉体的にそれほどきつくはなかった。けれど、与那国でのキビ刈りは、本当に大変だった。あれから二十年の月日が流れたが、後にも先にもあれ以上の肉体労働を経験したことはない。

まず、三月だというのに暑いのである。砂糖キビのやぶの中にいるようなものだから、いっそう蒸す。さらに腰をかがめなければならない。根元のほうが甘いので、できるだけ下を刈る必要がある。また、斧を振るうのにも、倒したキビを一か所に集めるのにも、力が必要である。そして、何よりもこたえたのが、刈っても刈ってもキビがなくなるようには思えないことだった。

密集している砂糖キビを、一本一本倒しながら進んでいくのだから、少しずつは前進しているはずだった。だが、畑はあまりにも広大だった。冷静に考えてみると、与那国島は小さな離島である。畑の規模も小さい。聞くところによると、隣の石垣島ではキビ畑が広いので、ある程度機械化が進んでいるとのことだった。つまり、与那国の畑は狭いということなのだ。広いという石垣島の畑でさえ、同じ砂糖を作っている北海道の甜菜畑に比べたらずいぶんと小さい。けれど、そのときの私にとって、与那国のキビ畑は、世界で一番広い畑だった。

必死で働いていると十時になる。おやつ休憩の時間である。甘いものを食べて、切り落とされた砂糖キビの葉に埋まった畑の上に寝転ぶ。日差しが照りつけてくるので、顔の上に帽子を載せる。オジーが琉球民謡を歌うこともある。このとき、私は幸福だった。それは、目の前の砂糖キビのことしか考えていなかったからである。将来に対する不安も、あるいは希望も、その他ありとあらゆる生老病死に関する悩みも、与那国の青空の下には、砂糖キビの畑の上には、存在していなかった。ただ目の前の砂糖キビを刈り倒すだけ。そのことだけを考えていた。はたして父も、かつてこの畑の上で、砂糖キビのことだけに向き合う時を持っただろうか。おそらく、そうであったのだと思う。余計なことが考えられないくらい、この労働は激しかったのだ。

休憩のひとときが過ぎると、またキビに向かっていく。時々、キビの端を切り落として吸ってみる。甘い。確かに今、私は砂糖を作る工程の一端を担っているのだという実感を持った。そしていつしか昼休みが来る。心底、腹のへった十九歳は、再びオバーの作ってくれた弁当を腹いっぱい食べて昼寝をする。

午後も働き、おやつを食べ、また夕方まで働き、家に帰る。オジーはグラインダーで斧を研いだ。風呂に入り、夕食の時間になる。オジーはあまり食べず、泡盛「どなん」ばかり飲んでいる。私はもりもりと食べ、オリオンビールを飲む。オジーの三味線が始まる。オバーが、また始まったよ、とあきれた顔をする。

そんな毎日の繰り返しの中、あるとき、父が島にやってきた。知床で会った時のように、偶然ではなかった。飛行機の機内誌の取材で、写真家の垂見健吾さんとともに来たのだ。今になって思うのは、あのとき父は、私が与那国でキビ刈りをしていたからこそ、取材先に選んだのだろうということである。オジーに再会した時のことを、父はこう書いている。

「『あんたの息子は飛行機の一便でやってきて、その日にはもう畑にはいったよー。親父と砂糖キビ刈りの競争するといっとるよー。親父には絶対負けんて』

上機嫌なオジーの声が響く。息子が一人前の働き手として認められていることを知り、父親としては安心するのだった。私はオジーに言葉を返す。

『絶対に負ける競争はやりませんよ。キビ刈りしたのは何年も前だからなー』」

（「砂糖キビ畑の不思議な力」『立松和平日本を歩く　第6巻　沖縄・奄美を歩く』勉誠出版）

実際には、私は競争するなどということは言っていないのだが、二人の楽しそうなやりとりが思い出される。

日本最西端の島においても、私は父と会ってしまうのだった。というよりも、辺境の地だからこそ、親子の対面が実現しやすかったということなのかもしれない。考えてみれば、札幌に住んでいる私に、父がわざわざ会いに来たということは一度もなかった。

あのとき父は、とても穏やかな表情をしていた。まるで、自分の生まれ育った地に帰ってきたような感じだった。そして同時に、いくらか恥ずかしそうでもあった。かつて自分が這いつくばった、実際には小さいけれど主観的にはとても広大な畑に息子が立っていたことをどう思ったのだろうか。取材に来たくらいだから、嬉しい気持ちはあったのだろう。

果てしなく続くかのように思われた砂糖キビ刈りにも終わりは来る。いよいよ最後の畑にとりかかり、気力をふりしぼって刈っている最中、大嵩さんは民謡「安里屋ユンタ」を歌いはじめた。その声に乗るようにして斧を振るっていく。疲れた体に生気がよみがえってくるようだ。ああ、これが本当の労働歌《ブルース》というものなのだなと思った。

父が東京に戻ってしばらくしてから、大嵩さんの家にいる私に電話がかかってきた。野田知佑さんからの伝言だった。「沖永良部島にいるから、よかったら帰りに寄るように」という話だった。そこで私は、帰りがけに寄り道をしていくことに決めた。

いよいよ明日は島を離れるという晩のことだった。オバーが私に封筒を渡した。

「御苦労さま。お給料です」

受け取って中を見ると、多く入っていた。援農者の給料は、一日当たりいくらと決まっていて、そこから食費を引いた額が支給されることになっていた。どうも、食費分が全く引かれていないようだ。

「おばさん、多すぎます。食費を引いてもらわなくちゃ。いっぱい食べたり飲んだりしたのに」

しかも、釣りに連れて行ってもらったり、車であちこち回ってもらったり、楽しいことばかりさせてもらっていた。

「いいから。いいから。取っておきなさい」

このときのオバーの口調は今でも耳に焼きついている。結局、押し切られて、私はお金を受け取った。

恩というものは、与えてくれた人になかなか返せるものではない。あのときお金を受け取らなかったとしても、それはかえってオバーを悲しませることになっただろう。私のしなければならないことは、自分よりも若い人たちに、自分の受けた恩を手渡していくことだと思う。それより他に、オバーからもらった気持ちに報いるすべはないのだろう。なぜかというと、オジーとオバーたちは必要なものを全て持っていたと思えるからだ。精神的充足に満ちた暮らしがあの島にはあった。

もちろん、与那国の人たちも、私が立松和平の息子だから、親切にしてくれたという面は確かにあるだろう。けれど、けれどである。はじめ、父がこの島に来たとき、誰も父が作家であることなど知らなかっただろう。父はまだ、それほど有名ではなかった。それでも島の人たちは、父を温かく迎え入れてくれたのだ。離島の農業が、外からの援助者なしでは成り立たないという構造を越えて、客人をもてなすという性根が染みついているような気がする。

だから、私が島を離れるとき、この上なく豊かな気持ちになっていたのは、決して私が立松の息子だったからではない。与那国島の流儀によるものではなかったかと思う。

オジーとオバーはすでに他界してしまった。与那国島は、私の住む北海道からあまりに遠いので、島へ行きさえすればまた会えるような気さえする。いや、それは物理的な遠さによるものではないだろう。父が「砂糖キビ畑の泥の中にあるものはあまりにも多い」と書いたように、あの島にはたくさんのものがあった。地に足をつけて自然とともに生きるということが、どういうことなのか体現している人たちがいたのである。畑で歌われた民謡は、青空高く抜けて島中に響いた。ほとんど毎日、畑で砂糖キビにばかり向きあっていた。単調な生活だったが、生きている実感の持てる充実した時間であった。一日の苛酷な労働を終えて飲む泡盛は、体の隅々にまで沁みわたった。

あの日々は、私にとって大きな貯蓄だった。体の中に貯蓄を刻みこんだ人は強い。与那国島が今も南の海の上にあり、今でも砂糖キビが風にざわめいていると想像すると、前に進んでいく力がむくむくと湧いてくる。

そんな、島がまるごと、本物の豊かな暮らしの象徴であるようなところは、きっと、いつまでも心の中に残っていく。そして、島に生きていた人もまた、ずっとそのままいるような気がするのである。一方で、オジーとオバーだけでなく、父もいなくなってしまったことを思うと、与那国で父と会ったことは、幻のようにも思えてくる。

そんなふうに、私にとって与那国島は、確かな存在であると同時に、夢のような存在でもある。琉球で言うところの桃源郷、ニライカナイにちがいない。

対立

誰もが通る道なのかもしれない。特に、父と息子の対立というものは、古代より神話や文学の主題とされているくらいだ。友人に聞いても、父親と仲良しだなんて話はあまり聞いたことがない。私と父の間にも、距離が遠く隔たった時期があった。今になると、あの頃の自分は若く血気盛んであったなと思う。そして父もまた、若かったのだとも思う。私が二十代前半の頃のことだから、父はまだ四十代だったのだ。

当時、私は大学院生であった。親からの仕送りを受けて暮らしていた。必要な物は言えば買ってもらえるような、不自由のない生活だった。同じく大学院生であった女性と同居していた。後に妻となる人である。

あるとき、両親は私のお金の使い道に疑いを抱いた。同居人が妊娠したから、私が無心しているのではないかというのである。実際は、眼鏡を作り替えたり、研究に必要なコンピューターを買ったりといったことが重なっただけのことであった。

その両親の反応に私は怒った。父は「お前を心配してのことなんだからいいんだ。頭を冷やせ」と切り返してきた。それ以後、父とは口論以外の会話がなくなってしまった。

東京と札幌と、遠く離れたところに住んでいたことには功罪があった。よかったのは、親と毎日、顔を合わせずに、日常生活を続けていけることであった。もめごとはもめごととして存在していても、忘れていられる時間があったのだ。だがその反面、問題の解決にかかる時間がうんと長くなってしまった。

それからしばらくして、同居人が妊娠した。私たちは結婚することにした。その際、考えなければならないことがあった。結婚後の姓をどうするのか。民法では「夫又は妻の氏を称する」とされている。だが実際には、ほとんどの場合、女性が改姓している。そのことに私は抵抗があった。パートナーと二人で考えた末に男性の姓にしようとするのならばよいが、話し合いもせずに、慣習として男性の姓にしていないだろうか。そんな社会への反発があり、あえて女性の姓にしたいと考えていた。

また、今になって思うと、立松という名と離れたいという気持ちが、私の中にあったのかもしれない。横松という姓のままだと、どうしても立松がついてまわる。だが改姓してしまえば、もっと自由になれるような気がしたのである。それほど、どこへ行っても「立松さんの息子さん」と言われることに嫌気がさしていたのだ。けれど実際には、改姓したところで、やっぱり立松の名は私についてまわった。最近では、利用できるものは何でも利用していこうというように、私もしたたかになってきたのだが、この時点では逃げ出したいという気持ちが強かった。

それに対して同居人は、どちらの姓でもない、第三の姓がよいと言った。それでもよいような気がしたが、調べてみるとそんなことができる可能性はないようだった。結局、比較的しがらみの少ない彼女の姓にすることにした。

そこまで決めたところで、同居人の親に電話をかけ、結婚したいこと、私の姓を変えることを伝え、承諾してもらった。私の親に電話をかけるのはとても気が重かった。両親とは疎遠になりかかっていたのだ。でも、どうしても話さなければならない。意を決して電話をかけると、父が出た。

「子どもができたんだ。結婚するから。それから、二人で話し合って決めたんだけど、ぼくが姓を変えるから」

「おい、ちょっと待てよ」

父は言った。

「もう、決めたから」

「どうして横松じゃだめなんだよ」

こんなに父が反対してくるとは思っていなかった。

「法律上、どっちにしてもいいことになってるんだよ」

「そうだけど、こっちに何の相談もなく決めるなよ」

「そう言うけどさ、もし、ぼくが女だったら、こういう話にならないでしょう」

「決める前に一度、こっちに来いよ。急ぐことはないだろう」

「いつ、籍を入れるかは、自分たちで決める」

電話は手荒に向こうから切られて話は終わった。私は徒労感に包まれていた。妊娠や結婚というものは、「おめでとう」と祝福されるべきできごとなのではないだろうか。

もともと、父からいい返事がもらえるとは思っていなかった。関係がすっかり悪化していたからだ。それでも、子どもができたのだから、それも初孫なのだから、ひょっとしたら祝福されるかもしれないという期待も、心の片隅にあった。だが、実際には互いに一方的に自分の考えを言うだけで、話は終わってしまった。改姓のこともあり、溝はいっそう深くなってしまった感じだった。

改姓することは、これまでの父との対立とはまったく別のことだった。たとえもめていなかったとしても、私はそうしただろう。父に反発して、腹いせに改姓しようとしたわけではない。その意図はおそらく父には伝わっていないだろうと思った。私が怒って、姓も変えてやると息巻いている。そんなふうに思われているのではないか。

父は改姓に対して寛容であるはず、という幻想を抱いていた。「男が改姓する、おおいに結構じゃないか」くらいは言うような人だと思っていたのだ。あるいは、作家ならば、一般の通例にとらわれたりすべきではないという思いもあった。だが私の改姓は、父には受け入れがたいことだったのだ。もし父が言うように話し合いの場を持ったら、どのような議論になったのだろうか。そう考えてはみるものの、そもそも、話し合うことのできる関係になっていなかったのが、そのときの状況だった。

あのとき、もっと父と話し合うべきだったのかもしれない。とことん話し合えば、気持ちの整理がつくということもあっただろう。けれど、立ち止まる余裕が私にはなかった。今、ここに私が何を書いても、父は反論することはできない。だからこそ、できるだけ公正になるように気をつけて書いているつもりだ。そのおかげで、当時は思いも馳せなかった父の心情についても想像しているし、自分がすべきだったことも考えられるようになった。時がたつということは、また、人が亡くなるということは、いろいろな作用をもたらすものだ。

結局、このときから数年間にわたって、父と私の間には、ほとんど断絶と言っていいほど疎遠な状態が続くことになった。そんな状況だったので、もちろん、結婚式もなかった。区役所に入籍届を出しに行き、お祝いにコロッケを作って食べた。私たちにできる最高のぜいたくだったのだ。その晩、友人が深紅のバラの花束を持ってきてくれて、そのとき初めて結婚らしくなった。

今、当時のことを分析してみると、いささか時期の遅くなった、親離れ子離れの時だったのかもしれないという気がする。自分が親になろうとするときに、やっと親離れをするなんて笑い話だ。もっと早くに自立した関係が築けていればよかったのだろう。親も子もお互いに寄りかからずすっくと立っていたら、妊娠しようが、結婚しようが、改姓しようが、文句を言ったり言われたりすることもなかっただろう。

数年後のことだ。子どもは二人に増えていた。何かが解決したわけではなかった。それでも、私の子どもたちには、祖父母に会わせてあげなければならないという思いが強くなってきた。そこで私は子どもたちと帰省をした。そのときのことを父は、友人に「心平が帰ってきたんだよお」ともらしていたそうだ。それからは時々、実家に立ち寄る機会もできるようになった。子どもたちは無条件に、祖父母に対して心を寄せているようだった。会っても父とわだかまりを解きほぐすような対話を持つことはほとんどなかった。むしろ問題を蒸し返さないようにして、今、目の前で遊ぶ子どもたちを見ようといった雰囲気だった。

父との間の関係がだいぶ回復したのちに、突然、父はいなくなってしまった。もし、断絶状態のまま父の死を迎えたとしたら、いろいろと悩んだにちがいない。振り返ってみると、とにもかくにも言いたいことは遠慮なく言い合えてよかったなと思う。甘く楽しい思い出だけが、人生を豊かにするわけではないのかもしれない。争いや対立にもまた、意味があるのだろう。

すでに書いたように、私が生まれたとき、父はインドにいて不在だった。そのことについて父は何度も書いたり、話したりした。自分は迷いを抱えた無頼の徒であるというようにとらえていたようである。むしろその経験を自慢にするようなところがあったと思う。でも実情は、自分が親になることに向きあおうとしなかった、ということではないのか。私にはそう思えた。別にお産に立ち会ってもらわなくてもよいが、私の誕生を見届けていてほしかった。それなのに美談のように、自らの不在を語ることに反発を覚えていた。

それから二十五年後に、私は親になろうとしていた。わが子の誕生を見届けるため、お産に立ち会いたいと考えた。妻の希望により、最初のお産は助産所で行われた。二人目からは自宅出産となり、子どもは六人となった。お産への立ち会いは、私にとっては、もしかしたら父へのあてつけという面があったのかもしれない。私はあなたとは違う。わが子の誕生にまっすぐ向きあうのだ。

お産に立ち会った経験をもとにして、一冊の本を書いた。それが『ご主人、「立ち会う」なんて、そんな生やさしいものじゃありませんよ。』(柏艪舎)である。この本を父にも読んでもらいたかった。三年かかってようやく脱稿しようとしていた矢先に、父は入院してしまった。手術中、病院の家族控室で、私はこの本の校正をしていたのである。この頃は毎日、お産について考え書いていた。命が生まれる現場に私は立っていたのだ。そこに突然、死というものが入りこんできた。虚を衝かれた。

時間が経つうちにじわじわと、生と死はつながっているのだという考えがわいてきた。赤子は生まれる。父は死んだ。誰にだって、生まれてくるときと死んでいくときがある。お産を考えることと死を考えることは近しいことにちがいない。

そうだとすれば、お産について考え抜くことは、肉親の死をやりすごすのにはふさわしい行為なのかもしれない。お産の本を書くことは、父の死に直面した私を支えてくれるだろう。

私は父がインドへ行ってしまったことにずっと反発してきた。母にとってはどうだったのだろうか。考えてみると、一度も、父が不在だったことを母が非難するのを聞いたことがない。そうか、母は快く父をインドへ送り出したのだ。理想のお産という、絶対的なものがあるわけではない。それぞれの夫婦にとって、それぞれのよいお産があるのだ。それならば夫婦にとっては、父がいなくとも、納得のいくお産だったと言えるはずだ。

なんだ。父不在のお産を怒っていたのは、私だけだったのだ。その怒りのおかげもあって、私はお産に立ち会うことになり、自分の子の誕生をめぐり、数々の豊かな体験をすることができた。もう、父を許してもいいなと思った。

前にも少し触れたが、実際に母が納得していたことを示す証拠がある。母は私を産んだあと、カルカッタにいた父に手紙を書いた。『ブリキの北回帰線』の中に全文が載っている。この小説の中で、主人公の悦夫はインドにいて、日本航空のオフィスで自分の子どもが生まれたことを知らせる手紙を受け取る。この設定は事実どおりであり、母に聞くと手紙の文章も、一字一句、母が書いたとおりだという。

「何の断りもなく、そのまま小説に書いちゃったのよ」

母はそう言った。でも、そのおかげで私はこの手紙を読むことができた。そして読むたびに、若き父と母の姿が目に浮かび、いつだって励まされる。読み返してみると、赤ちゃんの誕生の晴れがましさに満ちている。感情を抑制して書いてあるが、新しい人を手放しで喜んで迎え入れているのだということがよくわかる。私は祝福されて生まれてきたのだ。そのことを知ると、人は頑張っていける。私も自分の子どもに、生まれたとき嬉しかったよと伝えよう。

結局私はこの手紙を、お産の本の冒頭に載せた。そのことによって、長く続いたインド問題を終わりにしようと思ったのだ。結果として、四十年近く前に母が書いた一通の手紙を、またまた活字化することになってしまった。父とちがったのは、私は母に掲載許可を得たという点である。

父との関わりから、私の人生を大きく区分するとすると、四期に分けられる。まず、生まれてから十八歳までの同居時代が第一期である。この頃は、思春期特有の小さないさかいをはらみつつも、親子の蜜月時代であったと思う。私も父のことを信頼していたし、頼っていた。

次に、私が家を出てから結婚するまでが第二期となる。今回触れたが、父との対立がもっとも先鋭化した時期に当たる。この「振り返れば父がいる」を書くにあたって、避けて通れないのがこの時期のことだった。楽しかった思い出だけを書けばすむわけではないことは、この連載を引き受けたときからわかっていた。けれど、対立について書かないのであれば、書く意味もないとも思っていた。

第三期が結婚してから、父が亡くなるまでである。次回からはこの第三期に進もうと思う。これ以後、第一期や第二期ほど、父とのやりとりは頻繁ではなくなっていく。ただし、私が父と同じ道を歩きはじめる時なので、やはり影に日向にその影響が感じられる。そして、父が亡くなってからのことが、第四期となるだろう。

五年九か月

大学院を経て、私は農業団体に職を得た。スーツに身を包み、毎日、決まった時間に職場へ出かけて行く。決して悪い職場ではなかった。むしろ、一般企業ほど競争は厳しくないと思われ、恵まれた環境だった。だがそれは、あくまでも他と比較して、という話にしかすぎない。当事者にしてみれば、自分のいる現場が自分にとってどうなのか、という問題があるだけだ。

職場において、私はちっともうまくできなかった。就職する前は、自分はちゃんと出世して、部長なんかにすぐなれるものだという幻想を抱いていた。現実の私は、納得のいかないことに対しては躊躇なく「おかしい」と言ってしまうし、サービス残業はまったくしない。そんな人は最も出世から遠いのだとわかってくる。

父は、私がやっと就職したことに喜んでいた。三十歳になり、子どもも二人いた私が、父にとってなじみの深い農業団体という職について安心したのだろう。父は農業団体の人たちとも多くの仕事をしていたのである。私はただの平職員であるのに、「お父さんに世話になりました」と、ある農協の組合長さんに挨拶をされたこともあった。

当時、私は、日々の鬱屈を埋めようと童話を書きはじめていた。クマを主人公にした話を何篇か書いた。何かの折に、父に、物語を書いているのだと伝えると、「送ってきたらみてやるよ」と言われた。そこでいくつか送ると、しばらくして原稿は送り返されてきた。「もっと強烈な、迫力のある話にしないと」と電話口で父は言った。そこではじめから書き直して送りなおした。

そのうちの一篇には約束通り、鉛筆で詳細な書き込みがされていた。例えば次のようなものである。


「どんなクマなのか　説明と描写」

「どんな家か　寝るところは?」

「森の様子　樹々の様子」

「お互い相手をどう思ったのか。カットウがない」

「このシロップはおいしそうに描写」

「ドラマチックに　心が跳ねるように」

「それぞれの個性を描きわける」

「カツラの大木の描写　土の様子　草があるのか　苔があるのか」

「クロマメノキの実を食べにいくことがどうして幸せなのか。重要なところである」


などなど、もっと描写をしなさい、書きこみなさいという指摘がたくさんあった。

父の作品における描写について、元文藝春秋社の編集者、高橋一清さんが著書『作家魂に触れた』（青志社）の中で、次のように書いている。

「私が注目したのは、何もかも目にとまったものをすべて書き写すような細かな描写についてであった。カメラにたとえると、遠近にかかわらず、あらゆるものを写し取る焦点深度の深い精巧なレンズが備わっているのである」

一九七四年に、父の原稿を読んだ感想である。前年に父は、東京を引き払い宇都宮に帰ったばかりである。細密な描写が父の持ち味だった。自らの作風どおり、私の原稿へも、ていねいな描写を呼びかけてきたのである。書き込みの最後には万年筆でこう書かれていた。

「心平どの

全体に書き込みが足りず、輪郭が弱い感じです。気分で書いているのでぼんやりとした雰囲気は伝わりますが、そこにどんな森があり、登場人物たちが何を考え、どんな状態でそこにいるのかよくわかりません。

全体がやさしい感じでよいのですが、内側に向かって凝縮していくような文章になっていません。

この作品は連作にして、たくさん書き連ねると一つの世界ができるのでしょう。書き込むということを意識して書いてください。

和平」

最後の署名が本名の「和夫」ではなく、筆名の「和平」となっていた。父としてではなく、作家として読んで批評した、と語っている気がした。後にも先にも、私の書いたものにこれほど詳細なコメントを寄せてくれたことはない。

書き直したのにも関わらずこの程度かと、父は思ったにちがいない。それでも貴重な時間を割いて向きあってくれた。

今、読み返してみても、勉強になる指摘である。さぼるな。描写せよ。もっと掘り下げて書くのだ。

この時期、私は物語を書くことで、嫌でたまらなかったサラリーマン生活から救われていたのだと思う。コンクリートで囲まれたビルの中にいても、心は深い森の中で遊ぶことができた。物語が他人に届けられるほどの水準には到底達していなかったものの、自分のためにはなっていたのだ。

そのうちに父は、札幌にある柏艪舎という出版社を紹介してくれた。私はそこにクマの童話を持ちこんだが、ほとんど反応はなかった。しばらくして柏艪舎から連絡があった。札幌についての本を作りたいので、一度、打ち合わせをしてもらえないかとの話だった。正真正銘普通のサラリーマンである私に、そんな話が来るとは意外だった。数名のライターが章ごとに執筆して、一冊の本を作ろうという企画なのだろうと理解した。

柏艪舎に出向いていくと、なんと、本を丸ごと一人で書いてくれないかという依頼であった。これには心底驚いた。

札幌が日本一魅力的な市であるという、先ごろ話題となった全国的なアンケート結果を受けて、札幌の魅力を紹介する本を書いてほしいという提案だった。一も二もなく引き受けることにした。依頼があったのは九月で、それから私は農業団体の仕事をしながら、週末を利用して取材を続けた。

翌年の四月には本が出版されることになった。このとき、自分は作家になった、という錯覚を持ってしまった。まだ本が出てもいないのに、これで食べていけるような気がしはじめたのである。そういえば父は二二歳のとき、「途方にくれて」が「早稲田文学」に掲載されて自分は作家になったのだと思い、集英社の内定を取り消してもらっている。一冊目の単行本『途方にくれて』が刊行されるのは、このときから実に八年後のことである。

それまでは父と同じ道を歩むまい、という気持ちが強かった。どこへ行っても「立松さんの息子さん」と思われてしまうので、文筆家にだけはなりたくなかったのだ。それなのに、作家になって、書くことを生活の中心に据えたいと思うようになってしまったのだ。おそらく、立松和平の息子も文筆活動をしている、と聞いた父のファンは、なるほどなと思うのだろう。そう考える人は、もし私がいいものを書いたとしたら、「さすが立松の子どもだ」ととらえる。

以前、自分が作家を志す前は、そういうのがたまらなく嫌だった。父とひとくくりに見られることを嫌っていたので、作家にだけはなるまいと考えていたのである。

だが、そんなこだわりはどうでもよくなってしまった。それよりも、自分にとっては納得のいかないことをさせられる職場に、毎日出勤していくことのほうがつらかった。単に協調性がないというだけのことだったのかもしれないけれど、毎日、軋轢を積み重ねていた。私にとって重要な仕事はただひとつ、いいものを書くことだけである。それを読んだ人が、私の出自についてどう思おうともよい。いいものを読んだなと思ってもらえればいいのだ。そんなふうに思うようになってしまった。

サラリーマン生活に耐えがたくなったということ。書くことだけをしていたいという思いが強まってきたこと。この二つが相まって、とうとう私は仕事を辞めることに決めた。まだ本も出ていない。本が売れるかどうかもまったくわからないときのことである。本が出て、売れて、文筆業が軌道に乗ってから退職する。それが美しいやり方だっただろう。だが、これ以上、職場に留まってはいられそうになかった。

そんなことを書くと、「みんな頑張っているのに、お前はだめなやつだな」と思われるだろう。そのとおりなのだ。

世のサラリーマンの方々は、本当によく我慢して、頑張っていると思う。自分が働いてみる前は、そのことをわかっていなかった。私は、自分が人並みにサラリーマンとして勤まらなかった、だめなやつだという自覚を持っている。

辞めると決めてから、父に連絡をした。反対されることがわかっていたので、相談をするつもりはなかった。ただ、父の知り合いが農業団体関係にいるので、連絡だけはしておこうと思ったのだ。

昼休みに職場のビルの前から電話をかけた。

「近々、仕事を辞めることにしたんだ」

自分は文筆業をやっていくつもりなのだと話した。

「辞めずに書いたほうがいい。文筆業で食べていくのは大変だぞ。そのことをこっちはよくわかっているんだ」

予想通りの反応だった。

「覚悟の上だよ」

「勤めてから何年になる」

「三月で辞めたら、三年八か月勤めたことになるよ」

「俺は五年九か月も市役所に勤めたのに、心平はたった三年八か月で辞めるのか」

大まじめにこんなことを言うので、おかしくなってしまった。確かに父は、故郷に戻り宇都宮市役所で働いていた。

だが、「俺はこんなに勤めたのに……」と言う資格があるのは、例えば定年まで勤め上げたとか、勤続四十年とか、そういう人なのではないだろうか。三年八か月よりも五年九か月のほうが長いのは事実である。けれど少し離れたところから眺めてみると、たいした違いはない。どちらも「ああ、就職したけれどじきに辞めたんだね」ということになる。定職を辞めてはいけない理由を一所懸命考えた末に、勤めていた年月のことを言ったのだろう。裏返して考えてみると、そのくらいしか言えなかったということである。つまり、父も同じように、かつて勤めが嫌になって辞めてしまったのだ。同じ経験を持っているからこそ、五十歩百歩のことしか言えなかったのだろう。

三月になると予定どおり仕事を辞めて、予定どおり本は出版された。本が出たとき、出版社は出版記念イベントを企画した。父を呼び、講演をしてもらおうと考えたのだ。どうも父は、その話を断ったらしい。さらに、本に巻く宣伝用の帯にも、一文を書いてほしいと頼まれたようだったが、そちらも断った。当時の私は、「そんなけちくさいこと言わずに、帯くらい書いてくれればいいのに」と思っていた。少しでも多く本が売れればいいと考えていたのである。その点は、出版社も同じ考えだったと思う。

だが、あのとき断ってもらってよかった。講演や帯があったら、多少売り上げはよくなったのかもしれない。その反面、私の旅立ちにあたって立松和平色が濃くつくことは、いいことではなかっただろうと思う。結局、何を書いても立松の息子ということがついてまわってしまうことを、父は避けさせようとしたのだろう。冷たく突き放すことが、実は応援になっていることがあることを私は知った。おかげでその後、私は実力以上にもてはやされることもなく、地味に細々と書き続けている。代表作と言えるような作品を書いて世に問うことのほかに、道を切り開く方法はないのだと覚悟して、机に向かう毎日である。もちろん、はじめに本が出せたのは、父が立松和平であったからだという認識はちゃんと持っている。無名の書き手に本の執筆依頼など来るわけがない。

幸運なことに、じきに読売新聞北海道版紙上で、週一回の連載を書かせてもらえることになった。「林心平の自然バンザイ‼」というコラムで、百週にわたって妻のイラストを添えて続いた。ときどき、記事のコピーを父に送ったりもした。母は、「なかなかうまいじゃないか」との父の感想を伝えてくれた。本人は何も言ってこなかったが、ほめてくれていたので嬉しくなった。

父が亡くなってからのことである。父の書庫を片づけていると、私の本が段ボールに一箱あるのを見つけた。ひっそりと購入してくれていたのであった。


二回だけ、父と一緒に講演をしたことがある。一回目は私の知り合いからの依頼で、北海道の網走で学校の先生たちに、地域づくりというテーマで話をするというものだった。まず私が札幌を題材として、地元の良さを見直そうと三十分間話した。次に一時間半、父が話した。私はこのテーマで父が何を話すのかが気になっていた。父の講演を聴く機会など、それまでほとんどなかったのだ。父は開口一番こう言った。

「息子がちゃんと話をできるのか心配していたんですが、ちゃんと話していて安心しました」

聴衆は笑った。それから父が話したことは、道元の話と、最近行ってきたばかりの南極の話だった。テーマとはおよそ関係のない話だった。南極に地域づくりなどない。今、自分の話したいことを話すといった感じであった。テーマに沿って話そうと気をつけていた自分がおかしくなった。つまりは、何を話そうとも、お客さんが喜んでくれることが一番なのだ。道元や南極について、生き生きとその魅力を語った話はおもしろかった。それでよかったのだ。以後、講演するときは、来てくれた人に楽しかったと思ってもらえるように、気をつけるようになった。

もう一回は、柏艪舎から父が新刊を出したときの、札幌での記念講演であった。ちょうど私の二冊目の本が柏艪舎から出されようとしている頃でもあり、私が特別ゲストということになっていた。父の講演のまんなかあたりで十五分くらい、二人で対談するという趣向だった。とても広い会場で、お客さんは半分くらいの入りだった。主催者が父に「すみません。広いところしかとれなくって」と言うと、父は「気にしないでください。私は、一人を相手に講演したことがありますから。あのときはつらかったですよ」と答えた。北海道での講演なのに、父は足尾での植樹活動の宣伝をし、植樹デーにはぜひ来てくださいと呼びかけていた。講演終了後は、二人で机を並べてサイン会をした。もちろん、父の前に並ぶ人がほとんどだった。父は一人一人にサインを書き、求められれば話をしていた。その対応はとてもていねいなものだった。こうやって読者を大切にしてきたのだな、と思った。

仕事上で接点があったのはこれくらいしかなかったのだが、どちらも学ぶべきところがあった。

鳩摩羅什

亡くなる数か月前の、二〇〇九年の七月下旬、父は膝の皿を割るという怪我をした。雑誌「岳人」に連載していた「日本百霊峰」の取材のための登山中に、転んでしまったのだ。父は栃木県勤労者山岳連盟の救助隊長森初芳さんに助けられ、ほとんど背負われるようにして下山したのだという。このときのことを父は次のように書いている。

「膝に激痛が走り、四つんばいになったまま私はしばらく起き上がることができなかった。同行者たちが凍ったように私を見ていることがわかった。森さんがリュックを開いて救助用品を出し、私の膝にテーピングをしてくれた。

激痛の中であったが、私は起き上がった。左膝が曲がらないので、左足を踏み出してからその位置に右足を半歩だけ進めて揃えるようにすれば、左膝はあまり曲げなくてもすむ。もどかしい限りではあったが、機械仕掛けの人形のように少しずつ歩くことができた。下りではあっても当然起伏があり、自分の都合よい道ばかりがつづくわけではない。困って立ち止まっていると、背後で森さんが私のベルトをつかんで腰を持ち上げてくれる。実によいタイミングで手を貸してくれるので、私はゆっくりではあったがなんとか下山することができたのだ」

（立松和平『百霊峰巡礼・第三集』東京新聞出版部、二〇一〇年）

その直後の二〇〇九年七月二九日、父は膝に大層なサポーターをつけた恰好で車椅子に乗せられて、札幌にやってきた。市民向け公開講座「さっぽろに南極がやってくる！」があり、父が講演をすることになっていたのである。父にとっては怪我を押しての旅と仕事であったが、私の子どもたちにとっては数少ない祖父母と出会える機会となった。

私は上の子二人を連れて講演を聴きに行った。南極昭和基地と会場をテレビ会話システムでつないで、父は南極にいる知人と話をしていた。講演後は家族皆で食事をして、ホテルの部屋に遊びに行くくらいの短い時間であったが、今となってはかけがえのないひとときであったと思える。

生前、最後に父と会ったのは、父が具合の悪くなる十日ほど前の年末年始だった。札幌と東京と、住まいが離れていることを考えると、なんというめぐりあわせだったかと思う。しかも、妻と四人の子どもも一緒だった。

妹の家族と私の家族とが、両親の住む家に、文字どおりぎゅうぎゅう詰めに会したのは、このときだけではなかったか。子どもたちははしゃぎ、玄関と居間を隔てるガラス戸を倒して大騒ぎになったりした。

いよいよ明日は東京を離れるという最後の晩のことであった。私と父と母は居間で、衛星放送を観ていた。「男はつらいよ」シリーズ最終作の「男はつらいよ　寅次郎紅の花」であった。お酒を飲みながらテレビを観ていたら、たまたま寅さんが始まったのだ。すでに午前零時になっており、最後まで観ようなどとは誰も思っていなかったはずだった。だが、まるで残された時間を惜しむかのように、結局、最後まで観てしまった。父は映画の舞台である奄美大島へ、かつて母とともに行ったことを話した。母は、とてもいいところだったと言った。それから父は、渥美清の姿を見て、「このときはもうだいぶ弱ってたんだよな。あまり動かないだろう」だなんて言っていたのだ。

映画が終わり、すっかり夜更けとなってしまい、父は「最後まで観ちゃったよ。さあ、寝よう」と言った。

翌朝、ぼくたち一家が発つとき、父は家の前に立ち、手を振っていた。なぜだか私は、自分が北海道大学に入るために家を出たときの朝、父がめずらしく早起きして、同じ場所に立って手を振っていたことを思い出していた。これが、意識のある父と会う最後の時になろうとは、露ほども思わなかった。

このあとは、三週間くらいたって、病院のベッドの中で眠る父に対面することになる。父のことを回想してきたこのエッセイも一巡りし、とうとう父の生きた時代を通り過ぎようとしている。ここからは、父の死後、私が体験してきたことを書いていく。父はいないはずなのに、いろいろな場面で父と会うことになるので、結局は父のことを書くことになるだろう。旅はまだ続くし、今も続いているのだ。

父の盟友、歌人であり住職である福島泰樹さんの住持寺下谷法昌寺での通夜の席でのことだった。佼成出版社「佼成」の編集長村瀬和正さんが立ち上がって言った。

「立松さんが『佼成』に連載していた『小説　羅什』が三回にして中断してしまいましたが、なんらかの形で成就させたいと考えています」

村瀬さんの、大胆な決意表明であった。心中ひそかに期するのではなく、立松の親族や親友の面前で言うからには、計画倒れというわけにはいかなくなる。むしろ村瀬さんは、自分自身に向かって言っていたのかもしれない。作者の死により中断された連載小説を誰かに書き継いでもらいたいと。

『小説　羅什』は、四世紀に中央アジアに生まれ、後に長安の都へ行った訳経僧、鳩摩羅什の生涯についての小説だ。彼が漢訳した「妙法蓮華経」などは、今でも日本で読まれているお経である。

後日、村瀬さんより連絡があった。

「立松さんが亡くなって間もない時期に恐縮ではありますが」という前置きのあとに、「『小説　羅什』の続きを書くことについて、考えていただけませんか」という打診だった。私はすぐに引き受けることにした。

そのように私はすっかり思いこんでいた。ところが先日、本人に聞いてみると、そうではなくて私から村瀬さんに「書かせてください」と電話をかけたのだそうだ。父の亡くなった直後のことで、記憶は混乱している。

『小説　羅什』を書くにあたっては二つの思いがあった。ひとつには、父のやり残した仕事を引き継ぎ完結させることが、何よりの追悼になるということである。父のためというよりも、何ら心の準備もできないうちにいなくなってしまったので、むしろ、父の死を自分の心の中に収めるために、私にとって必要な作業と言えるのかもしれない。

もうひとつは、大きな仕事が来た、ということであった。長期にわたる連載になるということ以上に、小説を書くことが大きな挑戦であった。これまで小説を書いたことはあったものの、一度として活字になったことはなかった。だから自信があったわけではない。

ただ、これまでの経験上、自ら張りきって乗り出していくような仕事よりも、むしろ、思ってもみなかったところから転がりこんできたようなもののほうが、評価される作品になったりするものだと思った。そもそも、私が初めて本を出したのも、突然依頼のあった、札幌についてのノンフィクションであった。それまで一所懸命に童話を書いていたのに、まったく違う内容のものを書くことになったのだ。そしてそれは、ささやかながら増刷もされたのだった。まったく仏教についての素養はなく、鳩摩羅什という人物の名さえ聞いたことがないくらいだったのだが、『小説　羅什』に無心で取り組んでみようと考えた。

村瀬さんと、担当編集者である池田美絵さんに新宿の喫茶店で会った。

「ぜひ書かせてください」

こうして、長い長い、鳩摩羅什とともに歩む旅が始まったのだ。続きを書くと宣言したのはいいけれど、それには相応の、というよりもかなりの準備が必要だった。そもそも仏教とはどういうものなのか。ブッダは何を考えたのか。というところから学ばなくてはならない。自分の中に仏教の教えを取りこんでいなかったら、鳩摩羅什になりきることはできない。もちろん、体得するといった境地に達することができればよいのだが、それは一生を懸けて修行してめざすものだろう。だが、できるかぎりのことはして臨みたい。

手始めに、大きな書店に行って仏教の棚を見て、参考になりそうな本を探した。「仏教とはなにか」というような基本書なら、うまく見つけられた。ところが肝心の法華経に関しては、このとき失敗をした。

日蓮宗が法華経なのだということくらいは知っていた。日蓮宗の法昌寺に何度か行き、南無妙法蓮華経と唱題を唱えたこともあったからだ。ところが私は、恥ずかしながら、天台宗が法華経であることを知らなかった。だから、書店では日蓮宗の棚を見ただけで探すのをやめてしまったのだった。天台宗の棚にもごっそり、良書があったことを後に気づくことになる。

広尾にある都立中央図書館へも足を運んだ。実家の近くであり、子どもの頃入館しようとして、年齢制限にひっかかり、入れてもらえなかったことを思い出した。「鳩摩羅什」で検索すると、思ったよりも少ない数がヒットした。片っ端からコピーを頼む。

妖怪の巣のような、本に埋もれた父の書斎にも分け入り、資料を探した。以前、村瀬さんと池田さんから父に送られてきた、本やコピーの入った封筒には、父の筆跡で「クマラジュウ」と書いてあった。このとき、岩波文庫の『高僧伝（一）』を書棚の中に発見した。これは父が亡くなる半年前に、文庫化されたものである。鳩摩羅什の生涯を知ろうとするとき、もっとも頼りとなる重要文献だ。かつてはとても手に入れにくいものだった。この本がすでに、父の書斎にあったことを知り、父の思考の筋道をたどっているような気がした。

私は勝手に、鳩摩羅什を書くことに対して、岩波書店からも応援されているような気になった。もちろんこの時期に出版されたのは、ただの偶然である。ただ、いくつもの偶然が重なって、ひとつの必然を作り出すということが時にはあるのだとも思う。この頃の鳩摩羅什との出会いを思うと、一本の道が私の前にあって、ただその上を歩いていけばよい、と言われているような感じがする。誰に言われているのか。鳩摩羅什か。それとも父か。両方かもしれない。

こんなこともあった。資料になりそうな玄奘の『大唐西域記』を探していたとき、どうも、父が持っているのではないかと見当をつけて書斎を物色すると、まさにその本があったのだ。このときはかなり嬉しかった。さらに、インターネットで参考資料として古本の『週刊シルクロード紀行　西安　長安1』『長安2』朝日新聞社、を注文したときは、もっと驚いた。中身はわからないまま、題名だけで購入したのだったが、なんと、父の書いた記事が両方に載っていた。まるで父に行動を見られているような気がしてならなかった。

さらに、二〇一三年の夏、野田知佑さんと十七年ぶりにカナダのユーコン川へ行ったのだが、その旅に写真家の佐藤秀明さんも同行した。カナダの湖のほとりで、佐藤さんは言った。

「西安でお父さんと一緒だったよ」

『週刊シルクロード紀行　西安』の写真は佐藤さんが撮っていたのだった。カナダでシルクロードの話になるとは思わず、驚いた。

村瀬さんの提案で、まず、神戸に大学の先生を訪ね、鳩摩羅什についての個人教授を受けることになった。なんと贅沢なことだろうか。だが、それだけの投資に見合う作品を書かなければならないということなのだ。

先生の助言もあり、中国取材へ行くことにした。鳩摩羅什は四世紀に亀茲国で生まれた。現在の中国新疆ウイグル自治区内にある、クチャという街にあたる。そこから鳩摩羅什はおそらく、パキスタンとインドの国境付近、カシミール地方あたりまで、修行のため厳しい旅をした。そこで、中国からカラコルム山脈を越えてパキスタンへ行き、陸路でインドに向かい、さらにブッダゆかりの仏跡を訪ねるという計画を立てた。どうせシルクロードに行くならば、敦煌にも寄ろうと考え、盛りだくさんの大取材計画となった。写真を撮るのが苦手なので、友人の写真家保苅徹也さんを誘ってみたら、二つ返事で面白そうだから行くと言ってくれた。

ところがパキスタンの政情が不安定で、国境を越えていくという計画には、あるていどの危険が伴うということがわかってきた。そこで今回はまず、中国側からパキスタン国境まで行き、引き返すことにした。

北京を経由して向かったのは、敦煌だった。敦煌には世界遺産莫高窟がある。鳩摩羅什が生まれた四世紀から、約千年もの間作られ続けた石窟寺院である。ただし、目当てはあくまでも鳩摩羅什の足跡をたどることなので、五世紀初頭までのものに関心があった。隋代だとか、唐代だとか説明が書いてあると、「新しすぎる」と思ってしまうのが、我ながらおかしかった。父は何度もこの地に足を運んだ。ついに一緒に来る機会は持たなかったけれど、父が好きだったこの地に来ることができてよかった。

敦煌からさらに西をめざす。鳩摩羅什の生まれ故郷であるクチャに着いた。鳩摩羅什が修行をしたという、キジル千仏洞へ向かう。崖の途中に穿かれた禅堂は、今も鳩摩羅什が坐禅を組み瞑想しているような静かなたたずまいである。車から降りると鳩摩羅什の銅像があった。

「あなたのおかげでここまで来ましたよ」

そんなことを心の中で鳩摩羅什に呼びかけていたのだが、これは父に向けての言葉のような気もした。

鳩摩羅什にとっても、その約二百五十年後に歩いた玄奘にとっても、天竺へ向かう障壁のひとつとして、タクラマカン砂漠があった。砂漠がどのようなものなのか、肌で感じたかった。クチャから南へ二百キロ車で走り、砂漠の中へ歩いて行く。少し進むと、ハイウェイは見えなくなり、視界は砂だけになった。風の音だけが聞こえる。静かだ。そして美しい。けれど、ここを歩いて旅するのは、どれほど困難であったことか。そこまでして仏の教えを運ぼうとした、何年にも渡る情熱の持続に思いを馳せた。タクラマカンとは、「入ったら出られない」という意味の言葉なのだそうだ。

父は妙法蓮華経に学び、よくこう書いていた。

「今いるところが道場である」

常に自己を磨いていくべきだと考えていたのだ。それならば目の前の砂漠もまた、道場なのかもしれない。

若き父がいたインドの寺に行く

シルクロード取材から戻ると、今度はインドへ取材に行くことにした。鳩摩羅什自身の足跡としては、確かなことはわからないものの、北インドくらいまでしか行っていないようだった。玄奘は、世界最高峰の仏教大学とでもいうべきナーランダー寺院を目指したのだが、四世紀にはまだ、ナーランダー寺院はできていない。

けれど、仏教のことを書く以上は、ブッダのいた場所に身を置いてみたかった。また、法華経の中では、ブッダが法華経を説いたのは霊鷲山であると書いてある。実在するグリットクラータ山のことである。霊鷲山にも登ってみたいと考えた。

実は、インドへ行くにあたっては、鳩摩羅什とは別のもう一つの隠れたテーマがあった。私が生まれたとき、父はインドにいた。その足跡をたどってみたいということだった。父が亡くなり、鳩摩羅什の足跡をたどろうと思い立ち、ブッダの足跡も探しているうちに、父の青春時代の場に足を踏み入れようだなんて考えるようになったのだ。父が生きていたとしたら、インドへ行くことも、なかなかなかったような気がする。

思い出したことがあった。大学生になってからのことだ。父が「インドへ一緒に行こう」と誘ってきたことがあったのだ。当時の私は、父とともに、それも父が青春時代に足を運んだインドへ行くだなんてことは、およそ、やりたくないことだった。実家を離れ、できるだけ父から遠いところに身を置きたいと考えていたのだった。だから、ごくごく簡単に「一緒になんて行きたくないよ」と断ったのだった。しかもそのとき父は、「一緒に行くだけで、現地では好きに行動したらいい」と言っていたのだった。

そこまで言われたのならば、一緒に行けばよかったなどと、今さら、いくら考えてみてもどうにもならないことだ。父は息子と一緒にインドへ行きたかったのだ。私はちっとも忙しくなかったのに、そのくらいの願いをかなえてあげようともしなかった。そんなことを考えながら、私はインドへ向かった。

ラージギルへ行き霊鷲山に登ったあと、竹林精舎跡へ行った。隣接する日本山妙法寺へ行ってみたが、住職は留守だった。この寺に二十代の父はいたはずなのだ。後に父はラージギルを再訪し、こう書いている。

若き日の私は日本山妙法寺にまっすぐ向かったのだった。そこにいけば寝る場所と食事とがもらえた。朝と夕方のお題目を唱えるお勤めはしてもしなくても何もいわれなかったが、私はかかさずにでた。他にすることもなかったし、せめてそのくらいしなければ申しわけないという気持ちがあったからだ。

竹林精舎の前にはアジャーサットゥ（阿闍世《あじゃせ》）王を祀ったものと伝えられるストゥーパの跡

があり、その隣に日本山妙法寺はあった。

懐かしい思いで私は山門の前に立ったのだった。建物は当時のままであったが、現在は寺として使われてはいない。近くに立派な寺ができて移転していったのである。

建物も庭もそのままなのに寺でなくなったというのは不思議な光景であった。建物には何人もの職人たちが集まり、塗装工事がおこなわれていた。現在は学校として使われている。私が寝泊まりしていた寺の片隅の小部屋も、そのまま残っていた。半開きになった扉から中を覗くと、埃だらけで寝具も置いていない。改めて確かめると、六畳ほどの角部屋である。ここが私の青春の地なのだ。

（立松和平『ブッダその人へ』学陽書房人物文庫、二〇〇一年）


ということは、寺ではなくて学校を探すべきなのかもしれない。寺の前の食堂で尋ねると、確かに古い寺が小学校になっているという。私は小学校へ向かった。先生に訳を話し、中を見せてもらった。井戸の近くの部屋に泊っていたのではないかと言う。子どもたちが熱心に楽しそうに掃除をしていた。

寺に戻ると、八六歳になるという尼僧がいらっしゃった。もしかして、三十八年前にここに来た父のことを知っているのではないかと思ったが、当時は別の寺にいたとのことだった。でも、当時はホテルが一軒とこの寺しか泊るところがなかったこと、旧道場は十七部屋あって二人ずつ泊れたこと、当時は来た人にストゥーパを建てる手伝いをしてもらったことなどを聞いた。

今の私よりも一回り若い父の姿を思うと、目まいがするような気がした。それも父になった直後の父、しかも父自身はまだ、わが子の誕生を知らせる手紙を読んでいないときのことである。

旅の終わりに、もうひとつ、父にちなんだ場所を訪れた。コルカタの日本山妙法寺である。たまたま若い修行僧しかいなかったが、ちょうど夕方の法要の時刻だった。二時間にわたり「南無妙法蓮華経」と題目を誦えつづける行を二人でおこなった。父のことを知っており、「お父さんはこの寺についてなんと言っていましたか」とたずねられる。

「お金のない人が泊めてもらえた、と言っていました」

「今でもそうですよ」

ここここそが、私が生まれたことを知った父が、帰国することを決意した場所なのであった。私が生まれたことを告げる手紙を、母から受け取った父は、この寺で一週間の断食行をおこなった。

こうして綿屑のように漂う時間は過ぎ、私は子供の待つ家に帰らなければならない。「親しみ慣れることから恐れが生じ、家の生活から汚れた塵が生ずる」というその家の生活へ、私は戻っていくのだ。妻と二人だけの気ままな暮らしとは違い、子供がいて家らしい形になっている。

今だからいおう。行者になってもよいのだという気持ちが、多少なりとも私にはあった。だが私はきた道を戻っていったのである。

（立松和平『ブッダその人へ』学陽書房人物文庫、二〇〇一年）

父はこの寺で断食行をおこないながら、日本に帰らないということを考えた瞬間があったことを、告白している。これは私にとって、酷なことであった。だが、結局、父は帰ってきたのである。

とにかく家にいれてもらい、ベビーベッドにいる新しい人に対面させてもらった。生きて動いていた。私は新しい人に触れてはいけないといわれてしまった。一人で戦争にいき、勝手に敗れて逃げ帰ってきたような風体の私である。自分が嬉しいのか悲しいのか私にはわからなかった。私は距離を置いてただ見ているばかりであった。乳のにおいが部屋中に満ちていた。私は戸惑いながらも幸福だったのかもしれない。

（立松和平『ブッダその人へ』学陽書房人物文庫、二〇〇一年）

「私は戸惑いながらも幸福だった」と書けばよさそうなものなのに、「幸福だったのかもしれない」と書いている。父は正直に自分の心情を吐露しているのだろう。だが、子どもを持ったことに対して、素直に喜びを表現できないところに、父の本質的な放埒さを感じてしまう。それはもしかしたら父の本の愛読者にとっては魅力と感じるところなのかもしれないが、肉親としては、悲しい部分なのである。

さて、引用した『ブッダその人へ』という本についても触れておきたい。インドへ仏蹟巡礼をし、自らのブッダを追い求める心について書いたエッセイである。これを書く準備をしていた一九九三年、「光の雨」という連載小説が盗用ではないかという抗議を父は受けた。連載は打ち切られ、父は失意の中にいた。そんな状況下、父は「編集部のM君」とともにインドを旅した。父はブッダに会い、再びペンを執ることを決意する。

実は、この「編集部のM君」こそが、佼成出版社「佼成」の編集長村瀬和正さんなのである。「小説 羅什」をなんとしてでも完結させたい、という村瀬さんの思いは、父が苦境に立っているとき、ともに旅をしていたことに関係しているのだろう。このときのインドの旅を提案し同行した村瀬さんは、父を支え手助けした人なのである。

そして今、「鳩摩羅什」に並走してくれている村瀬さんによって、私は小説という表現方法に出会ってしまった。まちがいなくこの「小説 羅什」をきっかけとして、今後も物語を書いていくことになる。これが縁というものであろう。そして縁とはブッダの思想そのものなのだから、私たちは皆、ブッダともつながっているようでもある。さらには本の読者とも縁を結んでいくのだから、いろんな人が絡み合うことになり、そこには死んだ人も生きている人も含まれており、実に愉快なことである。

中国やインドを取材中も、私は「小説 羅什」を書き続けていた。帰国後も書き、編集部に原稿を送り、何度も打ち合わせをした。父が最後の回を書いたのは、二〇一〇年の三月号だった。

そして、私の鳩摩羅什が歩き出したのは、一年後の二〇一一年四月号であった。今のところ、二〇一五年に完結する予定である。

いきなり、無名の書き手が長く大きな連載の場をいただいたということは、とても幸運なことだと思う。精一杯のものを書こうと努力するほかはない。はじめは、父の追悼の気持ちで取り組んでいた。精魂込めて取り組むことのできる仕事をいただき、物語に追悼の思いをこめることによって、自分自身が救われてもいた。

だが、すぐに、それは始まりのきっかけにしかすぎないということに気づいた。四年にも渡る連載小説は、自分の全てを投入しなければやりきることはできない。私の中には、父への追悼の気持ちだけが詰まっているわけではない。やがて、追悼ではなく、鳩摩羅什を目の前に生きている人物にすることに力を注ぐようになっていったのは、必然だった。

そして今、ようやく着地点が見えはじめてきたところである。父が始めた鳩摩羅什の物語を終わらせたとき、ようやく私は、さらに遠くを目指す旅に出発することになるだろう。そのときになってはじめて、私は亡くなった父に「行ってくるよ」と手を振ることになるような気がしている。まるで、家を出た一八歳の春のときのように。

父の書斎には、膨大な記録ノートが残されている。取材先、旅先でのことを中心に、行く先々で出会った人のこと、できごと、観察したことなどについて克明にメモを取っていたのである。取材を兼ねている家族旅行でも、人に話を聞いては書きつけている姿が思い起こされる。どんなときでも、どんなことでも、とにかく書きつけておく。これが作家の性である。もっとも、メモは取らず、すべてを記憶している人もいる。あるいは、「覚えていないようなことは重要でないことなのだ」と豪語する人もいる。だが父は、メモ派であった。

私もメモ派というか、「自分の記憶は当てにならないことをよくわかっている派」である。だから、見聞きしたことをとにかく記録しておく。後から、その記録よりも詳しい細部を描写することは難しいと思っている。父が最後に入院したときも、病院での様子を記録していた。もっとも、このときは、父が元気になると信じており、父に見せるつもりで書いていたのだ。結局、父に伝える機会もないまま、メモだけが残ってしまった。

そのメモのおかげでこの「振り返れば父がいる」の冒頭部分を書くことができたのだが、このメモは「小説 羅什」を書くときにも役に立った。主人公のお母さんが死ぬことになってしまったのである。「死ぬことになってしまった」とは他人行儀な言い方で、実際はお前が書いているんだろう、と言われてしまいそうだ。でも、私の実感から言うと、確かに、登場人物は私の意図を越えて動き出し、悲しいことに「死ぬことになってしまった」のであった。

お母さんは救急病院に運ばれ、ＩＣＵに入院し、結局亡くなってしまう。その場面を書くとき、父の臨終前後のメモが大変役に立った。親の死さえも文章を書くことに利用してしまうものなのか、と自分でも思いつつも、実際に見てきたかのように描写できて、手ごたえを感じた。それはそうだ。実際に見てきたのだ。お母さんが亡くなったあとに、僧侶が読経する場面もまた、本当に起こったできごとが元になっている。

小説を書きながら、父の死を追体験するような形になってしまった。ただし、この小説は法華経をめぐる物語であったため、死というものをどうとらえるかということも、一つの主題である。だから、物語は、病院で実際に体験したことをなぞるだけにとどまらなかった。肉親の死をどう考え、受けとめたらよいのか、主人公が悩む。主人公に恋人や友人が寄り添う。僧侶が説く。そして、どのように心の中に、喪失を収めていくかというところまで書くことになった。

この作業は、実は、現実において、父の死を私が受けとめることそのものであった。つまり、物語を書くことによって、書いている自分も書かれた物語に支えられていたのである。

鳩摩羅什のおかげで、私の出生時に関わりのあるインドの寺にまで行けた。それだけではなく、法華経を通じて、父の死を経験した後の心の置きかたにまで、影響を受けた。これもまた、縁というものなのだろうか。

生まれる人もあれば、死んでいく人もある。こんなとき、「諸行無常」とはゆったりとした考え方のようでいて、なかなか鋭い言葉なのだなあと思わずにはいられない。人が死んでいくことは、どうしても悲しいことなのではある。けれど、すべてはうつりゆくものならば、死もまた、自然なことなのだと考えることができる。

こんなふうに思いをめぐらせている自分に気づくと、いつのまに仏教的なものの見方をするようになったのかと驚かされてしまう。

弥山のお守り

海外取材から帰ると、「サンデー毎日」誌に中国・シルクロードに鳩摩羅什を探しに行った、という内容の記事を寄稿した。父の旧知の毎日新聞社の方を訪ねると、私を快く受け入れ、「サンデー毎日」の編集長に話をつないでくれたのだ。父がいかに愛されていたかを知る機会となった。

以後、私は腰を据えて、仏教と法華経の勉強に没頭した。そもそも『法華経』の原典はサンスクリット語で書かれ、それをもとに鳩摩羅什が漢訳したと考えられている。そのため、『法華経』を読もうとするときは、サンスクリット原典からの日本語訳、鳩摩羅什によって書かれた漢文、その漢文の読み下し文、さらにその漢文の現代日本語訳という、四通りの表現に接することになる。

「小説　羅什」を書くときには、しばしば『法華経』からの引用が必要になる。その際に重宝したのが、立松和平『はじめて読む法華経』（水書房）、であった。これは父が鳩摩羅什訳の「妙法蓮華経」をもとにして、『法華経』の全文をやさしい日本語に移し換えたものである。父は手書きの人であったので、当然、この『法華経』の全文を一度、原稿用紙に万年筆で書いたわけである。それをさらに私は、原稿用紙に鉛筆で写した。もちろん、父の手を経たとはいえ、純然たるお経であることに違いはないのだが、そこここに父の息づかいと文体が感じられた。
巻末の二三ページにも渡る長い「おわりに」の最後に、父はこう書いている。

「人間への無限の信頼を物語っている常不軽菩薩が、私は好きである。ここには現実の中で実際に生きるべき人間の理想が語られている。人に軽んじられても軽蔑されても、人間への信頼を失わず善意で生きる常不軽菩薩のように、私は生きていきたい」

（立松和平『はじめて読む法華経』水書房）

父が鳩摩羅什について書いた文章はそれほどないのだが、このように法華経について書いたものは、大きなヒントを与えてくれた。もちろん、父ならこう書くだろう、と類推して、鳩摩羅什と法華経について書いていくわけでは決してない。あくまでも私自身の鳩摩羅什に立ち上がってもらわなければならない。ただ、そうは言っても、これまで何の関心も払ってこなかった法華経について、私の法華経観などというものがあるはずもなく、他者が法華経をどう受けとめてきたのか、ということを知るところから始めるほかなかったのだ。そのため、父が常不軽菩薩に関心を抱いていたという点に注目することは、法華経の森に分け入っていくひとつの入口となった。
さらに進んで行くと、父が常不軽菩薩に関心を抱くようになった背景には、宮沢賢治の存在があったのではないかという気がしてきた。手帳に書き遺された「雨ニモマケズ」で書かれている理想の人物は、常不軽菩薩の精神を体現しているると言われているのだ。子どもの頃家族で行った東北旅行についてはすでに書いた。あのとき、宮沢賢治の故郷である、岩手の花巻にも行き、宮沢賢治記念館に立ち寄ったことを思い出した。

「佼成」誌の二〇一一年一月号には、「小説　羅什」が、四月号より再スタートするとの予告が掲載された。著者からのメッセージとして私が書いた文章は次のようなものである。「幹夫くん」というのは、父が書いた三回分の小説の中に登場した、主人公の青年の名である。

「いったい幹夫君はどうなってしまうのか。羅什はいつになったら登場するのか。気になっている皆様へ

父・立松和平が書いていた「小説　羅什」の続きを書かせていただくことになりました。このような機会を与えていただいたことに感謝します。

羅什が登場さえしてないということに、はじめはとまどいもありましたが、「お前ならどうする?」と父に挑戦状をもらったような気もします。父はシルクロードやインドが大好きで、何度も旅をしていました。私も羅什のいた地を知らねばならないと考え、二〇一〇年の秋、中国とインドを、鳩摩羅什訳「妙法蓮華経」と父の使っていたカメラを携えて取材してきました。一六〇〇年前の羅什の存在を、そこここに感じることができました。

私が勤めを辞めて文筆の道に進もうとしたとき、父は敢然と反対しましたが、後にはそれとなく、小説を書くように導いていた節もありました。書くための準備について教えてくれたのです。そのことがこのような形で役に立とうとは思ってもみませんでした。

もしかしたら、父は私の書く羅什を見て、「やっぱり俺のほうがいいな」だなんて思うのかもしれません。ブッダはその生涯の最後に「怠ることなく修行を完成させなさい」と言いました。羅什を完成させることは私の励むべきことです。だから、父には「まあ、もう少し見守っていてよ」と答えることにします。

これから始まる羅什と幹夫との、波瀾万丈の旅は長いものになるでしょう。どうぞ、最後までおつきあいくださいますように。

ブッダ涅槃の地、クシナガラにて　横松心平」

（「佼成」二〇一一年一月号）

こうして、二〇一一年の四月号より、連載が始まった。四月号が発行されてまもなく、東日本大震災により日本は揺れた。

その頃、多くの人が、自分も何かしなければという思いに駆られた。私の住む札幌では、震災の前後でほとんど生活に変化がなかった。そのせいもあってか、何もせずにのうのうと暮らしている場合ではないと、焦りばかりが募る。だからといって、幼い子を育てている身としては、被災地へボランティアとして駆けつけることなどできず、せいぜい拠金をするくらいだった。

そんな日々の中でも、幹夫くんがどう生きていくか、そして鳩摩羅什をどう登場させるか、さらにこの二人がどのように関係しあうのか、考え続けていた。そんなある日、この「小説　羅什」を、被災して苦しんでいる方々が目にするかもしれないということに気づいた。幹夫くんについては、すでに父が物語を始めていたのだから、私も書き継がなければならない。一言で言うと、生きることに苦しむ青年の再生と成長の物語である。だとすれば、誠意をこめて幹夫くんに向き合えば、読者を励ますことになるかもしれないと考えたのである。

これは幾分、自分自身にとって都合のよい考え方なのかもしれない。自分のやっていることを正当化するための詭弁だったのかもしれない。けれど、物語が成功すれば、読者は主人公に自分を重ね合わせるということも、真実である。そのことは私がこれまで読み散らかしてきた数々の物語を思い出してみれば、明らかである。『ロビンソン・クルーソー』を読んだとき、確かに絶海の孤島での孤独を感じたはずだ。『赤毛のアン』を読んだとき、確かにりんごの花咲く並木道の見事さに息を呑んだのだ。だから、幹夫くんが懸命に生きる姿を描いていけば、自分も頑張ろうと読者に思ってもらえるかもしれない。

そう思い至ったとき、未来が開けたような気分になった。そうか。物語を紡ぐということは、こういうことなのだ。架空の人物に命を吹きこみ、もうひとつの世界を提示する。それは困難な作業であるが、全力を傾注するのに値する仕事である。

もし、父が生きていたら、私は小説を書かなかったかもしれない。そうしたら、こんなことも考えはしなかっただろう。だから、とても不思議な気がする。かつてよく、私はこうたずねられたものだ。

「お父さんの後を継がれるんですか」

そのたびに私は、

「いえいえ。作家は家業ではありません。決して後を継げるようなものではないんです」

と答えていた。だが、結果として、現実に「後を継いでいる」ことになっているではないか。

これまでたくさんの本を読んできた。活字中毒のようなもので、読まずにはいられなかった。子どもの頃は読書をするとほめられたりもするが、ずっと私は、読書癖は決して役に立たない性癖だと思ってきた。ところがいざ、自分が書く側に立ってみると、これまでの手当たりしだいの読書が、貯金になっていることに気づいた。たくさんのお話を自分の内部に抱え込んでいることは、新しい物語を紡ぎ出すための資力になっていたのだった。


連載が始まって間もなく、再び、中国へ取材に赴いた。目指すは、鳩摩羅什が生涯の最後に、やっとたどりついた長安の都、現在の西安である。だが、せっかく中国まで行くのならば、あちこち見てこようと思った。そこでまず、道教における古からの聖地、泰山へ行く。四時間半、延々と石段を大勢の参拝者たちとともに登り続けるという、他では得難い経験は実に面白かった。

山上にて、山のへりに一人で座って、眼下に広がる峰を見ていた。すーっと気持ちが風景の中に溶けていくような感じがした。仙境とはこういうものかと思った。風の吹く音、鳥の鳴き声のみが聞こえる。このときふと、霊峰という言葉が頭に浮かんだ。私は地面に寝転がって、天を仰いだ。

ここそ、霊峰ではないか。

父は「岳人」誌に、「百霊峰巡礼」という連載を続けていた。日本人が国内各地で信仰してきた聖なる山を百座登りルポを書くという、容易ではない企画だった。これも父の死により七三座目で中断してしまったのだが、泰山巡礼の旅についてのルポを書いて、「岳人」編集部に送ってみたいと思い立った。鳩摩羅什をめぐる旅の途中であったが、中国の聖山の上で、なぜか父とつながってしまった。これも、もしかしたら聖地ゆえの不思議な作用なのかもしれない。

取材を終え帰国すると、早速、ルポを書いて編集部へ送った。すると、「『岳人』は登山の雑誌なので、泰山は山とはいえ、ちょっと違う感じになってしまいます。立松さんが亡くなって二年立つ頃に、追悼記事として、別のものを書きませんか」という話になった。そこで父が登った山を再訪し、ルポを書くことになった。季節は冬を迎えていたので、登れる山は限られる。検討した結果、宮島の霊峰弥山に行くこととなった。このとき、日本の聖山においても、不思議なことが起こった。あまりにできすぎた話で、小説を書くときには決して書かないようなできごとだった。

「父・立松和平は亡くなる前年に、宮島の霊峰弥山に登った。追悼のための弥山登山をするにあたり、父が着ていた緑色のヤッケを持っていこうと思った。何度か着たことはあったが、山に持っていくのは初めてだった。ヤッケを手に取ると、内ポケットに何かが入っている感触があった。取り出してみると、小さな紙袋だった。「御肌守　大本山大聖院」と書いてある。大聖院という文字を目にしたとき、胸騒ぎがした。包みから御守りを出してみると、鮮やかなオレンジ色の御守りに、「宮島　彌山」と刺繡がしてあった。

信じられなかった。この御守りは父が弥山で求めたものにちがいない。明日、弥山に登ろうとしているぼくを、父が見守ってくれているのだろうか。御守りをポケットに戻し、宮島へ向かった」

（横松心平「父・立松和平の足跡を追って」「岳人　二〇一二年四月号」中日新聞東京本社）

これは本当の話である。

宮島へ行った私は、地元の方にいただいた高さ二〇センチほどの「ねがい地蔵」を、弥山山中の享保一七年と刻まれた石仏の隣りに置いてきた。手を合わせ、「ここまで来ましたよ」と父に報告した。このお地蔵さまは、今も、ひっそりと山中にいらっしゃるにちがいない。いつか再訪したいと思っている。

こんなふうにして、思いもかけない場で父と出会ってしまうことがあり、そのたびに父の大きさを感じずにはいられないのだが、これもしょせん、私が父の行動をなぞって動いているからなのだろう。鳩摩羅什然り。弥山然りである。父の思い出やエピソードについて講演してほしいという話もときどきある。だが、いつまでも追悼ばかりやっていてもいけないとも思う。亡くなった人のことを忘れたいとは思わないけれど、やはり、亡くなった人は亡くなった人、生きている人は生きている人として、自分の道を歩いていくほかないのである。

もちろん、意志を継いでいく部分もあるし、継いでいかない部分、あるいは継ぎようもない部分もあるのだろう。父は作家という、どこまでも一人で鉱脈を掘り進んで行くような孤独な職業を選んだ。だから、たいていのことは、後を継ぐというようなことは難しい。だが、そんな中でも、バトンを受け取り、私もまた次の世代に渡していくべき、息の長い試みというものも、確かにある。それが足尾での植樹活動である。

足尾銅山の鉱毒により下流域が汚染され、精錬所からの煙害により足尾の山は荒廃した。その足尾の山に植樹をし、緑を取り戻そうという挑戦は、少なくとも一〇〇年かけて行なうべき取り組みである。父が深く関わったこの運動に、私が関わるようになった。さかのぼると、私たちの祖先が足尾で働いていたことに行きつくことになる。

自分の心に木を植えていく

父は、足尾に緑を育てる会の顧問をしていた。言わば広告塔みたいなもので、日本中どこで講演会をしても、必ず「四月には足尾に木を植えにきてください」と言って回っていた。母に聞いてみても、「足尾はお父さんにとって、特別なところだった」と言う。ただ宣伝するだけではなく、実際に足尾まで行き、急峻な山に登り植樹をしていた。

なぜ足尾なのか。これにはわが家のルーツが関わっている。父の曾祖父が、生野銀山から明治十年前後に足尾銅山開発にやってきたのが始まりである。鉱夫となり、晩年には鉱夫たちを派遣する飯場の経営に専念していた。父の祖父は病弱で、家業を継ぐことができなかったため、叔父が継いだ。子どもの頃、夏になると必ず父は、足尾で過ごしたのだという。つまり、うちのご先祖は、足尾銅山で働いていたのである。労働者とはいえ鉱毒事件を引き起こした側の人間である。田中正造の敵であった古河鉱業によって、生計を立てていたのである。

渡良瀬川源流域では、亜硫酸ガスを大量に含んだ煙による煙害、精錬用の薪と炭を作るための伐採、坑道を作るための伐採、坑内から水をくみ出すための蒸気機関の燃料のための伐採、野焼きによる山火事などにより、足尾の山々がハゲ山と化した。このため山の保水力がなくなり、下流域を洪水が襲った。この水に鉱毒が含まれていたため、下流域を汚染した。これが足尾銅山鉱毒事件である。

父が足尾の山に木を植える活動を熱心におこなっていたのは、日本の近代化の影の部分に対する始末をつける、という気持ちもあっただろう。田中正造が説いた治山治水を成し遂げようという思いもあったはずだ。また、ご先祖が携わったことへの罪滅ぼしのつもりもあっただろう。そして、たぶん、子ども時代を過ごした足尾の緑と清らかな水の豊かさが好きだったということが精神の根底にあったからこそ、足尾の植樹活動に力を入れていたのだと思う。観念的な動機だけでなく、自分の触れた山間の自然を大切にしたいという思いがあったことが、長年にわたる活動を支えたのではないだろうか。

父は足尾について、『恩寵の谷』という長い連載小説を書いた。そして、同時期に『毒　風聞・田中正造』を連載していた。異なる媒体において、並行して書いていたという精力は並々ならぬものである。しかも、まったく異なる話ならいざ知らず、一本の川の上流と下流で起こっていたことを書くなんて、よく頭の中で整理がついたものだと思う。

ただその一方で、むしろ、この二作品は、同時に書かなければならない必然があったのかもしれないとも思うのだ。自分の血の来歴を足尾にたどり、まるで現場を見てきたかのように描く『恩寵の谷』と、権力者に翻弄されて命を脅かされている民に寄り添い、涙を流し、烈火のごとく怒り猛る『毒　風聞・田中正造』の中の正造は、一つの時代の中で、対をなしている。このようにとらえるのが自然であろう。だが、対ならば、一つずつ順番に書いてもよい気がする。実は、相対しているものではなく、同じものだととらえると、同時期に書く必然というものが見えてくる。権力者と非権力者、支配者と被支配者と考えると、その二つは対立の構図の中に位置してしまう。だが、この二つの長篇小説は、どちらも、民衆の物語である。いや、田中正造は民衆ではない。偉人であり、国会議員にまでなったエリートであると言われるかもしれないが、「我は下野の百姓である」との本人の言どおり、民衆そのものの人であった。

鉱山で働いているのも民衆である。鉱毒で苦しめられたのも民衆である。どちらに生まれついたかということの違い、さじ加減でしかない。上流の者下流の者、汚染する者される者は、自分の先祖がどちらにいてもおかしくなかった。その中で、たまたま上流部の足尾にいた、ということにすぎないのだ。

明治時代という、日本の近代化を推し進めているまっただなかにおいて、民衆がどう生きたかという、ひとつのものを父は書きたかったのではないだろうか。ひとつのものを書くがゆえに、並行して二つの物語を新聞連載で書くという力技をやってのけたのではないかと、私は思う。

あるいは、もう一つの可能性もある。上流部と下流部で分断されてしまった二つの民衆、二つの物語を、一つに統合したいという願いを持って、小説を書いていたということである。本来ひとつであるはずのものが、分かたれてしまったので、それを綿密に構想された空想の世界の中でつなぎ合わせる、という作業をしたのかもしれない。

こんな評論めいたことを書いたのにはわけがあって、父の没後、私は何度も、足尾と、田中正造のいた下流部に足を運んだからなのである。

足繁く父が通っていた足尾だったが、私はほとんど行ったことがなかった。ただ、幼い頃の記憶の中に、父に足尾に連れていってもらったときのことがある。足尾のハゲ山を前にして、「すごいだろう。枯れちゃって、いまだに木が生えないんだぞ」と父は言ったのだ。その後、父が熱心に植樹活動をしていることは知っていた。だが、というよりも、だからこそ、私は足尾へ向かうことはなかった。

二〇一〇年の二月に父が亡くなり、その年の四月の植樹デーに、誰に頼まれたというわけでもなかったと思うのだが、私は、今こそ足尾へ行き、木を植えなければならないと思っていた。以下、私が当時書いた、未発表の文章を載せておく。

足尾に近づくにつれ、車の列が連なった。苗とスコップを持った、大勢の人たちが歩いている。人びとの、緑を回復させるのだという願いが、足取りの確かさから伝わってきた。この人たちはきっと、皆、二月に亡くなった父・立松和平を知っている。

足尾ダム上流の山々は、聞きしに勝るハゲ山だった。二五年前、父とこのあたりに来たことを思い出した。「木がないだろう」と父は言ったのだった。考えてみると二五年前の父は、今の僕と同じ年齢だ。そここここに父の気配を感じ、涙がにじんできた。

栃木県日光市の足尾銅山は、明治時代以降、日本の近代化に大きな貢献をした。だが、同時に、渡良瀬川流域に鉱毒を流し、公害を発生させた「足尾銅山鉱毒事件」で有名である。下流域に環境破壊をもたらした鉱毒の他に、精錬所周辺での亜硫酸ガスなどによる煙害も深刻であった。煙毒は上流域を襲ったのである。

煙害によって畑は荒廃し、森の木々も枯れ果てた。さらに、坑道を作るため、また初期の精錬には必要だった木炭を作るために、大量の樹木が伐採された。また、春先に行われていた野焼きが原因の山火事も起こり、山林は消え失せてしまった。表土は流れ、岩だらけの異様な死の風景が残された。

父と足尾の縁は深く、母方の曾祖父が兵庫県の生野銀山から足尾銅山へ渡り鉱夫として移住したことに端を発している。父が子どものころには叔父が足尾に住んでおり、夏休みにはいつも遊びに行っていたそうだ。

この足尾の山に緑を取り戻そうと、植樹活動を続けているのが「NPO法人足尾に緑を育てる会」である。父は会の顧問ともなり、毎年、四月の第四土曜日と日曜日に行われている「春の植樹デー」などに参加してきた。そこで今年は、私が行こうと思い立ち、四月二五日（日）足尾へと向かった。

大勢の人たちとともに会場へつくと、足尾に緑を育てる会の理事、石川栄介さん（60）に会った。

「もともと植樹デーは、日曜一日だけだったのですが、参加者が一〇〇〇人を超えるようになり、三年前から土日開催にしました。一九九六年の第一回植樹デーには、一〇〇人集まれば成功だと思っていました。でも、一六〇人も来てもらえました。翌年、立松さんから「CCC自然・文化創造会議／工場（日頃自然の中でものを書き、自然環境の破壊に胸を痛めている作家たちが集まり、自然保護と回復の為に働こうというグループ）」との共催の提案をもらい、参加者が六〇〇人と一気に増えました。立松さんの動員力は大きいんです」

植樹デーは今年で一五回目を迎え、年々参加者は増えている。昨日の土曜日だけで、九〇〇人もの人が木を植えに来た。

父は「自然保護活動は、一〇〇年先を想ってやりましょう。やれば緑になりますよ」と言っていた。そうだとすると、もともと自分の生きている間に結果が出るものだとは考えていなかったのだ。だから、父は思いのほか早く逝ってしまったけれど、残された者たちは、ただ、これまでと同じように木を植え続ければいいのである。それが父の遺志を継ぐということにもなるし、足尾に緑を回復させることにつながっていくのだ。

開会式では、植樹の説明を副会長の秋野峯徳さん（66）がした。

「植えようとする木の根っこの深さの倍、幅の倍まで土を掘ってください。植えた後には、霜柱対策として石を三個のせてください。風も強いので支柱を立てて、上中下の三か所を木にくくりつけてください」

植えたからといって、必ず根付くというわけではない。気候の厳しい場所なのである。

「山に上がると、上で、立松さん待ってますから。握手するような気持ちでいれば、素晴らしい景色が見えてきます」

秋野さんがそう言って、いよいよ植樹が始まった。

植樹地は、急峻な山に登って植えるAゾーンと、健脚でない人でも行きやすいBゾーンに分かれている。私は、どうせなら一番高いところまで行こうと、コナラの苗木を持って、Aゾーンに行く長い長い列の最後尾についた。苗木は自宅から用意してくる人もたくさんいる。東京から来た女性は、リュックに苗木を入れスコップを持って、山手線に乗って、堂々とやってきたのだそうだ。

階段が作られているものの、ほとんど山登りである。年輩の方も、小さい子も頑張っている。だが、みんな、にこにこしている。木を植えるという行為は実にすがすがしく、楽しいものなのである。

途中で振り返ると、茶色の山肌が見渡せた。とうとう六一一段目まで登った。ここからは水平に移動する。

砂漠のような山肌から、岩や石を取り除く。土が流れないように土留の工事をして、水平の場所を作る。そこに土を盛って、やっと木が植えられるようになるのだ。植樹の現場にたどりついて、植樹前の準備の大変さがよくわかった。まったく、一度失われた自然を再生するのには、途方もない労力がかかる。

植樹地につくと、すでに大勢の人たちの手によって、苗木がびっしり植えられていた。ようやく植えられそうな場所を見つけて、スコップで土を掘る。根っこをまるめて穴に入れ、土をかけて踏み固め、石をのせて支柱も立てた。見上げると高い青空が広がっていた。足尾に木を植えたという実感がわいてきた。

もちろん、植樹のボランティア活動なのであるが、同時にこの自然を復元しようとする運動は、啓蒙活動でもあろう。参加者の心を復元させ、豊かにし、そのことによって自然を守り育てていくのである。

一緒に登ってきたご夫婦が近くにいたのであいさつをすると、

「去年、お父さんが私たちのすぐ後ろを登っていらっしゃったんです。今年は息子さんがすぐ前にいらっしゃって、すごい偶然だなと思いました。お父さんは笑いながら、冗談を言いながら、たんたんと登っていました。今年は立松さんの慰霊セレモニーもあるし、ぜひ来たいと思っていたんです」

と言われて驚いた。

植樹を終えて、昼食の時間となった。午後から父の慰霊樹植樹のため、慰霊献土のセレモニーがおこなわれることになっていた。そのため、多くの人たちが昼食後も帰らないでいた。

一人、ぽつんと座っている青年がいたので気になって話しかけてみた。一六歳の高校生だった。

「小学生のとき、教科書で足尾銅山鉱毒事件のことを知り、植樹をしに来ようと思ったのが始まりで、今回で四回目になります。最初は植えてもなかなか緑にならず、たいへんだよなと思っていました。でも、毎年通ううちに、自分ひとりの力は小さくても、みんなで力を合わせれば緑を取り戻せるんじゃないかと考えるようになってきました。最初に来たときは、子どもの姿はあまり見られませんでした。年々、小さい子や、ボーイスカウトの人たちなどが増えている気がします」

あなた自身、ここに来て何か変化したことはありますかとたずねると、

「これがきっかけで、将来の道筋が見えてきました。小学生の時は、みんなと同じで、サッカー選手になりたいなどと思っていました。でも、ここに来てから、やっていこうかなということが見つかったんです。中学生になると、木を植えたいという、大まかな夢を持ちました。今は、森林科学の研究者になって、荒れ地や砂漠で育つ植物の研究をしたいんです。そのために受験勉強をしています。本当は昨日も植樹に来たかったんですが、勉強が追いつかないので、今日だけにしました。一生、木を植えていきたいです。足尾で、人生のきっかけができました。いつか、この山が緑になったら素敵だと思います」

「足尾にたやすく緑が蘇るわけでもないが、きた人はみんな自分の心に木を植えていくのである」と書いた父の思いは、この高校生の心の中に、確かに根づいていた。

慰霊献土のセレモニーでは、父の好きだったケヤキの木を植え、根元にみんなで土をかけた。今日は、九五〇人の人が参加したそうだ。二日間で一八五〇人の人が、コナラ、ミズナラ、クヌギ、ヤマモミジなど九五〇〇本の木を植えたということになる。


（横松心平　未発表）

「足尾に緑を育てる会」顧問見習いになる

足尾に緑を育てる会の理事、石川栄介さんから、「足尾に緑を育てる会」の設立当初の話をお聞きした。

一九八〇年に「市民塾　足尾」という連続講演が始まった。父も講師として話したり、生徒として受講したりしていたそうだ。

その仲間が集まって、一九九三年に「わたらせ川協会」が設立された。当時、東大の自主講座「公害原論」の資料の提供も受け、公害問題を考える拠点を作ろうという機運が高まったことも手伝った。

「はじめは、桜でも植えてみるか、という与太話だったのです」

わたらせ川協会の総会のときに、荒廃した足尾の山に桜の苗木一〇本、クスノキの苗木二本を植えてみたが、すべてみごとに枯れてしまった。このとき、現地を見てもらった宇都宮大学農学部教授の谷本丈夫先生に言われたことが一つの転機となった。

「花見がしたいのか、緑をよみがえらせたいのか」

これを聞いて石川さんは、「これは運動になるな」という感触を持った。これまでの市民塾などは、先生がいて、石川さんらはその話を聞いているという感じだった。だが、市民運動は自分が動いていかなければならない。

そんなとき、中学生が卒業記念に植樹をしに来た。中高一貫校だったその生徒たちの何人かは、高校生になってからも、有志として再び木を植えに来た。石川さんは案内をして、足尾についての話を彼らにした。そのとき、「子どもたちが木を植えに来ているのに、自分たち大人は見ていていいのか」と考えた。子どもたちの志に、背中を押されたのだった。

折しも、清流を復活させようと活動していた「渡良瀬川にサケを放す会」という団体が、上流の森林をきれいにすることに目を向け始めたところでもあった。それならば一緒にやろうということになった。「わたらせ川協会」、「渡良瀬川にサケを放す会」に加えて、「足尾ネーチャーライフ」、「渡良瀬川研究会」、「田中正造大学」の五団体を事務局として「足尾に緑を育てる会」が組織された。

ここには、石川さんらによる、ある戦略があった。渡良瀬川の上流から下流までの人々を巻き込んでいこうということである。つまり、「渡良瀬川にサケを放す会」、「渡良瀬川研究会」、「田中正造大学」などはいわば下流域を中心として活動している団体であった。足尾銅山鉱毒事件は、渡良瀬川の上流から下流に毒が流されたのである。だからこそ、上流部の人々と下流部の人々をつなぐ活動には、大きな意味があったのである。父はこれら複数の団体に仲間がいて、「足尾に緑を育てる会」の呼びかけ人の一人となった。

当時、父は、渡良瀬川流域を舞台とした、二つの小説を書いていた。『毒―風聞・田中正造』

と『恩寵の谷』である。この二作品は同時期に、新聞連載小説として執筆されている。前者は渡良瀬川下流域の鉱毒被害地でのできごとを書いた物語であり、後者は上流域の足尾銅山を舞台とした物語である。

現実の植樹活動と創作活動が、車の両輪のように連動して回っていたのだ。

会の活動を進めるうちに、二つの課題が浮き彫りになった。

一つは、足尾銅山経営者の古河鉱業の企業責任を追及しないで植樹をするのは、おかしいのではないかという点である。古河が緑に戻すべきであるというのは確かに正論である。だが、「足尾に緑を育てる会」としては木を植えながら、考えていきましょうという姿勢を選択した。

もう一つは、足尾の荒廃した山を、公害による「負の遺産」として後世に残していくべきではないかという点である。ただ、実際には一度に緑が戻ってくるほど簡単なことではないので、「負の遺産」は受け継がれている。例えば植えてもそのままにしておくとシカに食べられてしまう。周囲をネットで囲って、保護したりもしているのだ。

植樹デーだけではなく、首都圏の小中高生、市民グループ、企業による体験植樹も増えてきている。行政による本格的な緑化事業も、五十年以上続けられており、「足尾に緑を育てる会」の活動も加わり、少しずつ緑化は進んできている。けれど、もっとも荒廃している松木渓谷をみると、まだまだ当分、木を植え続けなければ、豊かな自然は復元されないのだということがよくわかる。

さらに、あるていど木が根付いたのちには、本来の植生に戻していくことも考えなければならない。今は、とにかくどんな木でもいいから植えて、土を取り戻そうという段階なのである。

石川さんは言った。

「立松さんの『心の中に木を植えよう』という言葉の意味は、自然に対する思想を自分で確立させなさいということだと思います」

足尾からの帰り際、参加者の方から

「足尾でお父さんの後を継がれるんですか?」

とたずねられた。何と答えたものかと思っていたら、そばにいた石川さんが、私の代わりに答えた。

「はい。心平さん、来年も来ますから」

来年も、さ来年も、足尾に木を植えに来ようと思った。

そうだ。私たちには、まだまだやらなくてはならないことがたくさんある。「足尾に緑を育てる会」は一〇〇万本の植樹をめざしているが、まだ一〇万本しか植えていない。父には当分、見守ってもらわなければならないのだ

（横松心平　未発表）

こうして父の亡くなった年の植樹デーは過ぎていった。「足尾に緑を育てる会」は、毎夏に「足尾グリーンフォーラム」というイベントを開催している。今年は父を追悼するシンポジウムをやるので、私にもパネラーとして参加してもらえないかという連絡があった。そんなわけで、八月

にも足尾へ行くことになった。

日光駅に、森初芳さんが迎えに来てくれた。父が「百霊峯巡礼」の取材登山中に膝を怪我したとき、助けてくれた恩人だ。

車内で、「百霊峯」の連載が終わったら、父とヒマラヤの八千メートルの山に行く約束をしていたと聞く。ベースキャンプまでは一緒に歩き、後は父は登らずにインドへ抜ける計画だった。「ヒマラヤの高山を見たら人生が変わった」と父は言っていたそうだ。そんな計画があったとは、知らなかった。

その晩は、かめむら別館という旅館に泊まった。ここは父の、先祖の家を移築したものなのである。父の先祖ということは、そのまま私の先祖ということである、ということに行ってみてから気づいた。父が泊っていたという離れの部屋へ案内される。石川さんたちもやってくる。父は植樹デーのたびにここに来て、毎年友だちと会うのを楽しみにしていたのではないか。

翌日の「第十一回足尾グリーンフォーラム」における記念講演では、「父にとっての足尾」といた題名で話をさせていただいた。その中で、「足尾が第二のふるさとだ」と父がよく言っていたことを紹介した。


父はよく「足尾が第二のふるさとだ」ということを言ったり、周りの人が言ってくださったりするのですが、ここで定義を改めておきたいなと思います。というのは、実は六月にも知床で「立松和平を偲ぶ会」というのを開いてくださったんです。ところがそこでも「知床は第二のふるさとだ」と知床の人は言うのです。僕も知床に行ったら「ここは父の第二のふるさとでしょう」と。「ここには仲間がいて、ここの自然を父は愛し……」とそういう話をするわけです。

そうすると、宇都宮を第一として、足尾を第二にすると、知床が第三になってしまいます。第三だと納得しないと思うんです。ですから、多少乱暴なんですけど、宇都宮と足尾を一つにして、ここを第一というふうに定義づけさせていただきたいと思っています。ですから、足尾はこれから「ふるさと」ということにしたいと思っています。

また、僕の知っているだけでも、沖縄の与那国島とか、父との関係が深かったところはあるのです。例えば、与那国島へ行くと「与那国島の立松さんだ」というふうに、与那国島の人は言うんです。僕も行って、さとうきび刈りなんか手伝うと「ああそうだな」と思うわけです。もしかしたら僕の知らないところがまだあちこちにあるのかもしれないと思っています。

（横松心平「父にとっての足尾」、足尾に緑を育てる会編『足尾の緑 vol.4』随想舎）

これは何も、足尾の人たちを喜ばせようとして言ったことではない。母も「お父さんにとって足尾は特別なところだった」と常々言っている。今でも、毎春の植樹デーには、私か母か妹かのいずれが、参加するようにしているのだ。

グリーンフォーラムの終わりに、「私は植樹デーに毎年来ることになりました。来年は家族で来ます」と言ったら、鈴木聡副会長（当時）が「心平さんには顧問になってもらいます」と言われ、非常に驚いた。顧問に見合うように、自分の仕事を頑張らないといけないな、と思った。後に、足尾歴も短く顧問としては力不足なので、「顧問見習い」ということに変えてもらった。世界広しといえども、「顧問見習い」という肩書を持っているのは、私くらいのものだろう。

さて、足尾について語るならば、田中正造についても述べておかなければならない。父の代表作には、『遠雷』、『光の雨』、『毒―風聞・田中正造』など、社会問題を背景としたものが含まれている。なかでも、『毒―風聞・田中正造』は、父の死後、著者の知らぬところで、新たな意味合いを帯びてきたという点で、希有な作品である。

父が亡くなったのは二〇一〇年のことである。翌二〇一一年三月十一日に東日本大震災が起こった。父は、大震災による被害と、福島第一原発の事故を知らなかったのである。もし生きていたら、どんな発言をし、どう行動しただろうか。興味深いことであるが、わかりようもない。ただ、父の遺した作品が語ったことがあったのだ。

原発事故と水俣病事件と足尾銅山鉱毒事件の類似が指摘され、にわかに、政府や古河鉱業と戦った田中正造が注目を浴びるようになったのである。しかも、ちょうど二〇一三年は、田中正造の没後百年にあたっていた。本当は、田中正造の現代的意義など、再浮上しないほうが良い社会なのであろうが、残念ながら私たちには、まだまだ彼の思想と行動に学ばなければならないことがたくさんあるのだった。

今、正造がいたら、福島に行ったに違いない。そして住民に寄り添っただろう。原発事故は、これからお前たちはどうするのかと、私たちの文明につきつけられた刃の切っ先である。父がいたら、まず間違いなく、一九一二年の田中正造の言葉「真の文明は山を荒さず川を荒さず村を破らず人を殺さざるべし。古来の文明を野蛮に回らす。今文明は虚偽虚飾なり、私慾なり、露骨的強盗なり」を引用しただろう。そして、「真の文明」は百年たっても実現されていない。もう一度、正造の言葉をかみしめよう、と言ったに違いない。そもそも、父の絶筆のひとつは、田中正造の生涯を追った『白い河』である。一度、正造について書きあげ、毎日出版文化賞を受賞までした『毒』がすでにあるのにもかかわらず、再び同じ人物に取り組んでいたのだから、並々ならぬ思いがあったのだろう。父が倒れ、病院に入院し、病床にまで持ち込んだ鞄の中には、『白い河』の原稿と、田中正造に関する資料（おそらく田中正造全集のうちの一冊だったのではないだろうか）が入っていた。

そんな時代がめぐってきて、一九九七年に書かれた『毒─風聞・田中正造』を、再び手に取る人が出てきたのである。谷中村強制破壊があったのが一九〇七年であり、その九十年後に書かれた作品が、現代にも受け継がれているのだ。百年前の正造の思想を父が受け継ぎ、小説を書いた。その父によって、私たちに渡されたバトンを受け取り、さらに次の世代に受け渡していきたいと思う。

父の田中正造との関わりは古いものである。文藝春秋社の編集者であった高橋一清さんによると、一九七九年に宇都宮の喫茶店で次のような話をしたのだという。

足尾銅山の鉱毒のこと。田中正造のこと。浅間山荘事件を起こした連合赤軍のことを、和平さんは、幕末の水戸の天狗党に結びつけて語った。これら一連の題材は、ひとつまたひとつ小説に著された。

（高橋一清『作家魂に触れた』青志社）

父の作家活動の初期に、これだけのテーマをすでに抱えており、しかも長い年月ののちに作品化しているということに、驚かされる。

百年前の精神を受け継いでいく

足尾に植樹をしに行ってから二年後の二〇一二年一一月に、栃木県佐野市において、「田中正造大学」の講師を頼まれた。「父・立松和平が見た田中正造」とお題をいただいた。難しい依頼だった。立松和平について話すことはできる。田中正造について話すことは、できなくはない。けれど、「立松和平が見た田中正造」を、私が語るというのは、まじめに取り組もうとすればするほど、悩まされるものなのだ。

だからいつも以上に準備を整えて、いざ正造の故郷である佐野へ向かった。佐野駅に降り立ち、佐野市郷土博物館まで歩いた。博物館の前には田中正造像が立っていた。軽く会釈をして中に入る。正造の遺品である石ころなどとともに、正造の着ていた着物や足袋が展示してあった。私が正造に抱いていたイメージは、がっちりとした体型の偉丈夫といったものであったが、実際の彼は小柄であったことが、よくわかった。こんなにも小さな体で権力と戦い、鉱毒被害地を調査して回ったのだと思うと、ご苦労様でしたと、今度は深々と頭を下げたくなった。

講演会場では、「田中正造大学」を主宰しておられ、父とも古くから交流のあった坂原辰男事務局長に出迎えられた。講演の始まる直前、毛糸の帽子をかぶった年配の男性が、階段を上って二階の会場にやってきた。顔に見覚えがあったので「布川さんでいらっしゃいますか」とたずねると、はたして、ご本人だった。布川了さんは、在野の田中正造研究家として名高い方で、「足尾銅山鉱毒事件田中正造記念館」名誉館長を務められており、正造に関する著書も多い。正造について調べたいと思う者は、必ず布川さんにたどりつく。父も、『毒』の巻末で、田中正造による天皇直訴をめぐって、布川さんとの見解の相違について、わざわざ言及している。また、父は亡くなる数か月前にも、布川さん宅を訪れている。

「和平さんが、うちに来たのは二〇〇九年九月一六日が最後でした。東京書籍の小島岳彦さん同道で、「田中正造の臨終」をめぐる相談でした。私は切望していた正造について、和平さんがやっと取り組んでくれるかと、よろこんで話し合いました。

（中略）

その後、私に小島さんから「和平さんの遺稿をみてほしい」と連絡がありました。私も気掛りになっていたので、二つ返事で承知しました。二月末頃、『白い河』のゲラが届いたので、さっそく目を走らせ、和平さんの苦心の跡を辿りました」

（布川了「悼みても、なお」、足尾に緑を育てる会編『足尾の緑 vol.4』随想舎）

父は、『白い河』執筆の取材のために、布川さんのお話を聞きにうかがったのだ。布川さんは、『白い河』の完成を強く願っていた人の一人であった。そんないきさつがあったので、私は、佐野へ行くのならば、布川さんにご挨拶できたらと思っていたのだ。

会いたいと思っていた人が、相手のほうから来てくれたのだから、こんなに嬉しいことはない。私が話しかけると、布川さんは心底嬉しそうに破顔して、「横松さんにお会いしたかったんですよ。お会いできてよかった」とおっしゃった。あのときの笑顔が忘れられない。

私の講演に先立って、布川さんが来場者に挨拶をした。

「『白い河』を完結させると、立松さんと約束しました。でも、立松さんは亡くなってしまいました。だから、息子である横松さんに、約束を果たしてもらわなければなりません。ぜひ、『白い河』の続きを書いてください」

いきなり皆さんの前で言われたのだ。先ほど差し向かいでお話ししたときは、何もおっしゃっていなかったのに。

「突然のお話でびっくりしています。期待してくださるのはとてもありがたいことなんですが、続編といっても簡単なものではないので、安請け合いはできません。でも、布川さんに言われたら、断れないですね。すぐには無理ですけど、少し時間をください」

いあわせた人たちからは、大きな拍手をいただいた。つい、皆さんの前でいい顔をしてしまった。待てよ。これは、布川さんの作戦だったのかな。私がいい気になって、「書きます」だなんて言ってしまうことを期待して、皆さんの前で発言したのかもしれないと、後になってから思った。

講演の最後で、窒素などの物質循環の話をした。

「川の上流から流れ下った栄養分が、重力に逆らって山に戻らなければ、山はどんどんやせてしまいます。栄養分を海から山に戻す手段のひとつは、サケの遡上であり、川辺のサケの死骸をさらに山の中に運ぶのは、クマなんです」

　すると、講演終了後、足尾に緑を育てる会事務局の神山悠利さんが言った。

「お父さんも講演で、同じ話をしてましたよ。渡良瀬遊水地のアシを堆肥にして、渡良瀬川上流の足尾の山に木を植えるときにまく。それは、人間が物質の循環を手伝ってるんだって言ってました」

　私は父のまねをしているつもりは毛頭ないのに、同じことを言っていたとは驚いた。

　実は後にもう一度、同様のことがあった。テレビ北海道が、私を起用して父の追悼番組を作ったときのことである。知床の番屋の大瀬初三郎船頭と、大漁のホッケを獲ってきた漁船の前で対談をしていた。私は次のように言ったのだ。

「海にはたくさんの魚がいて、私たちはその一部をいただいているんですねえ」

　すると船頭は言った。

「おやじさんも、おんなじこと、言ってたよ」

　このときだって、父のことなど何も意識せずに、自然と口をついて出た言葉だったのだ。親子だから似ているのか、あるいは父の発信してきた文章や言葉を私が吸収してしまったのか。

　佐野へ行った翌年の二〇一三年二月、とにかく一度、布川さんのお話しをきちんと聞こうと考え、再び栃木、群馬へ向かった。写真家の保苅徹也さんに同行してもらっての、田中正造取材である。坂原辰男さんに全面協力していただき、正造ゆかりの地をめぐるとともに、布川さん宅にも出向き、じっくり正造についてのお話をうかがった。

布川さんは実に嬉しそうに、そして熱意を持って、およそ二時間、休むことなく語りつづけた。一般に流布している正造伝に誤りがあることなど、証拠立てて教えてくださった。父も同じように、こうして布川さん宅に来て取材をしたのだと、写真を見せて教えてくれた。

話を聞けば聞くほどわかってくるのは、田中正造は今でも、地元の方の心の中に生きているという事実だった。栃木に生まれ育った父の中にもまた、生き続けていたのだろう。正造の思想と行動は、学ばれ、愛され、語り継がれてきたのである。田中正造は、虐げられた人々を生み出す社会問題に対峙するとき、「常に弱い者の側に立つ」という姿勢を徹底すべきであることを身をもって示してくれた。威勢のよいことを言う政治家はたくさんいるが、魂を揺さぶる言葉を紡ぐ人はとてもまれだ。正造はその、まれな人物だった。だからこそ、今も、人々の中で生き続けているのだろう。

だが、皆さんの熱い思いに触れ、また様々な先行作品を読むにつけ、今さら、私が正造の小説を書く意義を見出すことはできないでいた。そんな心持ちのまま書きはじめても、何にもならないものができるだけだ。とはいうものの、一度、安請け合いしたものを放りだすわけにもいかない。ひとつ考えられるとしたら、そして自分らしいものにするとしたら、正造の妻、田中カツについて書く、あるいはカツの視点から正造の姿を描く、ということではないか、という気がしている。

ただ、やはり、良い作品を書くには、どうしても内なる衝動に衝き動かされて生みだすものでなければならないのだということは、わかっていた。それならばなぜ、書きますよなんて言ってしまったのだろうか。皆さんの正造への熱い思いを考えると、むしろ安請け合いしたことは、失礼にあたるのではないだろうか。

『白い河』の場合は、「小説羅什」とはちがって、本一冊になるくらいの分量はすでに書かれており単行本化もされたので、続けて書くということにはならない。新たに書きはじめるということになるだろう。物理的に考えると、あるていどの分量があるならば、続きを書いたほうがやりやすそうにも思われるかもしれないが、問題は分量ではなく中身だ。確固とした世界の確立されたものを続けていくには、もともとの著者に近づいていかなくてはならない。そんなことはできないので、はじめからやりなおしたほうがずっとたやすいのだ。だが、一方で、はじめから書こうとするならば、自分の中に正造が立ち上がってこないかぎり、無理なのだ。

そんなふうに逡巡しているうち、二〇一三年一一月に布川さんは他界してしまった。布川さんの思いを、何らかの形で受け継いでいかなければならないと思いつつ、今のところ、何をどうしていいものやら、つかめないでいる。言い訳ではない。本当の意味で「精神のリレー」をつないでいくために、何かできたらと思っている。そんなわけで、当分、田中正造は大きな宿題として、私の心の中にいすわることになりそうだ。

『白い河』の中に、「時代が産んだ田中正造」という一節がある。明治時代、民衆の苦しみをないがしろにして、富国強兵に突っ走った政府と財界に警鐘を鳴らしたのが正造であった。現在、田中正造没後百年を迎え、今こそ正造に学ぶべきだと言われている。これはつまり、今の時代が大きな困難に直面しているからである。残念なことである。「正造の時代、足尾銅山鉱毒事件において日本人が抱えていた課題は、すでに乗り越えられた。もはや正造は過去の人である」と言えたらどんなにいいことだろう。だが、昭和の水俣病事件、平成の福島第一原発事故と、日本は同じ構造を持った「事件」を引き起こしてきた。

荒畑寒村『谷中村滅亡史』を読むと、足尾銅山鉱毒事件の構造が見えてくる。政官財の癒着。役人の天下り。彼らの都合によって進められる政治。国策のために弱者を切り捨てる。今の時代に照らし合わせてみると、百年たっても人間は、ちっとも進歩していないことに驚かされてしまうばかりである。水俣病事件が起きた頃、正造に関する著作が再刊されたり、新たに書かれたりしたそうだ。今も同様のことが起きており、『毒』についても、新聞などで言及された。

父は、『毒』、『白い河』と、田中正造について書きながら、足尾に緑を育てる会において植樹活動をしていた。荒廃した足尾の山を復興させ、山の治水能力を取りもどし、鉱毒によって虐げられた下流の命を再生していこうという運動は、実は田中正造自身もやりたかったことではなかったか、という気がしてならない。ところが正造には時間がなかった。鉱毒の実態を調査して回り、谷中村の人々とともに生きていくことで、精一杯だった。その正造の理念を受け継ぎ、発展させていく道は、こんな閉塞感に覆われた時代においても、希望につながる道である。

そんなことまでも、『毒』や『白い河』からは、考えさせられるのである。

さて、そろそろこの「振り返れば父がいる」も終盤を迎えようとしている。父の死の前後から書きはじめ、時間を巻き戻し、私の子どもの頃からの父についての記憶をたどってきて、再び、父の死を通りすぎてしまった。

私が文章を書かない人生を歩んでいたら、私の父に対する感慨は、もっと違ったものになっていたのだろうと思う。例えば、私が役場の職員だったとしたら、父のことなどまるで関係のない、職場での日常を送っているはずだ。それはそれで、幸福な生活なのであろう。けれど現実には、規模の大小に目をつぶるならば、同業を営んでいる。すると必ず、様々な場面で、いまだに父のことが話題になる。そして往々にして、自分では、得していることには気づきにくく、負担に感じることは大きく見えてしまうようである。

きっと問題なのは、私が自分の仕事、と言えるような作品を作り上げる前に、あるていどの仕事が来てしまう、ということだろう。ただし、あくまでも、あるていどにしかすぎないのであった。つまり、それだけで食べていけるようなものではないのだ。それなのに、作家という看板を掲げて生きていけているような錯覚を抱いてしまう。そして、私の心持ちと現実生活の隔たりが、結局は自分を苦しめてしまうのだ。そんなことを、父の死後四年たった現在、以前に比べると客観的に考えられるようになった。

これから私がしなければならないことは、父のような人物になることではなく、父を乗り越えることでもなく、ただ自分の道を自分の足で歩く、という単純なことだけなのだ。そんなことは、別に父が亡くなる前から、本当はわかっていたことだ。だが、理解していることと、実際にそれを指針にして生きていくということは、別のことである。これまでは、雑念にとらわれ、ただ自分の道を自分で歩く、ということに専念していなかった。

これは何も、文筆活動だけに限った話ではない。もっと根本的に、どのように生きるのか、ということに向き合って、その上で何を書いていくのか、あるいは書くこと以外の方法を取るのか、より自由に考えをめぐらせていけばよいのだ。どうも、これまでは、「作家」という看板を掲げることにこだわりすぎていたように思う。重要なことは、「作家になる」ことや「文章を売る」ことではなくて、どう生きるのかということである。具体的には、今日何をするのか、ということだ。その積み重ねがその人になるのだから。

では、父は何者だったのか。

父のまわりについていた、いろんな物をそぎおとしていくと、核には、文学というものしかなかったのではないかという気がする。もちろん多様な活動をし、社会貢献もし、あるいは収入を得ていたが、つきつめていくと、すぐれた文学作品を書きたい、ということにつきたのではないだろうか。それが父だったのだ。

立松和平さんを偲ぶ会

父の死後、葬儀を内々で行なったあと、大勢の方々に来ていただける場を設けるべきであるという話が、父の友人たちからすぐに持ち上がった。「立松和平さんを偲ぶ会」というものを行なうのは、父のような人物にとって必要なことであると、おっしゃる方もいた。遺族としては派手なことをしたくないというのが、偽らざる心境だった。よほど肝の据わった方ならともかく、肉親が亡くなった直後は静かにしていたいというのは、ごく自然な感情ではないだろうか。

ほどなく、父と親しかった友人の方々により、「立松和平さんを偲ぶ会実行委員会」というものが結成された。はじめは、やりたい人がやりたいようにするほかはないだろうと考えていたのだが、話がどんどん大きくなっていくにつれ、これでよいのだろうかという気持ちも芽生えてきた。

青山葬儀場でやる、という案が出されたとき、それはあまりにおおごとではないかと考えた。派手にはしたくないのだという意向を伝えると、決して大仰なことにはならないのだということだった。

少しずつわかってきたのは、どうやら私たち遺族の、できるだけそっとしておいてほしいという気持ちと、父に対して熱い思いを持っていた方々の気持ちは、同じではないということだった。だがそれも、今になって考えてみると、食い違うのも当然だという気がする。どうしても私たち家族にとっては、横松和夫という、夫であり父なのであった。一方で、家族以外の人から見れば、作家立松和平が全てなのである。

このエッセイを書いていると、「今になって考えてみると」という言葉をしばしば使いたくなることに気づいた。これでも、できるだけ使いすぎないように抑えているつもりなのだが、やはりどうしても書きたくなる。それだけ、年月を経ると考え方、物の見方が変わるということなのだろう。この文章を書いていたからこそ、振り返って考える機会を持てた。「今になって考えてみると」の後ろに続くのは、たいてい、反省や後悔、あるいは怒りの消えたやさしい感情である。「振り返れば父がいる」という題は編集者が考え出したものであるが、「今になって考えてみると」という話の集積であるこのエッセイを、実によく表しているものだと思う。ただ、父が亡くなった直後は、私たちにも、父の友人たちのことを思いやる余裕がなかった。だから、そっとしておいてほしいという気持ちが強かったのである。

当日、「立松和平さんを偲ぶ会」の参会者に配られた「流れる水は先を争わず　立松和平追想集」という冊子がある。実行委員会が作ったものだ。冒頭に掲げられたのが、実行委員長である北方謙三さんの「弔辞」である。父の無名時代からの同業の友人らしい、心のこもった文であった。続けて親交のあった方々による「追想文」が、それぞれの思いをこめて書かれている。ここに寄せられたものを読むにつけ、父は愛されていたのだということがよくわかった。

最後は、私が本名で書いた一文で締めくくられている。

父の愚直さ

林　心平

　このたびは父、立松和平を偲ぶ会を開いていただき、また追悼文集まで編んでいただき、心よりお礼申し上げます。

　父が亡くなってから現在に至るまで、母も私も妹も、父の不在を感じることができないでいます。旅に出ていることが多く、家にいるときでさえたいていは書斎にこもっていたのです。いつでもドアを開けて、ひょいと出てくるような気がしてなりません。そんなとき、一七年前に父の書いた、ひとつのエッセイを思い出しました。「父の愚直さ」という題名で、父の父が亡くなったときに、父が書いたものです。自分の父が戦中戦後の艱難辛苦に耐えながら「どんな時でも愚直に生きてきた」と述べ、「私の原点ともいうべき父が死んだのは、私には痛切なことなのである。私も愚直に生きねばならないなと思うのだ」と結んでいます。

　そして今、この文章を読み返すと、父もまた愚直に生きたのだと思わずにはいられません。原稿用紙に文字をペンで刻みつけ、休むことなく小説を書いてきました。自分の選んだ道を愚直に歩き続けた父は、幸福であったと思います。父はこうも書いています。

「別離というのは悲しいものである。別離を幾つも重ねているうちに、いつしか私は父が立っていた場所に立たなければならないのである。それが生きていくということなのかもしれない」

私はこの言葉に強く支えられています。突然の死であったため、父と会話を交わすことはできませんでした。でも、父が書き残してくれたことに助けられたと思いました。私もまた、父が立っていた場所に立ち、生きていきなさいと言われた気がしたのです。

ありがとう。お父さん。


最後の一文が感傷的にすぎるが、当時書いたものなのでそのままにしておく。

ここにも書いたように、父が亡くなってからよく思い出していたのは、祖父が亡くなったときのことだった。あのとき私は大学生で、宇都宮にある、父の実家に泊まりこんでいた。祖母を車に乗せ、祖父の入院する病院へ毎日通っていた。運転免許を取ったばかりで、ブレーキを踏まずに角を曲がろうとして、あわててハンドルを切ったりしていた頃のことだ。その祖母もすでに亡くなってしまい、切ない思いばかりが残る。

祖父が亡くなったときが、記憶にあるなかで、初めて立ち会った肉親の死だった。祖父には本当にかわいがってもらったので、濃密な思い出がある。多くの時間を共有した人がいなくなってしまうことが信じられなかった。概念としての死と、身近な人の死が、これほどまでに異なるものだとはついぞ知らなかったと思った。

父も書いているように、祖父は戦後の経済発展を支えた、まじめに働く人の一人だった。父は祖父とはまったく違う芸術の道を歩んだわけなのであるが、明らかに祖父の精神を受け継いでいた。まじめに生きることはいいことだという、「愚直さ」を身につけていたのだ。世の中の屋台骨を支えているのは、祖父のような、無名の働く人々なのであり、常に敬意を払うべきだということを、父は忘れたことはなかったと思う。祖父のような人たちがいてこそ、文学という虚構の世界で遊んでいられるのだと考えているならば、いくら有名人になったとしても、おごるようなことはなかったはずだ。

北方謙三さんをはじめ、錚々たる作家の方々が弔辞をよみあげたあと、私があいさつをすることになっていた。祖父の死に際して、父は「父の愚直さ」と言った。それは、自分の父を一言で表そうとした試みなのだ。作家という者は、肉親の死に立ち会ったときでさえ、表現に向かっていくのである。それでは私は、父を何と表現すればよいのか。

「不在感の不在」。やはりこれだと思った。そして、この言葉は、皆さんの印象に残ったようだった。後に、父のエッセイをまとめた本を出版するときに、「偲ぶ会」でのあいさつをもとに、あとがきを書いてほしいとの依頼が来たのだ。

「父・立松和平『不在感の不在』」

父が亡くなってから現在に至るまで、母も私も妹も共通して感じていることがある。それは、「不在感の不在」ということである。つまり、いなくなってしまった気がしないということだ。もともと旅に出ていることが多い人だった。一度、母が勘定してみたら、一年の三分の二が留守だったことがあった。だから、「ただいま」と言いながら、ひょいと帰ってくるような気がする。家にいるときはたいてい書斎にこもっていた。今でも机に向ってもくもくと書き続けているのではないか。そう考えたほうが受け入れやすい。

父は仕事一筋に生きてきた。妹とともに、父の思い出についてのインタビューを受けていたときのことである。妹は、

「小さい頃、東北へ家族四人で一週間、ドライブに行ったことが印象に残っています」

と言った。しかし、妹よりも五歳年上である私は、その旅行が父の仕事であったことをはっきり覚えている。車で旅をしてルポにまとめるという依頼があったからこそ、実現した旅だったのだ。父は行く先々で地元の人に話を聞き、熱心にメモをとっていた。カメラを首から下げていながらも、あまり家族の写真は撮ってくれず、風景や他人を写してばかりだった。旅を終えてしばらくしてから、その旅の記事を得意そうに父が見せてくれた。

私は小学生の頃、よく父と釣りに行った。あれは純粋な遊びだったのにちがいないと、妹に自慢しようと思っていた矢先のことだった。父のエッセイ集を読んでいたら、なんと、那珂湊の小サバ釣りについても、涸沼川のボラ釣りまでも、しっかりと書かれていた。もちろん、それらは遊びに行った経験をもとに書かれたのかもしれないのだったが、とにかく驚いた。同時に、あの日の海のきらめき、こませ（まき餌）のにおいや魚のぬめり、そして父の笑顔までが鮮明に浮かび上がってきた。

時は流れ、私も大人になった。作家にだけはなるまいと思ってはいたものの、自分の道が見

つからなかった。定職につかずふらふらした末にやっと就職したのだったが、在職中に書いた本が出版されることになった。その頃、退職して書くことに専念したいと考え始めた。父に相談はしなかった。だが、報告はしようと思い、「近々、仕事を辞めることにしたんだ」と伝えると、即座に反対された。「辞めずに書けばいい」

相談したつもりはなかったのに、反対されると面白くなくて、口論になってしまった。最後は理解を得ることはあきらめて、職場に辞表を提出した。

ただ、反対した理由だけは忘れられない。父は本気でこう言ったのだ。

「文筆業で食べていくのは大変だぞ。俺は五年九か月も宇都宮市役所に勤めたのに、心平は三年八か月で辞めるのか」

「五十歩百歩」という言葉の例文にしたいくらい、愉快な言葉であった。

出版社としては私の本の宣伝に、父に協力してもらいたかったのだが、父は断った。そのときは「少しくらい協力してくれてもいいのに」と思っていた。だが今になってみると、突き放されてよかったなと思う。父の息子であるからと優遇されることもたいしてなく、私は書き続けてきた。実力を高めることに力を注ぎ続けるほかなかった。いつしか、結局はいいものを書くしかないのだと考えるようになった。このことを父は教えてくれたのだ。父は私に対して冷たかったのではなく、温かかったのだと思う。こうして、かつては父と同じ道を歩むまいと思っていたのに、結局、すり鉢の底にあいた穴に吸い込まれるように、文筆の世界にすっぽりと収まってしまった。

私ははじめからずっとパソコンで文章を書いてきた。生前、ずっと手書きだった父に、

「パソコンで文章を書くと、編集機能があるのでとても効率がいいんだよ。考えてみたら？」

と言ったことがあった。すると父は、

「何でも効率を追い求める時代にあって、文学くらいは効率を求めなくてもいいだろう」

とこたえた。卓見であった。今書いているこの原稿も、相変わらず私はキーボードをたたいている。それでも父の言葉を思い出しては、「追求すべきなのは効率ではない。何をどう読者に伝えるのかということだ」と自戒するようになった。


誰一人として予想もしていなかったときに、父は去ってしまった。奇妙な家族旅行にも釣りにも行けない。もう言い争うこともない。同業の先輩としてのアドバイスもない。いつかすごい本を書いて父をうならせたいと、心中ひそかに抱いていた目標を達成することもできない。けれど父は、今回もまた、どんなときでも作家はいいものを書くしかないのだと教えてくれたのかもしれない。一文一文に心をこめて、がんばろうと思った。私はペンネームを「横松心平」とすることにした。

これまで私は「林心平」という名前で活動してきた。「立松」に変えてはどうか、と言ってくださる方がたくさんいた。迷っていたところ、初対面の菅原文太さんに「作家として自分でやっていくためには、親父の名前なんかつけたらだめだ」と言われた。あんまりはっきり言われたので、そうしようと思った。それでも、父の精神を受け継いでいく気持ちをこめて、旧姓の「横松心平」をペンネームとすることにした。

自らの老いについて書き始めた父は、自然と両親の話に筆を進めていった。父の父の告別式での挨拶についての記述がある。父は正確に再現できないと書いているが、第一声だけは鮮明に覚えている。

「父は愚直でした」

と、いきなり父は言ったのである。死者を悼むのに「愚直」という言葉を使ったので驚いたが、それは大きな賛辞であった。自分の父が戦中戦後の艱難辛苦に耐えながら実直に働いてきたこと、また同様の人が大勢いたことによって、この国が作られたことへの感謝を述べたのである。

私は今、父もまた愚直に生きたのだと思わずにはいられない。原稿用紙に文字をペンで刻みつけ、休むことなく小説を書いてきた。先日、本に埋もれた巣穴のような父の書斎に入ってみると、仕事机の背後の棚から、万年筆のインク壜が入った箱がいくつも見つかった。箱を開けてみると、インク壜はどれも空だった。万年筆を使ったことのある人にはよくおわかりだろうが、ひと壜のインクを使いきるのには、かなりの文字を書かなければならない。父はよく働いたのだ。

（横松心平「父・立松和平『不在感の不在』」、立松和平『はじめての老い。さいごの老い』主婦の友社）

父への手紙

拝啓
いま私は中国の西湖のほとりで、この手紙を書いています。あなたが何度も参加した、日中文化交流協会の日本作家訪中団の一員として、中国に来ました。あなたと親交のあった中国の作家たちからは、大歓迎を受けました。
あなたが急に亡くなりでもしないかぎり、こんなふうに思い出を振り返ってまとめることもなかったでしょう。でも、実際には私が十八歳で家を離れてしまったので、大人になってからあなたと共有したことは、それほどなかったように思います。でも、息子なんてみんな、そんなものじゃないでしょうか。
はじめは、あなたについて、そんなに書くことはないと思っていました。けれど書きはじめてみると、いろんなことが思い出されてきました。ただ、結局は、あなたのことを書いたのではなく、私自身のことを書いたにすぎなかったのだと思います。自分の親であっても、他人のことはわからないものです。でも、他人と接したときの自分のありようについてなら、書くことができるということなのでしょう。

今でも「不在感の不在」は続いたままです。あなたの書斎は、お母さんがいくらか整頓したため、生前よりもきれいになってはいますが、ほとんどそのままの姿で残されています。世界中のどこよりも、あなたの濃密な気配がたちこめている書斎に入ると、「不在感の不在」どころか、存在感すら感じられてしまいます。それでもやはり、年々、その気配がごくわずかずつ、薄れている気がします。それはきっと部屋のせいではなく、私たちの心持ちが、あなたのいない世界を受け入れつつあるせいなのだと思います。

あなたと私の関係は、一言で表すならば「対立」であったと、当初は思っていました。このエッセイの主題は、親子の対立である、と考えて書きはじめたのです。ですが、実際に取りかかってみると、案外、対立ばかりではなかったということに気づかされました。

もうひとつ発見したのは、あなたが亡くなってからも、あなたと関わりがあった人や団体と、関わっていかなければならないのだということです。いえ、正確に書くと、私には二つの選択肢があるのです。ひとつは、あなたと関わりを持たずに生きていくという道です。こちらを選ぶならば、到底、文筆の道というわけにはいきません。

もうひとつは、あなたの関係性をまるごと引き受けて生きていくという道です。私は文筆の道を歩みたいと考えてしまいましたので、こちらの道を行くほかありません。ただ、都合のいいところ、得になる部分だけを選り好みして引き受ける、ということはできません。引き受けるならば、面倒なことを含めて全部、としなければなりません。そして私はそれを引き受けることにしたのです。それが嫌なら、外国へでも行って、誰も立松和平を知らない環境に身を置く、ということもできるのです。

でも、だからといって、対立はなかったなどと、しれっとした顔で書くことはできません。確かにあったのです。そのことについてはすでに、幾分かの配慮を加えつつ書きました。もしかしたら、もうひとめぐりくらいの時を重ねたら、あなたと私の関係も、新たなものに変容したのかもしれません。ただ、実際には、そこはかとない緊張をはらんだままに、あなたは逝ってしまいました。

それなのに不思議なのは、あなたと過ごした最後の晩、そう、衛星放送で寅さんを観たときのことです。この上なく穏やかな時があった、ということです。きっとあれは、私たちに授けられた贈り物だったのでしょう。もちろん、あのときはそんなことに気づきもせず、ウイスキーだったか焼酎だったかを飲みながら、ただ渥美清と浅丘ルリ子を眺めていただけでしたが。

生前、あなたは「自分の作品以外は書いたことがない」と言ってましたね。私なんて自分の作品でないものばかり書いています。今、書いているこのエッセイも、鳩摩羅什の小説も、もとはと言えば、あなたの仕事でした。

今、必要があって、あなたの本を読みなおしたり、新たに読んだりしています。今までは、「一人の本好きとして、立松和平の作品は別に好きじゃないので、あまり読みません」だなんて言っていたのですが、読んでみると、なかなかおもしろいということを発見しました。読まず嫌いだった、という面があったみたいです。

でもやっぱり、世間では、立松和平の名を知っている人の中で、あなたの本を熱心に読んでいるという人には、めったに出会いません。つくづくテレビの影響力というものの大きさを感じつつ、本が読まれることの困難さを突きつけられます。ただし、テレビ番組が後世に伝えられることはほとんどありませんが、本ならば残る可能性がありますよね。もしかしたら、百年後の一人の青年を、はっとさせるかもしれないと想像すると、わくわくしてきます。

あなたがいなくなった翌年、あなたの故郷のすぐ近くで、未曾有の原子力発電所事故が起こりました。三年たった今も、収束していません。様々な表現者が、自分がこれまで原発の問題に向きあってこなかったことを反省し、意見や作品を発表しました。三・一一以後は、それ以前と同じように書くことはできなくなってしまったと言っている人もいますし、同じように書きつづけている人もいます。

あなたがいたら、虐げられた者たち、それは人間以外の命も含めての者ですが、彼らの代弁をしたのではないかと、私は思っています。もちろん私も、三・一一が社会に突きつけてきたものについて、ずっと考えています。これから私たちは、どのように社会を再構築していくべきなのか、考えなければなりません。六人の子を抱えた親としては、これからの人たちのために社会をよいものにしていく責務があるのだと思います。

そんなことを考えていたら、気づいたことがありました。あなたは亡くなったとき、三つの長篇小説を手がけていました。良寛と鳩摩羅什と田中正造です。何を書こうとも自由なわけですが、どうして再び田中正造なのか、という疑問はぬぐいきれませんでした。一定の評価を得た

『毒』という作品がありながら、なぜまた、正造の足跡を辿りなおそうとしたのか。
でも、こんな時代になってみたら、私たちは田中正造翁に再会せざるを得ませんでした。正造が正そうとした世の中を変革できていないことを考えては、ため息をつき、いやあきらめてはいけないのだと、もう一度立ち上がろうとしているのでした。
先日、こんなニュースがありました。

約四十年前に若者有志が足尾鉱毒事件をテーマに製作を始め、資金難から編集段階でお蔵入りとなった映画が先月に完成した。事件で廃村に追い込まれた谷中村に焦点を当てた「鉱毒悲歌《こうどくひか》」。当時の惨状を語る肉声など貴重な映像を多く収めた上、原発にも「最大の公害」と警鐘を鳴らす。

（東京新聞　二〇一四年七月二一日）

あなたも映画製作に参加したものの、完成することなくそのままになっていましたね。でも、当時の仲間だった谷博之さんが一念発起し、映画製作委員会を立ち上げ製作を再開させたのだそうです。谷さんらの思いと、あなたが田中正造に再び取り組んでいた思いは、重なる部分があるのではないですか。もちろんあなたは、三・一一を経て、日々の生活がおびやかされるこんな時代が来たことを知りません。でも、正造が夢見ていた社会が実現されたわけではないことは、三・一一以前にも、わかっていたはずです。
正直に言うと、時々、無力感に襲われることがあります。本など書いて、何かになるのでしょうか。かつてと比べて、本の持つ影響力は確かに弱くなっています。決して、質が劣っているということはないと思いますし、ネット上を玉石混交の情報が飛び交う中では、編集を経た書籍の持つ意味の大きさは決して小さくなってはいません。ただ、量としては、社会に流通する情報に占める本の役割が小さくなっていることは否定できません。

今、私は、百年前に書かれた本を読んでいます。それは、ひとつの野望を持っているからです。百年後も読み継がれる本を書く。これが私の目標です。百年前、大正初期に書かれた内外の小説や詩歌で、現在も流通している本は、それほど多くありません。毎年、十点あるかないかといったくらいの数なのです。けれど、さすがにその中に入っているのは名作揃いです。漱石や鷗外や白秋やプルーストやジョイスやモンゴメリらは、百年前の人が考えていたことを提示してくれます。同時に、今の私たちの姿を照らし出す光ともなっているのには、驚かされます。

彼ら文豪たちだって、別に、百年後に読まれるようにと考えて書いたわけではないでしょう。でも私は、どうせ物語を書くのならば、高い目標を持ちながら取り組みたいのです。それはもしかしたら、ベストセラーになることよりも難しいのかもしれません。たくさん売れた本であっても、時代とともに消え去るということも、ままあることです。改めて考えてみると、やはり『遠雷』という作品は読み継がれていく可能性をはらんだ小説なのかもしれませんね。私が言うと偉そうな感じですが。

あなたは実にいろんなところへ行き、様々な人に出会い、多様な仕事をした人生だったと思いますが、やはり、最後に残るのは小説の仕事だと思います。きっと、あなたもそう願っていることでしょう。

もうひとつ、最近、私がよく考えていることがあります。「人をゆるす」ということです。自分は他人をゆるすことができる人でありたいと思っています。他人が私をゆるしてくれるかどうかはわからないのですが、たとえ、私の行ないをゆるしてもらえなくても、私は他人をゆるしたいのです。

あなたをゆるせない時期がありました。そしてたぶん、和解のようなものが劇的に訪れたのではなくて、ただ緩やかに時間が過ぎて、感情の対立がうやむやになった、あるいはうやむやにした、ということだったと思います。でも今、私はあえて、あなたをゆるしたいと思います。死んでしまった相手に対して、独りよがりな宣言になってしまいますが、もとより、相手がどうであれゆるす、という姿勢なのですからかまいません。

そして、自分の子どもたちにも、ゆるす、ということを身につけさせたいと考えています。人生はもしかしたらあなたのように、予想しているよりも短いのかもしれませんので、争っている時間などもったいなくてしようがありません。どんどん人をゆるしていけばいいのだと、そんなふうに思えるようになりました。

また、振り返っていくうちに、対立よりもずっと以前から、今まで心の中に封印してきたことが明らかになってきました。そう思いたくなかったので、たぶん、子どものときから考えないようにしてきたことです。私はあなたに、かまってもらえませんでした。そんなこと、どうでもいいと思ってきました。あなたは仕事に忙しかったのだし、そのおかげで私は不自由なく暮らしてきたのだから、そんな甘えたことは言うべきではないと考えてきました。

けれど、今、私は中学生の息子と接するとき、距離を置くようにしている自分に気づきました。それは、おそらく、あなたが私にしてきたこと、そのままです。では、本当に私はあなたとの関係に不満や寂しさを覚えなかったのだろうかと自問してみると、本当はかまってもらいたかったのではないか、という結論にたどりつきました。

自分がかまってもらいたかったのにかまってもらえなかった、と認めるところから始めて、その寂しさを乗り越えていくことを自覚的におこなわなければ、私と息子の関係を豊かなものに変えられないと、強く感じています。ですから私は今、あなたにかまってもらいたかった、ということを、ここに記しておくことにしました。自分の弱さをさらけ出すのは愉快なことではありませんが、これも息子のためです。

あなたは三百冊以上の本を書きました。ダンボール五箱の原稿用紙の買い置きがあったのですから、まだまだ書きたいテーマはたくさんあったのでしょう。あなたの両親の物語を書くために集めていた、満州の資料はそのまま残っています。でもまあ、三十一巻にもわたる『立松和平全小説』を並べて見てみると、やりたいことをやった人生だったのだと思えます。幸福だったと、言っていいんじゃないですか。

ただひとつ、やり残したことがありますね。あなたが最後に入院していたとき、お母さんは話していました。あなたが回復したら、今度こそ、仕事をセーブしてもらって、二人でゆっくりすごす時間を作りたいと。

そうです。あなたはずっと走りつづけてきて、伴走者であるお母さんのペースに合わせるということが、あまりなかったのでした。お母さんとの時間を、晩年、もっと楽しむべきだったのです。それは、お母さんのために、です。でも、本当は、お母さんも私も妹も、わかっているのです。あのとき、あなたが回復したとしたら、やっぱりまた、あなたは走り続けたのでしょう。それがあなただったのです。

おじいちゃんと同じように、やっぱりあなたも愚直にまじめに生きたということなのでしょう。私がその「愚直の系譜」なるものを受け継いでいるのかどうかはわかりません。私自身は、できればあなたの系譜に連なりたくないと思ってしまいますが、そう思えば思うほど、同じ線上に立ってしまうような気もしています。

あなたがいなくなってから、私のおばあちゃん、すなわちあなたのお母さんも亡くなりました。それから、あなたの孫が二人増えました。まあ、みんな、何とかやっています。心配しないでくださいと言っても、私には信用も実績もないので、きっと心配していることでしょう。いや、「心平なんて、ほっとけばいいんだ」と思っているのかもしれませんね。

少しずつですが、あなたの遺した原稿用紙を使っています。この原稿も、緑色の罫線の「コクヨ　ケー35　20×20」を縦書きとして使って書いています。当分、原稿用紙は買わなくてすみそうです。

そろそろ紙幅が尽きてきました。「振り返れば父がいる」も終わりです。振り返った頭を元に戻し、未来へ向かって書き出すことにしますね。
もしかしてあなたは、時々、書斎に戻ってきて原稿を書いているんじゃないですか。それなら
お母さんに一声かけてあげてくださいね。
じゃあ、また。

敬具

横松心平

二〇一四年九月二九日

立松和平様

立松和平の小説 ブックガイド

「雨の東京に死す」1992年 全小説第9巻

立松和平の小説作品をこれから読もうとする人のための、道案内をしたい。本稿は、何をどういう順番で読んでいったらいいかという、ひとつの提案である。

自他ともに認める純文学作家であった父の小説を、たとえば若い人にすすめようとするとき、導入となる一冊はなんだろうかと考えた。まずは読みやすく取っ掛かりとなり、他も読んでみようかな、と読者に思わせるものである。それは必ずしも、代表作と言われるようなものでなくていいのだろう。幸い、「全小説」には、全と銘打っているだけあり、これまであまり注目されてこなかった作品も収録されている。その中から「雨の東京に死す」を選んだ。

初出はなんと、「週刊明星」である。四十四回連載し、翌一九九二年に単行本化された。本が出版されたときには、この雑誌は廃刊となっていたのだから、最後の年を飾る連載小説だったのである。芸能ニュース満載の週刊誌に連載するということを、当然、父は意識しただろう。おのずと作風は、文芸誌に書くのとは違ったものになった。

つまり、父にしてはめずらしく、エンターテイメント性のある、読んでおもしろい小説なのである。私は大学二年生のときに、本になったばかりのこの作品を素直に楽しく読んだ。

プロデビュー前の若き天才ボクサーと、女優としてデビューしようとしている美少女という、二人の高校生を物語の中心に据えている。当時、父が入れこんでいたボクシングを小説に書いたものである。随所に試合のシーンが入ることにより、めりはりのあるストーリーになっている。当時の私の感想は、生意気にも、「なんだ。父もおもしろい話を書けるんじゃないか」であった。

どうかこの「雨の東京に死す」を、騙されたと思って、手に取って読んでみてください。おもしろいだけではない。ボクサーという人間が、どれほど孤独で重荷を背負った存在なのかがわかる。さらに、この作品は、ボクシングは人生の隠喩であり、人は皆ボクサーだという読み方もできる。あるいは、ボクシングはなにかを象徴しているわけではなくて、純粋に主人公が生涯を賭けようとしている対象だと読むこともできる。

そして、よかったら、次の立松作品へと進んでください。このブックガイドは、読む順番を意識して書いています。

「卵洗い」　１９９2年　全小説第17巻

楽しめる話の次は、そっと、軽めの小さなお話に進もう。あまり聞き慣れない言葉が題名となっている「卵洗い」である。この作品は坪田譲治文学賞を受賞したこともあり、父の作品の中では、比較的読み継がれているもののうちのひとつである。

この文学賞は「大人も子どもも共有できる世界を描いたすぐれた作品」を対象としている。私の印象としては、あくまでも小さなお話であり、ただし中に入ると果てしない世界が広がっている作品、といった感じである。「卵洗い」は第八回平成四年の受賞作であったが、第三回昭和六十二年には、障害児をめぐる児童文学の傑作、丘修三「ぼくのお姉さん」が選ばれていることからも、いい賞だなという気がする。

三歳の子どもの視点から描かれているので、蟻を見つめたり、井戸の水のにおいを感じたりと、細やかな感性についての描写が秀逸である。子どもの感性を大人が見事に再現した芸術作品だ。ただ、日々、三歳児らと日常をともにしている私から見ると、三歳の男の子はこんなに寡黙ではない、と言い切れる。あるいは、一人っ子とはこのようなものなのだろうか。

父の自伝的小説としても読める「卵洗い」の舞台は、母が経営する食料品店兼住居の周辺である。庭には井戸がある。確かにかつて、宇都宮の父の実家には、「横松商店」という店があったそうだ。小説の中の三歳児が父だとすると、「母」と「父」は、私の祖母と祖父ということになる。あたりまえのことなのだが、どんなに年をとった人にも、若かった時分、というものがある。私は自分の祖父母が若かった頃の様子を、フィクションとはいえ、見ることができて愉快だった。本当に若いのだ。なにしろ、父の弟、すなわち私の叔父さんが生まれる場面で話は終わっているのだ。小説家というものは、まるで見てきたことのように、つくりごとを描き出してしまう。冷静に考えてみると、三歳児だった父が、当時のことを克明に覚えているはずもないのだから、すべては虚構なのだ。

私にとっては自分のルーツをたどる旅のひとつとして楽しめたのであるが、いったん、そういう立場を離れて「卵洗い」に向き合ってみる。すると、つつましくも一所懸命に戦後を生きのびていく市井の人々の日常が差し出されているのだとわかる。それは「父の愚直さ」と父が自分の父のことを表現した様子そのものである。彼らのひたむきな生活は、決して安楽な暮らしではないことは感じ取れるものの、うらやましさを覚えてしまう。それはきっと、登場人物の大人が皆、明日は今日より良くなると信じて、今日をまじめに生きているからだろう。

作中の「父」は言う。

「家の中には悪いことはいってこないさ。真面目に一生懸命やっていればな」

ひるがえってみると、父がこの作品を書いた二十世紀末も、現在も、決して明るい未来をたやすく信じられる時代ではなくなってしまった。けれど、どんな時代や社会状況であっても、私たちは生きていく。それならば、前を向いて生きたいものだ、というメッセージには意味がある。「卵洗い」という物語が読者に届けてくれるのは、郷愁ではない。未来への希望である。

だが、過ぎ去った戦争の影が残っていることを、見逃すわけにはいかない。

瞳を私に向けたままで父は口を動かした。

「人が死ぬのをずいぶん見てきたかんなあ。嫌なもんさ。どんなに元気にしていても、命がなくなれば、人間はただの骨と肉だよ。物だ」

これは祖父が本当に父に言ったことなのだと思う。戦争を生きのびたからこそ湧いてくる、大人たちの前向きな生のエネルギーを、主人公である三歳の子どもは浴びながら生きている。そういう構造の物語なのである。

父は「歓喜の市」（全小説第7巻）にて昭和二十五年頃の父母の物語を書いている。さらに、それ以前の戦時中の満州における父母の物語をずっと構想していた。自分の親が生きた時代を活写することに、父は多くのエネルギーを注いできたのである。

私が足尾を訪れて、うかつにもその時その場所で気づいたことは、父のルーツということは、とりもなおさず私自身のルーツであるのだということであった。つまり私は「卵洗い」を読むことによって、祖父の代までたどることができるわけである。

そう考えていくと、では、父が青春を過ごした時代、すなわち、戦後の昭和はどのような時代であったか、という問いが立ってくる。父の青春時代を語る上で、どうしても避けて通れないのが、全共闘運動であろう。ということで、次の作品は「光の雨」である。

当初、客観的なブックガイドをめざして書きはじめたのだったが、どうしても私の個人史をたどるような話になってしまう。これもまた、「振り返れば父がいる」の一変奏曲であると考えて、ご容赦いただきたい。

「光の雨」　1998年　全小説第4巻

この小説は不幸である。作品の内容について語られる前に、盗作問題の話が出てきてしまうからである。ここでは、盗作だったのかどうかという評価はしない。また、父がとった対応についても語らない。今、しようとしているのは、虚心に「光の雨」という小説を読むことである。

読後感は率直に言って、疲れた、である。ただし、話が退屈で読みとおすのに疲れたということではない。途中で飽きることはなく、どきどきしながら読み進んだのである。ただし、おもしろい、という言葉もあてはまらない。ちっともおもしろいことはなく、嫌悪感を覚える描写が多々あった。登場人物たちがあまりに残酷な行動をとり悲惨な目に遭うので、目が離せなくなり、なんとかこの苦境から抜け出せないものかと祈るくらいであった。

私は大学でマルクス経済学を勉強したので、革命を起こそうとしていた若者たちが話していることの意味は理解できる。だが「光の雨」の中での彼らの行動については、理解するというより も、ただただ恐ろしいのであった。彼らが仲間うちでしていたのは殺し合いである。自分が痛い目に遭うのを避けるために、その前に他人を殺すという論理が、組織の指導者から下部構成員に至るまで全員に貫徹していたというだけのことにすぎない。

こんなふうに簡単に割り切って書くと、きっと、学生運動をしていた人たちから、「そんなものじゃない」とお叱りを受けるにちがいない。私はこれまで何人もの、元活動家から、「あなたのお父さんはノンポリだった」と批判されたり、「いざとなったら今でも、俺はゲバ棒持って戦うぞ」と言われたり、「俺の言うことを聞かないんだったら、表を歩けないようにしてやる」と脅されたりしたことがある。恫喝するような態度で向かってくるような人を、私は信用しない。

もちろん、当時、社会を変革しよう、理想の社会を作ろうと、若者が本気で考えていたということは、素晴らしいことだと思う。私が現在、いくつかの市民運動に関わっているのも、同じ姿勢である。社会問題を解決して、よりよい社会を作りたいと願っているのだ。一方で、今の日本には、「なるようになるさ」、「波風立てないで生きていきたい」というような風潮の若者が少なからずいることも確かである。

けれど、そんな人ばかりでもない。社会を変えようと考え、行動している人はたくさんいる。若者だけでもない。ただし、彼らは、ごく一部の人たちを除いて決して暴力に訴えたりはしない。かつての全共闘運動の歴史を知っている人も知らない人もいるであろうが、革命と呼ばれるほどの社会変革は、一朝一夕に成し遂げられはしない、ということを、彼らはよくわかっている。だからといって、あきらめてはいない。機動隊と衝突するのではなく、もっとゆっくりじっくりと社会を変えていこうとしているのである。いや、実際には、社会を変える、などという抽象的な課題に取り組んでいるのではなく、個々の具体的な問題を乗り越えようとしているのだ。

ある人はホームレスが経済的に自立できるようになるための仕事を支援している。ある人はエコツアーを企画し、人間が自然とうまく折り合っていける道を探っている。ある人は農業や化学肥料を使わずに米や野菜を作っている。ある人は牧草と自給飼料で牛を飼っている。ある人はそうやって作られた農畜産物を仕入れ、売り歩いている。ある人は放射性物質に汚染された土地に住む子どもたちを遠くの安全な場所に招き遊ばせている。ある人は小学校の隣りに高層マンションが建てられる計画に対して「町づくりはみんなで考えよう」と呼びかけている。ある人は先住民族の言語や刺繍を学んでいる。ある人は清流に建設されようとしているダムについて考えようと言って、子どもたちを連れて川の生き物の観察会を開いている。ある人は工場から出た煙によって木の枯れたハゲ山に木を植えている。それでも時には、体を張ることもある。ある人は沖縄の海でカヌーに乗り、基地建設を食い止めようとしている。

これらの活動こそ、革命そのものではないかと、私は思う。しかもそう簡単には、権力によって妨げられることができない取り組みが、社会のあちこちで同時に起こっている点に強みがある。

だから、「光の雨」の語り手の玉井老人が抱いていた「全体が幸福になる世の中」を作るという夢に近づくための努力は、すでになされていると言ってよい。それは決して「世界同時革命」といったようなものではない。「革命戦士」にならなくても、明日からそれぞれの現場で革命は起こせるのだ。

それにしても、この長大で重苦しい作品を、一文字ずつ原稿用紙に書いていたときの父の姿を想像すると、寒気を覚えてしまう。よほどの執念を持続させていなければ、書き終えることはできなかったことだろう。そこから感じ取れるのは、「光の雨」のモデルとなった連合赤軍事件が、同世代の人たちに与えた影響の深さである。一九七二年とは私が生まれた年であるが、「光の雨」が連載されたのは一九九八年である。二十七年間、父は考え続けてきたのだ。はたして、そのように、衝撃が持続する事件を、私たちの世代は共有しているかと考えてみると、そんなものはないのだと気づく。読んだあと、重苦しい感情はずっと尾を引いているが、それでも読んでよかったなと思う。親世代のことを理解するのに、重要な作品である。

遠雷四部作
「遠雷」 1980年　全小説第10巻
「春雷」 1983年　全小説第10巻
「性的黙示録」 1985年　全小説第11巻
「地霊」 1999年　全小説第11巻

ここまで三冊読んできて、いよいよ次は父の出世作にして代表作である「遠雷」に進もう。「遠雷四部作」をまとめて紹介したい。

遠雷の舞台となった、宇都宮市郊外の団地は、本当になんでもないただの団地だった。もちろん私にとっては、懐かしい故郷なのではあるが、よそにはない素晴らしいものが特にあるわけでもない。そんな土地の上で紡がれたのが、トマトのビニールハウス栽培という、これまた地味な行為に励む農業青年を主人公とした「遠雷」という小説だ。地味な設定の下で、地味な主人公が動く。だが実は、その普通さ加減ゆえに、この物語は普遍性を獲得してしまい、文学史上に名を刻んだのである。

私が興味をひかれたのは、父が物語の続きを延々と書き継いでいったことである。実に父らしい、トマトに接近した描写から始まり、主人公の行く末を暗示するような不穏な遠雷で終わり、ぴたりと題名と重なり合う。「遠雷」という青春小説は、冗長なところがなく見事に完結しており、続編がなくとも独りで立派に立っていられる、力のある作品である。映画化もされ、そちらもまた高い評価を得ている。だから、「遠雷」だけで終わっていたとしても、何の不思議もなかったはずだ。

それなのに、父は続きを書いた。それでも、続編である「春雷」まではまだわかる。「遠雷」の世界と「春雷」の世界は同質で地続きのものだ。印象的な葬式の描写を連ねつつ、物語は主人公の父の死によって終わる。その幕切れは小気味良いほどで、「遠雷」からここまでを一つの作品としてもまとまって読むことができる。小説という商品としては、申し分のない構成である。

ところが父はまだ、手を休めない。続く「性的黙示録」になると、「遠雷」と同じ主人公、満夫が登場しているものの、彼にはもはや若さは感じられず、青春小説ではなくなってしまっている。少しでも希望が見えるのが青春小説なのであるが、ここには希望はない。満夫はどんどん転落していくのだ。読者は青春小説の主人公に自分を重ねてみると、元気が湧いてくるものだが、その主人公が落ちぶれていくのを読むのは、愉快なことではない。

「遠雷」から第三部の「性的黙示録」までは五年かかっている。そこからなんと十四年後、第四部「地霊」が書かれた。「遠雷」の中で殺人を犯した、満夫の友人の広次が、ここでは新興宗教の教祖となっている。いよいよ、都市と農村の境界における物語は変容し、遠く土から離れてしまったことに気づかされる。

「地霊」で示されるのは、村の崩壊の最前線にいた、満夫や広次の行きつく先である。そこに用意されていたのは、宗教によるひとつの回答の提示だった。もう、どうにもならないと思われた彼らを、十四年後に救ったのは、いかにも怪しげな、それでいて真理というものをとらえているのかもしれないと思わされる新興宗教だったのだ。

このことは何を意味しているのか。村という共同体の崩壊を見事に切りとってみせた「遠雷」で話を終えられなかったのはなぜか。

それは、満夫や広次に命が吹きこまれたからだと思う。彼らは自分の生を生きはじめてしまったのだ。だから、「遠雷」という収まりの良い物語の枠を踏み越えて、彼らは進んで行ってしまったのだ。そうだとすると、「遠雷四部作」は、とても幸福な小説群だったと言える。主人公たちが生き生きと躍動することこそ、小説家が目指していることなのである。

しかも、最後の「地霊」は、案外おもしろかった。今になってみると、民話のように現実とは遠く隔たった感じのする「遠雷」を、現代につなぐ役目をきちんと果たしている。「地霊」を読みとおした後に振り返ると、トマト栽培の話は懐かしく思える。そしてやっぱり、本当にあったことなのだなというような気になるのだ。その意味では、「地霊」も青春小説の一部だと考えることができるのかもしれない。

「地霊」は、新興宗教に救いを求めたが、本当に満夫と広次が救われているのかは、よくわからない。だが、生涯を賭けて激烈に真理というものを追求した道元の生涯に触れると、答えというものは簡単に得られるものではないことがわかる。「地霊」のあとは、まったく異なる物語でありながら、悩み生き求めている人間を描いたという点で共通していると言える、「道元禅師」を読んでいきたい。

「道元禅師」２００７年　全小説第29巻、第30巻

「道元禅師」の主人公は、言うまでもなく道元その人であるが、彼もまた、乱世に生きた人だった。平家と源氏が戦をして殺し合っている時代である。私たちの生きる現代も、様々な問題を抱え、精神の荒廃が指摘されており、やはり乱世と言ってよいだろう。だが、鎌倉時代に思いを馳せると、文字通り生きのびることが困難な社会であったのだから、今よりもずっと厳しい時代である。そのような状況下で、道元は、救いの道、真実を求める果てしのない道を歩きはじめた、一人の人であった。

曹洞宗の開祖、道元は、歴史上の偉人だ。だから、生身の人間であったという実感がなかなか湧かない。「入宋した」、「身心脱落」、「『正法眼蔵』を著した」、「只管打坐」、「永平寺建立」など、道元が行なったことを知識として知っていても、彼が何を求め何に苦しみ何を得たのかということはつかめない。道元の生涯を小説として書くことによって、道元という人間の生き方を表現したのが「道元禅師」である。

小説の冒頭、道元が生まれた頃までは物語があまり動かず、説明も多いので、このあたりで挫折してしまう読者もいそうだ。それではあまりにもったいない。もう少し辛抱していただきたい。

人間・道元が輝くのは例えば、「十　建仁寺」の中である。道元の師である明全が、明全の師に、「死期の迫った自分を看取るため、宋へは行かないでとどまってくれ」と頼まれ、悩む場面である。兄弟子たちが明全に対し、入宋は延期し、師の言うとおりにすべきと口々に言うなか

で、道元は際立った存在となる。

その時、末席にいた道元さまが若々しく響きのよい大きな声を上げたのでございます。道元さまと明全さまには相当の距離がありました。

「仏法のさとりが、今のままでよかろうとお思いなら、どうかおとどまりなされるのがよろしかろうと存じます」

師の明全さまへの弟子の言葉として、右門ははっといたしました。はっきり申し上げて、師を下に見るいい方です。皆の鋭い視線が、道元さまに集まりました。道元さまにはたじろぐ気配はまったくありません。

この場面では、確かに道元は、一人の生身の人間であったことが感じられる。そのような一人の人間が、「本来本法性ということですが、一切衆生皆本より仏なりということが私にはどうしても心に落ちないのです」と素朴な疑問を抱くのだから、共感できる。このように道元の生き方を表現することによって、道元の思想を伝えようというのである。

宋へ行き、正師を求める旅に出るところからは、ぐっと話が動き出す。躊躇なく行動する道元は、冒険小説の頑強な主人公のようである。と思ったらすぐに道元は、さとりの境地に入ってしまう。

山気の漂う風景は、まことによろしい。花は惜しむことなく笑い、鳥も惜しむことなく啼く。生気にあふれた木々は馬となって嘶くようである。……

このような、さとりの感触を味わう描写からは、道元だけではなく、父もまたゆったりとした心持ちで楽しんでいる様子がうかがえる。

このあたりまで来てしまえば、読者は心身脱落した若き道元から、目を離せなくなるだろう。あとはどうぞ、ごゆるりと長篇小説の世界に身をゆだねていただきたい。

父の書斎には今も、『正法眼蔵』、『正法眼蔵随聞記』をはじめとして、道元関連の本があまたにある。道元の思想を自分の血肉とするべく、父は夜な夜な、これらの資料を丹念に読みこんでいったのだろう。

父の仏教への思いは、この大作をもって、目的地に到達したわけではなかった。なおも求道は続いていたのだ。本書に収録されている「良寛」もそのひとつである。この未完の作品には残念な点がある。良寛の生涯を描いているため、おそらくこの先、晩年の良寛を書くつもりだったのだろう。そこでは、愛弟子である貞心尼との心の交感が情感たっぷりに描写されたにちがいない。つくづく、そのくだりを読んでみたかったと思う。また同時に、「小説羅什」にも取り組んでいたのだから、まだまだ仏教については書きたいことがあったのだ。一生修行であると思っていたのだろう。

次の本でこのブックガイドも最後だ。大作「道元禅師」を読んで、真実を求める生き方に触れたあとで、もう一度、地に足をつけて歩き出したい。現実社会の泥の中でもがくのも、またひとつの真実を求める生き方であることを示しているのが「毒―風聞・田中正造」である。

「毒―風聞・田中正造」1997年　全小説第22巻

全小説の別巻（本書）には、父の絶筆とでも言うべき作品が収録されている。その中に田中正造を描いた「白い河」がある。父の全小説のリストを眺めてみると、自伝的作品は別として、同じ人物が二度登場しているのは、「遠雷四部作」内の満夫らと、田中正造だけだと気づく。ましてや正造は、まったく別の小説として書きなおしているのだ。そこまで正造にこだわった父の「毒―風聞・田中正造」をもって、このブックガイドのしめくくりとしたい。

小説の題名として、例えば「遠雷」などは、象徴的、暗示的であり、具体的に何なのかはよくわからないものの、心に残るいい題名である。また、「道元禅師」というのは、直截的であり、何かを暗示することもなく、道元その人を指している。この「毒」という題名は、「遠雷」の象徴性と「道元禅師」の具体性の両方を兼ね備えた、実に奥行きのある題名だと思う。

「毒」とはもちろん、足尾銅山から排出された鉱毒のことである。だが、それだけではなく、田中正造が闘った相手そのものを示してもいるのではないだろうか。古河鉱業、政府、国民の無関心、富国強兵へと邁進する歴史の流れ、それらすべてを包含して「毒」と言っている気がしてならない。つまり、正造の抱く怒りに、父自身の怒りも重ね合わせた、力のこもった題名なのではないか。

第一章は「なまずのつぶやき」である。川でのなまずとかえるのユーモラスなやりとりは、宮沢賢治の童話を彷彿とさせる。父は賢治が好きだった。書斎には全集がある。家族で岩手県花巻市の宮沢賢治記念館へ行ったこともあった。

そしてまた、賢治の生きた岩手県をモデルとしたイーハトーブは、父や正造の生きた栃木県と地続きである。地理的な話だけではなく、文化や風土についても、東北地方と北関東は近しい。栃木の山一つむこうは、福島なのである。

ところが童話的世界は毒水の洪水によってかき乱されて第一章は終わってしまう。この場面の描写には、二つのことが表現されている。ひとつは、足尾銅山鉱毒事件が生態系をずたずたに壊していくという現場報告である。もうひとつは、鉱毒事件を、虐げられたものたちの視点から見ていくぞ、という立ち位置の表明である。渡良瀬川下流域の農民のみならず、なまずやかえるや蛇やあゆやうなぎふなどじょうたちが苦しんでいるところから物語は始まるのである。

続く第二章は「老農のつぶやき」だ。農民の語りの中に、代議士田中正造が登場する。

そして第三章ではついに、正造にたかっている、のみがしらみに語りはじめる。のみとしらみは頭の上から、正造の演説を聞いている。明治天皇への直訴も、のみの目から語られる。

その後も、語り手がのみになったり亀の石像になったりこいやつばめになったりしながら、話は進行する。

最後の第十章、谷中村強制破壊の場面は、鬼気迫る田中正造の様子が、正造を尊敬する善一という若者によって描写される。ここでは、動物の視点からのユーモアは消え失せ、正造の怒りと優しさが直接的に書かれている。これまでの間接的な表現手法がなくなったのは、権力による農民の生活の破壊という暴挙を、まっすぐに見据えて表現したからだったと思う。この第十章の田中正造の迫力は尋常ではない。その前の九章は、こいやつばめの視点から始まっているため、いっそう最後の直接的な描写は、迫力を増している。

「毒」は、いろいろな視点が入り混じっているため、必ずしも洗練された表現にはなっていない。けれど、その不器用な感じが、田中正造の生き方とぴったり重なっている。そこまで考えた上での技巧だったのだろうか。ひとつ気になるとすれば、正造の人生が最後まで書かれていない、ということである。もしかしたら「白い河」で書こうとしていたのかもしれない。だが、「毒」は完結した作品となっているし、読者を田中正造に惚れさせるのには充分な描写がなされている。父自身が正造の生き方に惚れこんでいたからだろう。

あとがき

　正直に言うと、父について何かを書きたいという思いはあまりなかった。とにかく、頼まれたので書いたのだ。だが、こうして終えてみると、よかったなと思えることがあった。

　歴史に学べ、という言葉がある。これは、いかに私たちが歴史に学んでこなかったかということの証左である。父との関係を振り返ってきた結果、自分の子どもたちとの関係について考えさせられることになった。

　確かに、父と私の間には、不満や葛藤もあった。このわが家のささやかな歴史に、謙虚に学ぼうとするならば、自分の子どもたちに対してまっすぐに向き合うほかないことに気づかされる。それはたいてい、譲歩したり許したり優しくしたりすることであり、自分の思うがままにふるまうこととの逆であることが多い。

　この本を書くことによって、気づいてしまったのだ。父に対しての不満を、子どもたちにぶつけてはいけない。そして、父との楽しかった時間を、父が真摯に私と向き合おうとした瞬間をこそ、増幅させて、今の時間を愉快に過ごしたほうが、ずっと、豊かな人生になるのである。

　実は、私自身のために書いたのだということが、今になってわかってきた。生涯に一冊くらい、こんな本があってもよしとしよう。

表紙カバーの写真をご覧ください。この一枚の写真からは、失われた自然を取り戻すことの難しさが感じ取れます。けれど、それ以上に、困難であっても植樹をしようとする人間の希望が写し出されています。この写真を提供してくださった東京新聞写真部の堀内洋助さんは、父と『渡良瀬有情』東京新聞出版局、を作った方です。ありがとうございました。

父の盟友である随想舎の石川栄介さん、本にしてくださり、本当にありがとうございました。父はきっと、勝手なこと書いてるなあと苦笑い照れ笑いしていることでしょう。そもそも、足尾を私がたびたび訪れるのは、「あれっ。心平さん、来ないんですかあ」という石川さんからかかってくる栃木弁の電話のおかげです。今後とも、お世話になります。

最後に、ここまで読んでくださった方に、心より感謝申し上げます。せっかくなので、あと三つ、お願いがあります。

ひとつは、立松和平の作品をどうぞ手にとってくださいますようにということ。本書を手にとってくださるような方には、わざわざ言うことではありませんね。

もうひとつは、今後の、横松心平の作品をどうぞよろしくお願いしますということ。目一杯、ご期待願います。

最後に、足尾に緑を育てる会では、今後も木を植え続けます。どうぞ、足尾においでください。「春の植樹デー」は毎年、四月の第四土曜日、日曜日に開催しています。急斜面でお会いしましょう。

二〇一六年七月

横松心平

初出　「振り返れば私がいる」（『立松和平全小説』〈勉誠出版〉第1巻～第9巻
二〇一〇年一月一二日～一〇月一〇日）
「振り返れば父がいる」（『立松和平全小説』第10巻～第30巻・別巻
二〇一〇年一一月三〇日～二〇一五年一月五日）

［著者紹介］

立松和平（たてまつ　わへい）

作家。1947年栃木県生まれ。早稲田大学政治経済学部卒業。在学中に「自転車」で早稲田文学新人賞、80年『遠雷』で野間文芸新人賞、93年『卵洗い』で坪田譲治文学賞、97年『毒―風聞・田中正造』で毎日出版文化賞、2002年『道元の月』で第31回大谷竹次郎賞、07年『道元禅師』で第35回泉鏡花文学賞、08年『道元禅師』で第5回親鸞賞を受賞。そのほか多数の著書がある。10年2月逝去。

横松心平（よこまつ　しんぺい）

作家。1972年東京都生まれ。北海道大学大学院農学研究科修士課程修了。著書『札幌はなぜ、日本人が住みたい街NO.1なのか』（柏艪舎）、『ご主人、「立ち会う」なんて、そんな生やさしいものじゃありませんよ。』（柏艪舎）ほか。

振り返れば私が、そして父がいる

2016年8月19日　第1刷発行

著　者●立松和平・横松心平

発　行●有限会社 随想舎

〒320-0033 栃木県宇都宮市本町10−3 TSビル
TEL 028-616-6605　FAX 028-616-6607
振替 00360 − 0 − 36984
URL http://www.zuisousha.co.jp/
E-Mail info@zuisousha.co.jp

印　刷●モリモト印刷株式会社

装丁●栄舞工房

定価はカバーに表示してあります／乱丁・落丁はお取りかえいたします

 ISBN978-4-88748-327-9